네가 **손에** 쥐어야 했던
황금에 대해서

네가 **손에** 쥐어야 했던

황금에 대해서

오가와 사토시 지음 ― 최현영 옮김

소미미디어
Somy Media

차례

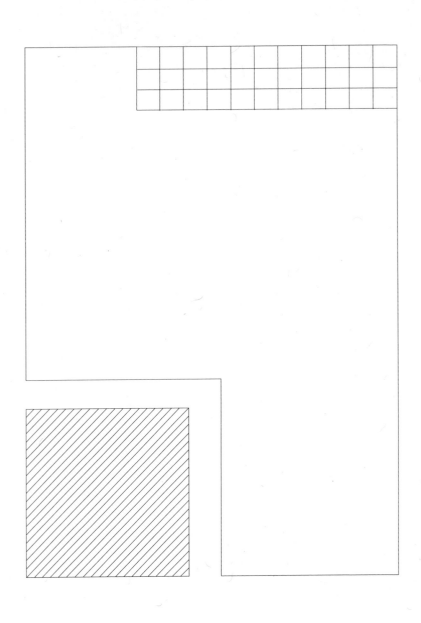

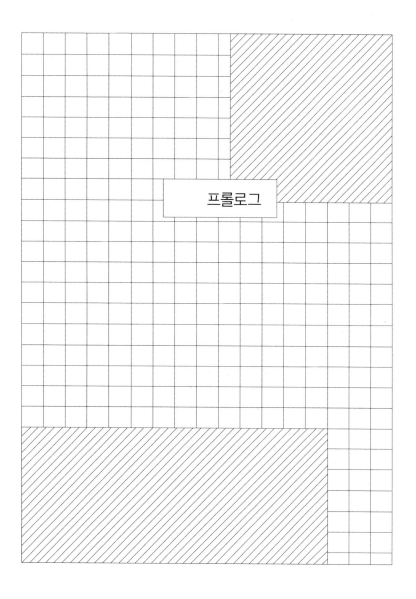

프롤로그

"당신의 인생을 원그래프로 표현하시오"라는 질문에 그때까지 순조롭게 빈칸을 채워가던 내 손이 딱 멈췄다. 이 질문이 무엇을 의미하는지, 잠시 생각에 잠겼다.

　2010년 당시, 나는 대학원생이었다. 문득 구직 활동이라도 해 볼까, 하는 생각이 들어 어질러져 있던 방 한가운데에 노트북 컴퓨터를 놓았다. 방이 어질러진 것은 내 탓이 아니라 존 어빙 탓이다. 아무리 꼼꼼히 방을 치워도 존 어빙이 멋대로 튀어나와 로버트 A. 하인라인 위에 올라타거나 나쓰메 소세키와 격투를 벌이기도 했다. 발밑에 어질러진 사카구치 안고를 책상 위에 올려놓으면 반대편에서 비트겐슈타인이 떨어졌다. 비트

겐슈타인을 정리하기 위해서는 플라톤이나 아리스토텔레스를 쫓아내야 했다.

음, 그렇군. 나는 책과 관련된 일을 해야 할 것 같다. 방바닥에 굴러다니는 문호들과 철학자들의 이름을 바라보며 어느 출판사에 지원할지 생각했다. 나는 내년, 이 방에 존재하는 책을 출간한 출판사 중 어느 한 곳에 입사하는 것이다. 매일 아침, 이다바시나 진보초로 출근하며 작가들과 대화를 주고받고 원고를 읽으며 책을 만든다.

나쁠 건 같지는 않지만, 이미지가 잘 떠오르지 않았다. 놀랍게도, 그 순간까지 나는 내 장래에 관해 구체적으로 생각해 본 적이 거의 없었다.

수많은 출판사 중에서 일단 신초샤의 입사지원서를 받아 보았다. 그리 깊은 이유가 있는 건 아니었다. 나는 신초샤 책을 많이 가지고 있었고 그중에는 인생 책 베스트 100에 들어갈 만한 책이 많았다. 존 스타인벡, 찰스 디킨스, 서머싯 몸, 제롬 데이비드 샐린저, 트루먼 카포티. 다자이 오사무도 있었고 무라카미 하루키도 있었다. 돈이 없어서 자주 사지는 못했지만, 크레스트북스˙는 기대에 어긋나는 일이 없었다. 책의 권수로만 보면 고단샤나 가도카와도 비슷하게 소장하고 있었지만, 만화 부

---

* 신초샤의 해외 문학 시리즈.

네가 손에 쥐어야 했던
황금에 대해서

서로 떨어져 나갈 가능성도 크지 않을까 멋대로 추측했다. 다행히도 나는 신초샤의 만화책이 한 권도 없다.

나는 책상 위에서 서로 껴안고 있던 스타니스와프 렘*과 필립 K. 딕을 구석으로 밀어 넣고 신초샤의 입사지원서를 펼쳤다. 이름을 쓰고 경력과 보유 자격증을 썼다. 소속 학과의 정식 명칭에 자신이 없어서 학생증을 확인했다.

그러고 나서 "당신의 인생을 원그래프로 표현하시오"라는 질문에 이르렀다.

우선 나는 원그래프를 신초샤의 책 제목으로 채워보고자 했다. 『분노의 포도』, 『가아프가 본 세상』, 『부부 찻잔夫婦茶碗』. 세 권의 제목을 쓰고 나서 이건 아니라고 생각했다. 나의 인생이 명작소설만으로 구성된 건 아니다. 졸작도 수없이 읽어 왔고, 만화도 셀 수 없이 읽었다. 애초에 나는 독서보다 수면에 더 많은 시간을 쏟아붓고 있다. '산소', '탄소', '수소', '질소', '칼슘'이라는 답변도 떠올랐다. 그러나 그것은 '인생'이 아니라 '인체'의 원그래프다.

물론 질문의 의도를 이해하지 못한 것은 아니다. 그렇게 심오한 의미가 있는 문항도 아니다. 인생에서 중요했던 것, 오늘의 나를 구성하고 있는 것을 적당히 나열하면 될 일이다. 예를 들

* 폴란드의 SF 소설가.

어, 나는 초등학교 1학년부터 대학교 4학년까지 축구를 했다. 취미는 독서와 비디오 게임, 대학원생이 되고 나서는 연구와 입시학원 강사 아르바이트를 반복하여 오가는 생활을 했다. 학비를 내주는 부모님께 감사하며 휴일에는 친구와 만나 술을 마시기도 한다. 내가 생각하는 모범 답안은 이렇다. '축구', '독서', '비디오 게임', '연구', '입시학원 강사', '부모님', '친구'.

하지만 나는 그 원그래프를 그릴 수 없었다. 단순히 문제가 틀렸기 때문이다. 철학자 길버트 라일의 말을 빌리면, '범주 오류'에 해당한다. 예를 들어 지인에게 대학교를 안내한다고 생각해 보자. 도서관과 강의동을 한 바퀴 돈 후에 지인이 "그래서, 대학교는 어디에 있어?"라고 묻는다면 당황할 것이다. 이 친구는 '범주 오류'에 빠진 것이다. 도서관과 강의동은 건물이라는 범주에 속하고 대학교는 그 건물들을 한데 모은 집합체를 가리키기 때문이다. "나는 일본어, 영어, 프랑스어와 언어를 할 수 있다"라는 자기소개도 같은 오류를 범한 것이다.

"당신의 인생을 원그래프로 표현하시오"라는 질문의 문제점은 범주가 정해지지 않은 데 있다. '인생'은 폭넓은 개념이다. 시간이라는 측면도 있고, 경력이라는 측면도 있다. 물리적인 측면도 있고, 개념적인 측면도 있다. 범주를 통일시키려고 하면 알맞은 답 같지 않고, 모범적인 답안을 적으려 하니 '범주 오류'

를 범하고 만다. '독서'와 '친구' 중 어느 쪽이 인생에 중요했을까? 그런 질문에 답은 없고, 그 둘을 숫자 비율로 나타내어 합산하는 것도 의미가 없다. 애초에 질문이 틀렸기 때문이다. 입사지원서를 백지상태로 펼쳐둔 채 나는 미리를 보며 그런 이야기를 했다.

"'아, 피곤해' 이렇게 생각했지?"

그렇게 묻자, 소파에 앉아 있던 미리가 "어떻게 알았어?" 하며 고개를 끄덕였다. "솔직히 피곤하다고 생각했어."

"이런 걸 일일이 신경 써 봐야 아무 소용 없다는 것 정도는 나도 알아. 개똥철학은 꾹꾹 누르고 상대가 요구하는 답을 쓰면 되는 거잖아. 하지만, 1+1=3이라고 쓰면 마음이 편치 않아."

"그럼, 솔직하게 쓰면 되잖아?"

"솔직하게?" 나는 물었다.

"'이 질문은 전제가 되는 조건이 충족되지 않습니다. 범주 뭔지 하는 철학적 중죄를 저질렀을 가능성이 있고, 대학에서 철학을 공부한 저는 그 범죄에 가담하고 싶지 않습니다'라고 원그래프 안에 쓰는 거야. 의외로, 인사팀 맘에 들지도 모르지."

"나 같아도 그런 사람은 절대 채용하고 싶지 않은데. 그런 사람이 입사하면 사사건건 일상 업무에 지장을 가져오지 않을까? '이 도장에 의미가 있는 겁니까?'라고 따질 것 같잖아."

"그런 말 안 해?"

"난 안 해. 경제활동의 상당 부분이 형식적이고 무의미한 행위로 유지된다는 걸 잘 알거든."

"묘하게 사리 분별이 밝은 부분이 도리어 성가시네." 미리는 이렇게 말하며 텔레비전을 켰다.

"미안합니다요."

"그래도 뭐, 입사지원서를 쓸 생각을 했다는 건 인간으로서 큰 진보가 아닐까?"

"진보?" 내가 물었다.

"응, 진보." 미리가 고개를 끄덕였다.

모든 부분적인 진보는 전체적인 퇴화이다. 누군가 유명인의 격언은 아니다. 내가 지금 생각해 낸 말이다. 그렇다고 해서 내가 처음 한 말이라고 주장할 생각도 없다. 아마도 내가 아닌 누구라도 같은 말을 했을 것이 틀림없다.

우리는 날마다 부분적으로 진보한다. 자신에게 별 의미가 없는 일이 타인에게는 중요하다는 것을 알고 있고, 논리적으로 수긍할 수 없는 절차가 사회를 움직이는 데 필요하다는 것도 안다. 모든 정치가가 세상을 더 좋은 곳으로 만들기 위해 살아가는 것이 아니라는 것을 알고, 깨끗하고 올바른 이미지의 아이돌이 카메라가 없는 곳에서 사리사욕을 채우는 데 혈안이 된다는 것도 안다. 멋진 영웅을 탄생시킨 만화가가 멋진 영웅이 아니라는 것을 알고 자선사업이 절세 대책으로 이용된다는 것도 안다. 삶이란, 그런 불순함을 받아들이고, 그 일부가 되어 다른 어른들과 함께 세상을 오염시켜 가는 것임을 안다. 그렇지만 여전히 내가 할 수 있는 무언가를 찾을 수밖에 없고, 동시에 아무것도 하지 못하는 사람을 몰아세워 봐야 아무 소용 없다는 것도 안다.

그런 지식을 쌓아간다는 건 틀림없이 부분적인 진보이기는 하다. 하지만 결국 그것은 인간이라는 불완전한 존재가 사회라는 불완전한 시스템을 운영하기 위해 만들어 낸 필요악이자 원칙이며 필요하다고 해도 결국 악은 악이고 거짓은 거짓이다. 우리는 부분적인 진보 과정에서 악과 거짓을 내면화해 간다. 그것이 어른이 되는 과정의 일부인 것은 틀림없지만, 동시에 인간으로서의 퇴화이기도 하다. 나는 성장하고 진보하며 지금까지 이해할 수 없었던 것을 이해하게 되었다. 용납할 수 없었던 것을 용납하게 되었다. 입사지원서를 쓸 마음을 품게 되었다. 그 대신, 수많은 분노와 슬픔, 기쁨을 잃어버렸다.

내게 구직 활동이란 인생을 받아들이는 것을 의미했다. 사회라는 범죄에 가담하는 것을 의미했다. 그래도 역시, 우리는 어른이 되어야 한다.

철학자 버트런드 러셀은, 모든 고유명은 한정 기술記述의 축약이라고 생각했다. 간단히 말하면 '이름이란 다양한 기술을 묶은 것이다'라는 주장이다. 예를 들어, '아리스토텔레스'라는 고유명은 '플라톤의 제자', '알렉산드로스 대왕의 가정교사', '인간의 본성은 앎을 사랑하는 것에 있다고 생각한 인물' 등, 수많은 기술의 묶음으로서 존재한다. 그런 기술을 무수히 쌓아감으로써 '아리스토텔레스'라는 인물을 '아리스토텔레스'라는 단어를 사용하지 않고 정의할 수 있다.

구직 활동에서 나는 나의 고유명을 수많은 기술로 분해하는 행위를 강요당한다. 나라는 인간과 같은 의미가 될 때까지 나의 특징을 열거한다. 그렇게 탄생한 수많은 기술 중에서 어느 것이 '기업이 요구하는 인재상'이라는 요소에 부합할지 검토한다.

내 인생의 재구성이 불가피하다. 지금까지 나열한 기술에 경중이 발생하고 '기업이 요구하는 인재상'에 부합하지 않은 기술은 나라는 인간에게서 하나둘 깎여나간다.

"'아 피곤해'라고 생각했지?"

소파에서 멍하니 버라이어티 프로그램을 보고 있던 미리를 향해 말했다. 물론 입사지원서는 여전히 백지상태였다.

"아니, 맞는 말이라고 생각했는데."

"진짜?" 나도 모르게 되물었다.

네가 손에 쥐어야 했던
황금에 대해서

"아니, 제대로 이야기를 들은 건 아니라서 잘은 모르지만."
미리는 텔레비전을 끄며 말했다. "사회가 악과 거짓뿐이라는
것도 그렇고, 구직 활동의 그 적성검사라는 것도 맞는 말이야.
자신의 특징을 사회의 요구에 맞춰서 그럴듯하게 조합한다는
것도 정말 그렇잖아?"

"의외의 반응이네. 텔레비전 안 봐도 돼?"

"아, 응. 딱히 재미있어서 본 것도 아니고. 저거보다는 철학
이야기가 재미있었어."

그때부터 나는 미리에게 분석철학 이야기를 했다. 버트런드
러셀, 윌러드 밴 오먼 콰인, 솔 크립키 이야기를 했다.

"러셀에 의하면 나라는 사람은 '지바현 후나바시시市 출신
여성', '나카가와 도시야와 나카가와 가나코 사이에서 태어났
다', '1986년 5월 21일에 태어났다', '이토추*에 근무한다', '사
마즈**와 언터처블***을 좋아한다' 등등으로 분해할 수 있다는
거야?"

"맞아. 분해할 수 있고 분해한 기술을 모두 더한 것과 나카
가와 미리라는 고유명은 등호(=)로 연결될 수 있다고 주장하는
거야. 하지만, 크립키는 그 주장이 틀렸다고 생각했어. 예를 들

* 일본 굴지의 종합 무역상사.
** 오타케 가즈키, 미무라 마사카즈로 구성된 일본의 남성 개그 콤비.
*** 일본의 남성 개그 콤비.

어, 새로 역사적 사료가 발굴되어 아리스토텔레스가 알렉산드로스 대왕의 가정교사가 아니었다는 것이 판명된다고 하자. 러셀의 기술 이론이 올바르다면 좀 난처한 상황이 되겠지. 만약 고유명이 한정 기술이라면 그 한정 기술에 오류가 있을 때 아리스토텔레스라는 고유명 자체가 모순에 빠지게 되어버리니까. 하지만 그것은 직관에 어긋나. 설령 알렉산드로스 대왕의 가정교사가 아니었다고 해도 아리스토텔레스는 아리스토텔레스잖아."

"무슨 말인지 알 듯해."

"크립키는 러셀과 달리, 현실이란 무수한 가능 세계 중 하나에 불과하다고 생각했어. 어느 가능 세계에서 아리스토텔레스는 알렉산드로스 대왕을 가르치지 않았을지도 모르고, 미리는 이토추에 다니지 않았을지도 몰라. 사람들은 그런 상황을 상상할 수가 있어."

"만약 내가 이토추에 근무하지 않았다고 해도 나라는 존재에 모순이 발생하는 건 아니라는 거지?"

"맞아. 크립키는 고유명에는 한정 기술을 초월한 무언가가 존재한다고 생각했어."

"뭔데?"

"길어질 텐데 시간 괜찮겠어?" 나는 시계를 가리키며 말했다.

자정이 넘은 시각이었다.

"아아, 내일도 출근해야지." 미리는 일어서며 말했다. "그럼 다음 기회를 기대할게."

"응."

나는 미리를 다이타바시역까지 바래다주었다. 역까지 달리지 않아 막차를 놓치는 바람에 고슈가도에서 택시를 잡아 미리를 태웠다. 택시를 배웅하고 나서 가까운 자판기에서 캔 커피를 산 후, 완전히 추워진 길을 혼자 걸어서 집으로 향했다.

"다음 기회를 기대할게." 막차가 지나간 후 차단기가 올려진 건널목을 건너며 미리가 했던 말을 떠올렸다. 나는 "다음 기회를 기대하는 것"을 잘하지 못한다. 관심이 가는 주제를 발견하면 즉시 알아보기 시작하고 질릴 때까지 철저히 몰두했다. 모르는 것이 있으면 확실히 이해될 때까지 다른 이야기는 일절 머릿속에 들어오지 않았다. 어쩌다가 읽기 시작한 만화를 밤을 새우며 탐독하고 나서 뒷부분이 궁금해 심야에 여는 서점까지 갔다. 나와 미리의 가장 큰 차이는 "다음 기회를 기대하는 것"이 가능한지 불가능한지에 있는지도 모른다. 그래서 나는 노후 생활을 기대하며 회사에 근무하거나 주말을 기대하며 평일을 보낸다는 사고방식이 확 다가오지 않는다. 지금, 이 순간, 나는 무언가를 참으며 살고 싶지 않다.

미리와 사귄 지는 3년쯤 된다. 한눈에 반한 사랑과는 거리가 멀었다. 백번 보고 반한 사랑도 아니었다. 애초에 그녀의 외모는 내 취향이 아니었고, 마찬가지로 내 외모도 그녀의 취향은 아니었을 것이다.

처음 미리의 이름을 안 것은 13년 전이었다. 당시 초등학교 5학년이었던 나는 집 근처의 작은 학원에 다녔다. 그 학원은 우리 집 근처와 니시후나바시 두 곳에 분원이 있었는데 나는 두 분원을 합쳐서 보는 정기 테스트에서 항상 1등을 차지했었다. 5학년 중간에 니시후나바시 분원에 나카가와 미리가 들어온 후 나는 처음으로 1등을 놓쳤다. 분하다, 그런 건 아니었다. 당시 나는 테스트에 1등 이외의 등수가 존재한다는 사실에 진심으로 놀랐다. 그때부터는 늘 그녀가 1등, 내가 2등이었다. 점점 나는 테스트란 으레 2등을 차지하는 것으로 생각하게 되었다.

여러 사정이 있어서 나는 중학교 입시를 치르지 않았다. 미리도 마찬가지였다. 어떤 사정이 있었는지, 혹은 딱히 사정이라고 할 것은 없었는지 한 번도 물어본 적은 없었지만, 어쨌든 그녀도 중학교 입시를 치르지 않았다. 그렇게 우리는 고등학생이 되었고 같은 고등학교에 진학했다.

우리는 교실에서 서로의 존재를 인식하고 예전에 다녔던 학

네가 손에 쥐어야 했던
황금에 대해서

원 이야기로 꽃을 피우다가 곧 친한 사이가 되었다…… 이런 일은 일어나지 않았다. 고등학교 시절에는 한 번도 같은 반이 된 적이 없었고 거의 이야기한 적도 없다. 고등학교 2학년 때 딱 한 번 학교 축제 준비 위원회에서 사무적인 이야기를 할 기회가 있어 자연스럽게 학원 이야기를 했을 뿐이다. "항상 1등이었지?" 내가 묻자 그녀는 "그랬나?" 하고 답했다. 그뿐이었다.

나는 맥도날드에서 아르바이트를 시작했고 그곳에서 알게 된 다른 학교 여자아이와 사귀었지만, 고등학교 3학년 8월에 대학 입시를 이유로 차였다. 반대로, 미리는 동아리 활동에서 물러난 야구부 4번 타자와 8월부터 사귀기 시작했다. 대입 학원에서 둘을 자주 보았다. 까까머리를 막 벗어난 짧은 머리카락을 왁스로 고정한 4번 타자와 평소와는 달리 유달리 얌전한 나카가와 미리. 둘은 항상 자습실에 나란히 앉아 이어폰을 한 쪽씩 귀에 꽂고 범프 오브 치킨(Bump of chicken) 앨범이 든 MD(미니 디스크)를 함께 들으며 공부했다. 점심시간이 되면 손을 잡고 밖으로 나갔다가 손을 잡고 자습실로 돌아왔다. 나는 처음부터 끝까지 책상 앞에 꼼짝하지 않고 앉아 혼자서 공부했다. 그렇게 나는 도쿄대에 합격했고 그녀는 도쿄대에 떨어지고 와세다대학교에 진학했다(참고로 야구부 4번 타자는 재수했다).

나와 미리의 관계는 지인 이상, 친구 미만 정도였을까? 당시 유행했던 믹시*라는 SNS에서 겨우 마이믹** 사이였다. 그녀는 가끔 일기를 써서 올렸다. 어디 어디에 여행 갔다든가, 누구누구와 오랜만에 식사했다든가, 동아리 회식이 있었다든가, 그런 평범한 내용이었다. 나는 일기를 쓰지 않고 읽은 책 리스트를 꾸준히 업데이트했다. 책의 감상을 적는 것도 아니었다. 그저 내가 읽은 책의 리스트를 만들었다.

대학교 1학년이었던 어느 날, 미리에게 다이렉트 메시지가 왔다. "독서를 취미로 삼고 싶으니 재미있는 책을 빌려주면 좋겠어." 내가 "어떤 장르를 읽고 싶은데?"라고 묻자, 그녀는 "독서가가 가장 훌륭한 취향이라고 생각할 만한 장르"라고 답했다.

나는 잠시 생각했다. "좋아하는 축구선수가 누구야?"라는 질문에 "호나우지뉴"라고 답하면 분명 뜨내기 팬 같은 인상을 주긴 한다. 물론 호나우지뉴는 훌륭한 선수지만, 너무 유명하다. 그런데 파벨 네드베드***라고 답한다면 꽤 안목이 있는 느낌을 준다.

나는 정답에 확신을 얻지는 못한 채, 폴 오스터의 『달의 궁전』을 가지고 시부야의 츠타야 내 스타벅스에서 그녀와 만났

* 2004년 서비스를 시작한 일본의 인터넷 커뮤니티 사이트.
** 지인 · 친구로 등록된 멤버.
*** 엄청난 활동량과 유럽 최고의 미드필더로 유명한 체코의 전 축구선수.

네가 손에 쥐어야 했던
황금에 대해서

다. 나는 그녀에게 두 가지 질문을 던졌다. 첫 번째는 "왜 '독서가가 가장 훌륭한 취향이라고 생각할 만한 장르'의 책을 읽고 싶은가?"이고 다른 하나는 "왜 나에게 책을 빌릴 생각을 했는가?"였다.

미리는 두 번째 질문에는 선뜻 답했다. "지인 중에서 가장 책을 많이 읽는 것 같아서"라고 한다. 첫 번째 질문에는 좀처럼 답을 하지 않았지만, 내가 "책을 빌리는 목적을 모르면 『달의 궁전』이 적합한 책인지 아닌지 알 수 없다"라고 했더니 조금씩 진상을 알려 주었다. 맘에 드는 동아리 선배가 엄청난 독서가여서 대화를 맞추고자 소설을 읽을 생각을 했는데 수준이 떨어지는 책 이야기를 했다가 실망을 주고 싶지 않기 때문이라고 했다.

"그 선배가 평소 어떤 책을 읽는지 모르지만." 나는 말했다. "『달의 궁전』을 읽는 사람에게 실망을 느끼는 남자라면 애초에 사귀지 않는 게 낫지."

미리는 나의 그 말에 만족한 듯했다. 헤어질 즈음, 나는 그녀에게 물었다. "그러고 보니 야구부 4번 타자하고는 어떻게 됐어?"

"여름에 차였어." 그녀는 대답했다. "아직도 수긍이 가지 않지만."

"왜?"

"나랑 같이 있으면 공부에 집중할 수 없대. 시험공부에 방해되지 않는 범위에서 사귀었는데."

"그렇군, 슬프겠다."

"응, 슬펐어. 이제 겨우 마음을 추스른 참이야."

나는 그녀에게 『달의 궁전』을 건네고 그대로 헤어졌다. 그날 이후, 우리는 만나지도 않고 연락을 주고받지도 않았다.

그 후, 우리 사이에는 아무 일도 없이 1년이 흘렀다.

나는 여전히 완독한 책 리스트를 업데이트하고 있었다. 리스트가 200권을 넘겼을 때 갑자기 '나는 무엇을 위해 이 리스트를 업데이트하고 있는 걸까?'라는 실존적인 의문을 품게 되었다. 내 친구 중에 독서가 취미인 사람은 없었다. 정확히는 나처럼 독서를 하는 사람은 한 명도 없었다. 나는 혼자서 조용히 책을 읽고 오로지 내면에 차곡차곡 쌓아둘 뿐, 거기서 얻은 지식과 감정을 살려서 무언가를 하려는 것도 아니었다. 믹시에 올려온 독서 리스트는 고독하게 책을 읽는 내가 세상과 접속하는 유일한 곳이었다. 하지만 그곳이라고 해서 누군가 열심히 봐주는 것도 아니다.

"나는 무엇을 위해 이렇게 책을 읽고 있는 걸까?"

지금 와서 돌아보면 하찮은 질문이지만, 당시 나는 꽤 진지했다. 그 정도로 진지하게 책을 읽었다(이런 감정을 더는 품지 않게 된 것도 일종의 진보와 퇴화다).

불안이라고도 허무라고도 해석할 수 있는 무력감 속에서 나는 나카가와 미리에게 "『달의 궁전』을 돌려주면 좋겠어"라는 다이렉트 메시지를 보냈다. 솔직히 말해 빌려준 책을 돌려받고 싶은 마음은 없었다. 한 권 더 사는 편이 저렴하고 빠르다. 다만, 적어도 그녀는 나의 독서 리스트를 봐준 사람이었다. 나는 내 독서 경험을 참조하여 『달의 궁전』을 빌려주었던 것이다. 지금 돌이켜보면 그녀는 나의 독서가 외부 세계와 이어졌다는 것을 증명하는 유일한 증거였다.

"잊고 있었어! 미안, 당장 돌려줄게!" 그녀에게 답신이 왔다. "그리고, 『달의 궁전』 재미있었어."

이렇게 우리는 일 년 만에 다카다노바바의 산마르크 카페에서 만났다. 미리는 『달의 궁전』의 감상을 이야기하더니 폴 오스터의 다른 소설도 읽었다고 한다. 『공중 곡예사』가 제일 좋았다고 했다. 나는 『달의 궁전』이 역시 제일이라고 말했다. 그것도 이해돼, 그녀가 말했다.

저녁 무렵, 나는 조금 용기를 내어 저녁을 같이 먹자고 했다. 그녀는 그러자고 흔쾌히 승낙했다. 발 가는 대로 걷다가 발견한 가스토(Gusto)에서 식사했다. 우리는 거의 난생처음, 서로에 관해 이야기했다. 그때 말했던, 책을 좋아하는 선배에 대한 짝사랑은 이루어지지 않았다고 한다. 독일어 수업에 오다기리 조를 조금 닮은 사람이 있는데 지금은 그 사람을 좋아한다고 한다. 그 사람 사진을 보여 주기에 봤는데 어디가 어떻게 닮았다는 건지 도무지 이해할 수 없었다.

나는 입학하자마자 아르바이트하는 곳에서 사귀었던 여자애와 막 헤어진 참이었다.

"무슨 이유로 헤어졌어?" 미리의 질문에 "사귈 이유가 없어져서"라고 대답했다.

"우와, 냉혹하네." 미리가 말했다.

식사 후에 미리가 "뭔가 새로운 책을 읽고 싶어"라고 하기에 우리는 서점으로 향했다. 서가 앞을 걷다가 커트 보니것의 『타이탄의 세이렌』을 골랐고 그녀가 계산하는 모습을 지켜보았다. 우리는 휴대전화 번호를 교환한 후 밤 10시경 헤어졌다.

그 후 미리와는 한 달에 한 번 정도 만나서 밥을 먹었다. 미리의 부탁으로, 남동생 요시하루에게 공부를 가르치러 후나바시에 있는 그녀의 집에 다녔던 적도 있었다. 요시하루는 도쿄대 수험을 앞두고 있었다. 미리의 어머니는 간사이 방언을 쓰는 쾌활한 사람으로 언제나 저녁밥을 차려 주셨다.

"요시하루는 어떤 것 같아? 가능성 있겠어? 솔직하게 말해줘."

식사가 끝난 후 미리의 어머니가 그렇게 물었을 때 나는 "재수하면 확실히 붙을 겁니다"라고 답했다. "현역으로는, 사립대는 문제없겠지만, 도쿄대는 힘들지도 모르겠습니다."

"역시 그렇지? 나도 그렇게 생각했어. 하필이면 고3 여름에 여자 친구를 사귀는 바람에. 미리랑 똑같다니까."

"하지만 음, 장기적인 시각으로 보면 인생에서 연애가 대학 입시보다 중요하지요."

"오가와 군, 멋진 말 하네."

겨울이 지나고, 해가 바뀌고 봄이 왔다. 요시하루는 도쿄대에 떨어지고 와세다대학교에 진학했다. 미리와 똑같다. 미리는 오다기리 조를 닮은 남자와 사귀다가 잘되지 않아 3개월 만에 헤어졌다. 미리의 생일 선물로 나는 라이브 공연 티켓을 주었다. NHK 홀에서 쿠루리*의 공연을 보고 나서 시부야에서 밥을 먹었다.

그날을 기점으로 우리는 매월 2번 정도 만났다. 내 생일도 함께 보냈다. 평소보다 조금 고급스러운 오모테산도의 레스토랑에서 미리는 다니자키 준이치로의 『미친 노인의 일기』 초판본

---

* 교토 출신 록밴드.

을 내게 선물로 주었다. 나는 무척 기뻤으나, 그 이상으로 '어떻게 이 선물을 골랐을까?'가 궁금했다. 책에 그리 해박하지 않은 사람이 골랐다기에는 너무 진중한 선택이었다.

미리는 안 가르쳐 주려고 꽤 버텼으나, 집요하게 파고들었더니 결국 자백했다.

"전에 독서를 좋아하는 선배 얘기했었잖아?" 그녀가 말했다.

"응. 동아리 선배였지, 당시 짝사랑 상대였던?"

"맞아. 그 선배한테 골라달라고 했지. '다니자키의 초판본을 받고 기뻐하지 않는 사람과는 사귈 가치가 없어'라고 하더라."

나는 어떻게 대답해야 할지 잠시 망설였으나 "그건 그렇지"라고 수긍했다.

지금 와서 생각하면, 그 말이 '고백'이었는지도 모른다. 집에 가는 길에, 처음으로 들렀던 오모테산도 힐스에서 대학 친구와 마주쳤다. 친구는 미리를 가리키며 "여자 친구?"라고 물었다. 나는 조금 망설이다가 "응" 하고 대답했다. 미리는 부정하지 않았다.

다음 해, 미리는 본격적으로 취업 준비를 시작했다. 대학원에 진학할 예정이었던 나는 졸업 논문 준비를 하거나 좋아하는 책을 읽으며 지냈다. 미리는 제조업체 2개사, 텔레비전 방송국,

이토추에 합격했는데 가장 급여가 높은 이토추를 택했다. 그녀는 봄부터 회사원이 되어 모리시타에서 자취를 시작했다. 그녀의 본가, 회사, 내가 사는 집을 선으로 연결했을 때 삼각형의 중심점에 해당하는 곳이었다고 한다.

휴일에는 자주 둘이서 여행을 떠났다. 나는 항상 책을 두 권 가지고 갔다. 그중 한 권을 미리가 고르고 남은 것을 내가 읽었다. 목적지로 향하는 전차나 비행기에서 책을 읽고 다 읽으면 교환했다. 매년 몇 번인가 미리의 본가에 함께 간 적도 있었다. 그녀의 아버지가 유라쿠초에 오라고 하여 둘이 술을 마신 적도 있었다.

"자네는 뭔가 하고 싶은 게 있나?"

꽤 술을 마신 후에 미리의 아버지는 그렇게 물었다. 미리의 아버지는 은행원으로 신입사원 때부터 죽 같은 은행에 근무하고 있었다. 나는 어떻게 대답해야 할지 진지하게 생각해 봤지만, 이거다 싶은 답을 찾을 수 없었다.

곤란할 때는 솔직하게 답해야 한다. 이것 역시 누군가의 격언은 아니다. 스스로 생각한 말이다. 나는 솔직히 답했다. "딱 떠오르는 건 없습니다."

"그럼 하고 싶지 않은 것은 있나?"

"그건 많습니다."

"가령 어떤 거지?"

만원 전차를 타고 출퇴근하는 것도 싫고, 무능한 인간이 잘난 체하는 꼴도 보기 싫었다. 알람 시계에 맞춰 일어나는 것도 싫었고, 졸음에 취한 채 하루를 보내는 것도 싫었다. 돈을 벌기 위해 거짓말을 하는 것도 싫었고 누군가의 비위를 맞추려고 지론을 굽히는 것도 싫었다. 하지만, 그런 말을 입에 담으면 미리 아버지의 인생에 흠집을 낼지도 모른다는 생각이 들었다. 눈앞의 그는 내가 하기 싫어하는 것을 하며 돈을 벌어 두 자녀를 사립대학교에 보냈는지도 모르기 때문이다.

"만원 전차를 타고 싶지 않습니다."

나는 신중하게 그렇게 대답했다. 난처했지만, 솔직하게 대답할 수밖에 없다고 각오했다.

"만원 전차는 정말 최악이지." 미리의 아버지는 말했다. "나도 질색이네. 또 다른 건?"

"무능한 인간이 잘난 체하는 꼴을 보는 것도 싫습니다."

그 말을 듣더니 미리의 아버지는 박장대소했다. "정말 그렇군. 나도 잘난 체하는 건 아닌지 조심해야겠군."

이야기의 끝에, 미리의 아버지는 "무슨 일이 있어도 전화기에 대고 소리를 지르는 사람과 뜨거운 걸 못 먹는다는 사람은 신뢰해서는 안 되네"라고 말했다.

네가 손에 쥐어야 했던
황금에 대해서

"그렇군요." 나는 고개를 끄덕였다.

이를 계기로 나는 취직에 관해 생각하기 시작했다.

"당신의 인생을 원그래프로 표현하시오"라는 질문은 그 질문이 설정된 배경을 초월하여 내게 수많은 질문을 던졌다. 이 질문에 답하기 위해 나는 내 인생을 돌이켜보았다. 혼자서 업데이트해 온 독서 리스트와 그 독서 리스트를 보고 내게 연락한 미리에 관해서 생각했다.

독서란 본질적으로 대단히 고독한 작업이다. 영화나 연극처럼 누군가와 동시에 즐길 수 있는 행위가 아니다. 처음부터 끝까지 오직 홀로 경험한다. 그뿐만 아니라, 책은 독자에게 상당한 능동성을 요구한다. 눈앞에서 일어나는 무언가를 그대로 받아들이는 것이 아니다. 독자는 자신의 의지로 책을 마주하고 제힘으로 언어를 수용해야 한다. 그런 고문을, 상황에 따라서는 몇 시간, 많으면 열 시간 이상을 요구한다. 나는 때때로 책이라는 존재가 어리광쟁이 어린아이나 성가신 연인처럼 보인다.

"나만 봐. 나에게만 계속 관심을 줘."

책이 그렇게 소리치는 것처럼 느껴진다. 참으로 오만하다고 생각한다.

그러나 그 오만함 덕분에 우리는 한 권의 책과 깊은 부분에서 교감할 수 있다. 누군가가 쓴 글과 단 한 명의 고독한 독자. 둘만의 시간을 농밀하게 보냈기에 가능한 유대다.

나는 지금, 구직 활동을 하고 있다. 타인에게 전달하는 언어로, 최대한 나라는 인간을 표현해야 한다. 그러나 독서라는 행위의 본질적인 고독과 독서가 우리에게 요구하는 오만함 탓에 적절한 언어가 나오지 않는다. 적절한 원그래프를 그릴 수가 없다.

나는 입사지원서를 채우기 위해 나라는 인간을 기술하고자 한다. 학창 시절 축구부원이었고 독서를 좋아한다. 그러나 그것만으로는 부족하다. 아직 나라는 인간을 충분히 표현해내지 못한다. 지바현 지바시 출신, 『H2』를 스무 번 정도 읽었고 영화 《좋은 친구들》을 네 번 봤다. 그래도 아직 부족하다. 러셀의 기술 이론에 따라 그렇게 나의 특징을 하나하나 열거하다 보면 언젠가는 나라는 인간의 고유명과 같은 의미가 된다. 반면, 크립키는 아무리 기술을 계속한다고 해도 고유명과 같은 의미가 되지 않는다고 주장했다.

크립키는 '이름'을 '고정지시어(rigid designator)'라고 불렀다. '고정지시어'란 모든 가능 세계에서 그 '이름'이 변하지 않는 것으로 고정하는 기능을 가지는 것이다. 내가 『H2』를 읽지 않았어도 나는 나다. 크립키는 나라는 고유명은 형이상학적으로 동일하다고 지적한다.

"나왔다, 형이상학." 미리가 말했다.

우리는 기노사키 온천으로 가는 특별급행 전차 안에 있다. 미리가 점점 바빠지는 바람에 여행 횟수는 상당히 줄었다. 이번 여행은 꽤 오랜만에 가는 것이다.

"형이상학의 화제를 제시한 사람은 내가 아니라 크립키야."

"나는 철학에 해박하지도 않지만, 크립키가 말한 게 옳다고 생각해."

"어떤 점에서?"

"고유명에는 기술로 전부 회수할 수 없는 무언가가 있다는 점. 나라는 인간을 어떻게 기술한다고 해도 완전히 설명할 수 있을 거라고 생각되지 않거든."

"다시 말하면, 대상의 성질에 의해 이름이 정해지는 것이 아니라, 명명命名 자체가 이름의 본질이라는 입장이군."

"내가 그 입장에 속하는지는 잘 모르겠지만."

"이름의 본질을 담보하는 것은 이름이 붙여진 후 그 이름을 공유해 온 사회의 인과적 사슬(causal chain)이라는 거야. 다시 말하면, 언어와 지식은 개인의 머릿속에 있는 게 아니라 공동체에 의해 결정된다는 거지."

"있지, 철학자들은 왜 그렇게 극단적인 거야?"

"철저히 파고들어 생각할 필요가 있으니까. 크립키의 명명에 관한 논의에는 다양한 비판이 있었어. 언어가 본질적으로 외재적이라는 주장도 여러 철학자에게 상당히 공격당했지.”

“잘 모르긴 해도 쉽지 않구나.”

“그렇지. 쉽지 않아. 직관적으로는 옳아 보여도 깊이 파고들어 생각했을 때 모순이 발생하는 거지. 철학자는 수천 년 동안 그런 것을 반복해 왔어.”

나는 여행 가방에서 책을 두 권 꺼냈다. 켈리 링크의 『초보자를 위한 마법』과 시가 나오야의 『기노사키에서·어린 점원의 신(城の崎にて·小僧の神様)』이다.

미리는 책을 고르기 전에 “좀 더 잘래”라고 말했다. 아직 업무 피로가 풀리지 않은 듯했다. 결국, 미리는 기노사키 온천에 도착할 때까지 죽 잠을 잤고 돌아오는 전차에서도 계속 잤다. 나는 혼자서 두 권을 다 읽었다.

나는 “당신의 인생을 원그래프로 표현하시오”라는 질문을 넘기고 다른 항목을 채우기로 했다. 지망하는 부서, 최근 가장 인상 깊었던 뉴스 등을 써 내려갔다. 생각보다 순조롭게 빈칸을 채울 수 있었다.

글을 쓰는 내내, 나는 고독했다. 그곳에는 타인이 개입할 여지가 없이 세상에는 나와 종이, 펜만이 존재한다. 독서라는 행위가 본질적으로 고독하다면 책을 집필하는 행위 역시 본질적으로 고독하다. 대부분의 경우, 책은 한 사람이 쓰고 한 사람이 읽는다. 그 일대일의 관계성 속에 어떤 기적이 깃든다.

나는 책장을 보았다. 수많은 문호의 이름이 있다. 바닥에도 비슷한 수의 문호가 흩어져 있다. 모든 문호가 이런 고독 속에서 집필 작업을 했을 것이다. 그들이 당대에 유명했는지 아니었는지, 부자였는지 아니었는지는 관계없다. 찰스 디킨스도 나도 마찬가지다. 글을 쓰는 동안은 누구든 똑같은 행위를 한다. 그곳에는 필자와 종이, 펜만이 존재한다. 독자도 마찬가지다. 독서를 하는 동안은 시대와 국가를 초월하고 빈부의 차도 초월하며 오로지 책과 독자만이 존재한다.

누군가는 책을 쓰고 누군가는 책을 읽는다. 물론 양자 간에는 수많은 사람이 관여한다. 편집자와 출판사가 있고 도매상과 서점이 있다. 하지만, 그 시작과 끝은 궁극적으로 고독하고 궁극적으로 공평하다. 그렇기에 나는 책을 읽었다. 고독해도 상관없다. 그런 인간이 이 세상에 있다는 것을 아무도 몰라도 상관없다고 생각했다. 그렇게 다양한 이야기를 내면에 켜켜이 쌓아왔다.

나는 크립키를 떠올렸다. 크립키는 고유명에는 기술의 묶음으로는 회수할 수 없는 잉여가 존재한다고 했다. 책이란 결국 기술記述의 묶음이다. 방대한 세상을, 언어 속에 가두는 작업이다. '화창하게 갠 봄날 아침, 커튼을 걷었을 때 쏟아지는 햇빛'이라는 문장은 화창하게 갠 봄날 아침에 커튼을 걷었을 때 쏟아진 진짜 햇빛은 아니다. 아무리 노력해도 진짜 햇빛에는 비할 수 없다.

크립키의 주장을 바꿔 말하면 현실 세계에는 소설로는 회수할 수 없는 잉여가 존재한다. 하지만, 하고 나는 반론을 제기하고 싶어진다. 소설에는 현실 세계에서 경험할 수 없는 기적이 존재한다. 항상 그 기적을 만날 수 있다고 장담할 수는 없지만, 특별한 책을 만났을 때는 언어로 설명할 수 없는 종류의 감동이 전해진다. 100퍼센트 언어에 의해 구성된 책이라는 물체가 어떻게 언어를 초월할 수 있는 것일까…… 적어도 언어를 초월한 듯이 착각할 수 있는 것은 왜일까?

그 비밀은 틀림없이 독서라는 고독한 행위 속에 있다.

나는 입사지원서를 책상 위에 둔 채 자리에서 일어났다.

소파에 미리는 없다. 원래는 오늘도 함께 식사할 예정이었는데, 갑자기 회사에서 나올 수 없는 일이 생겼다고 한다. 나는 "당신의 인생을 원그래프로 표현하시오"라는 문장을 물끄러미 바라본다.

내 인생에는 원그래프로 표현할 수 없는 잉여가 있다. 나는 입사지원서의 공백을 향해 그렇게 반론을 제기했다.

우리는 이와모토초에 있는 이탈리아 레스토랑에 있다. 지난 번 막판에 취소한 약속에 대한 사과의 의미인지 드물게 미리가 예약했다. 주문한 음식이 나올 때까지 미리는 우롱차를 마시며 내가 작성한 입사지원서를 읽었다.

"나쁘지 않아. 그런데 조금 약해." 그녀는 말했다. "오가와가 쓴 글의 약점, 가르쳐줄까?"

"뭔데?" 나는 레드와인을 마시며 물었다.

"문장이 반드시 '아마'나 '어쩌면'으로 시작해서 '라고 생각한다'나 '일지도 모른다'로 끝나는 점."

"듣고 보니 그럴지도 모르겠네."

"거봐. 또 '그럴지도 모르겠네'."

"아." 나는 작게 탄성을 질렀다. 스스로도 의식하지 못했지만, 필시 그랬을 것이다.

"단언 공포증이지." 미리가 말했다.

"선생님, 어떻게 하면 고칠 수 있나요?" 내가 물었다.

"충분한 수면과 규칙적인 생활, 최소한의 운동, 균형 잡힌 식사…… 로는 낫지 않겠지요."

"그럼, 어떻게 하면 되나요? 치료 방법은 없는 건가요?"

"당신은 왜 자신이 단언 공포증에 빠졌다고 생각합니까?"

"환절기에 배를 내놓고 잠을 자서 그런 걸까요?"

"아닙니다." 미리가 고개를 가로저었다. "진실을 말하려고 너무 애쓰기 때문이에요."

"진실을 말하는 것이 나쁜 건가요?"

"나쁜 건 아니지만, 취직은 못 합니다."

"어떻게 하면 취직할 수 있습니까?"

"오가와 씨의 취미를 살리면 되지 않겠습니까?"

"취미, 말씀인가요?"

"소설이요. 여태까지 수없이 읽어 왔잖아요. 입사지원서에 소설을 쓰면 되는 겁니다. 구직 활동은 소설이에요. 당신은 소설의 등장인물입니다. 이야기가 재미있으면 거짓이어도 상관없어요. 진실을 쓰려고 할 필요는 없습니다."

"나카가와 선생님, 큰 공부가 되었습니다."

"그러면 연습을 해 봅시다."

"연습이요?"

"뭐라도 좋으니 거짓말을 한번 해 보세요."

"미키 마우스는 쥐의 해에 태어났다."

나는 그렇게 말했다.

"그건 정말 거짓인가요?" 미리가 물었다.

"조사해 본 적은 없지만, 십이분의 십일이라는 확률로 거짓입니다." 내가 말했다.

"좋았어. 바로 그거야." 미리가 말했다.

나는 난생처음, 소설 쓰기를 시도했다. 주인공은 구직 활동을 앞둔 대학원생이다. 신다이타와 다이타바시 중간에 있는 월세 7만 엔짜리 원룸에 살고 있고 아르바이트와 대출받은 학자금으로 생활하고 있다. 양친은 모두 건재하시고 부자는 아니지만 가난하지도 않다. 사귄 지 3년 된 무역상사에 다니는 여자 친구가 있다. 책을 읽는 것을 좋아한다는 이유로 출판사에 지원하려고 한다.

소설의 주인공으로 삼기에는 매력이 떨어지는 인간이라는 생각이 든다. 갈등도 없고 이렇다 할 인생의 굴곡도 없다. 이대로는 독자의 공감을 얻을 수 없다.

이 주인공의 최종 목표는 취직이다. 이야기를 성립시키기 위해서는 주인공에게 무언가가 결핍되어 있고 취직을 통해 반드시 그 결손을 채워야 한다. 그러나 이 주인공은 '취직'을 하려는 동기가 부족하다. 가난한 본가를 경제적으로 지원해야 할 필요도 없고 거액의 빚을 갚아야 하는 상황도 아니다. 성공한 사람이 되어 누군가에게 본때를 보여 주길 간절히 원하는 것도 아니고 실존적인 무능감에 노출된 것도 아니다.

책을 좋아하여 출판사에 지원하려고 생각했습니다…… 오케이, 그건 알았다. 그런데 자네는 애초에 왜 취직하려고 생각했나? 책이 좋으면 그저 책을 읽으면 되지 않나. 자네가 왜 취직하고자 생각했는지, 그 이유가 무엇인지 명확히 설명해 주게. 그렇지 않으면 이야기가 태어날 수 없지 않은가?

애초에 나는 왜 취직을 하려고 하는가? 나는 자문한다.

돈을 위해서인가? 물론 살아가는 데 있어 돈은 필요하다. 하지만, 취직은 돈을 벌기 위한 충분조건이긴 하지만, 필요조건은 아니다. 굳이 기업에 취직하지 않아도 돈을 버는 것은 가능하다. 사실상 나는 주 4회 학원 강사 아르바이트로 대졸 신입사원 초봉 수준의 돈을 벌고 있다.

부모를 위해서인가? 물론 내가 취직하면 부모는 기뻐할 것이다. 부모가 기뻐하면 물론 나도 기쁘다. 하지만, 딱히 나는 부모를 기쁘게 하려고 살아가는 것은 아니다.

그럼 대체 무엇을 위해서인가, 나는 팔짱을 꼈다. 입사지원서에 소설을 쓰기 위해 나는 진지하게 생각했다.

다음 날, 나는 양복을 입고 화이트보드 앞에 섰다. 스물한 명의 학생이 내 수업을 듣기 위해 나를 바라보고 있다. 나는 수업을 시작하자마자, 지난주에 내준 가정법 과거에 관한 숙제를 걷었다. 열별로 숙제 프린트가 쌓여갔다. 나는 그것들을 전부 모아 매수를 확인한다. 스물한 장이다. 즉, 학생 전원이 숙제를 제출한 것이다.

"지금, 제 기분을 솔직히 말해도 될까요?" 나는 학생들에게 질문을 던졌다. 몇몇 학생은 고개를 끄덕였고 다른 학생들은 조금 어리둥절한 표정을 지었다.

"놀랍군요." 나는 말했다. 교실 내에 조금 무거운 공기가 감돌았다. 학생들은 이제부터 무슨 이유인지는 모르지만 혼나는 것은 아닌지 경계하고 있기 때문일 것이다. 평소, 나는 수업과 관계없는 이야기는 거의 하지 않는다.

"놀랍게도 스물한 명 전원이 숙제를 제출했어요. 이건 정말 놀랄 만한 일이에요."

왜냐하면, 내 기억이 맞는다면 나는 학생 때 한 번도 숙제를 제출해 본 적이 없기 때문입니다…… 그렇게 말할 뻔했으나 참았다. 학원 강사가 할 말로 적절하지 않다.

"사오토메, 왜 숙제를 해야겠다고 생각했지요?"

나는 가장 앞줄에 앉아 있는 남학생에게 물었다. 축구부 포워드이고 아버지가 부동산 회사 임원인 학생이었다.

"선생님이 숙제를 내주셨으니까요." 사오토메가 대답했다.

"분명 내가 숙제를 내긴 했지요. 하지만 숙제를 하지 않는다는 선택도 할 수 있었을 텐데요."

"숙제는 해야 한다고 생각합니다."

이렇게 말하고 나서 사오토메는 당혹스러운 표정을 지었다. 내가 나무란다고 느낀 것일까? 어찌 됐든, 숙제해 온 학생에게 "숙제를 한 동기에 문제가 있다"라고 화를 낼 수는 없다.

"훌륭한 태도군요." 나는 말했다. "그럼 마나카는 왜 숙제를 해 왔지요?"

다른 학생에게 질문을 돌렸다. 사오토메가 안도한 듯한 표정을 짓는 모습이 시야 가장자리에 들어왔다. 마나카는 근처 여자고등학교에 다니는 학생으로 초등학생 때까지는 홋카이도에 살았다.

"지망하는 학교에 합격하기 위해서입니다." 마나카가 답했다. 똑바로 나를 바라보고 있다.

"지망하는 학교에 합격하는 것은 누구를 위한 거지요?"

나는 짓궂은 질문을 했다. 마나카는 잠시 생각하더니 "저 자신을 위한 겁니다"라고 답했다.

"좋은 자세군요"라고 말하고 나는 수업을 시작했다. 학생들은 잠시 어안이 벙벙했다.

숙제란 자기 자신을 위해 하는 것이다…… 마나카의 말이다.

나는 그 말에 대입해 보았다. 구직 활동이란 나 자신을 위해 하는 것이다.

나는 노트북 컴퓨터를 열고 나라는 인간을 기술할 수 있는 만큼 열거해 나갔다. 하나하나 기술을 검토하고 취직의 동기가 되는 근거를 탐색했다. 좀처럼 눈에 띄지 않아서 나는 기술 자체에 수정을 가하기로 했다. 학창 시절 축구부였다는 설정을 문예부였다는 설정으로 바꾸어 보았다. 그것만으로도 이야기가 확 펼쳐지는 느낌이 들었다. 문예부였던 나는 학창 시절에 동인지를 출판한 적이 있었다. 첫 단계인 기획부터 참여하여 마감을 지키지 않는 부원들을 독려하고 밤을 지새우며 교정 작업을 했다. 인쇄소와 협의하며 무사히 학교 축제일에 맞춰 인쇄를 마쳤다. 당일 다 팔리지 않은 동인지 재고를 소진하기 위해 다양한 홍보 전략을 세웠다. 결국, 그때의 전략은 효과를 발휘하지 못했고 지금도 집에는 동인지 재고가 남아 있다. 내가 출판사에 지원하는 것은 이 경험이 바탕이 되었다. 다양한 사람과 관계를 맺으며 책이라는 하나의 작품을 만들고 다수의 독자에게 전한다. 그 기쁨을 더욱 깊은 곳에서 느끼고 싶다.

진부할지는 모르지만, 조리가 맞는 이야기다. 주인공에게는 명확한 동기가 있고 그것을 충족시키고자 생각한다. 그런 사람이야말로 출판사에 취직해야 할 것이다.

그리고 나는 깨달았다. 지금 이 세계의 나에게는 취직할 동기가 없을지도 모르지만, 가능 세계의 나에게는 동기가 있다. 가능 세계에 존재하는 나의 동기를 모으다 보면 무언가 답이 보이는 것은 아닐까?

나는 내 출신지를 바꿔 보았다. 가정환경을 바꾸고 나이도 바꾸어 보았다. 취미를 바꾸고 대학교에 다니지 않았다고 해 본다. 성별을 바꾸려고 생각하던 차에 그러면 이름도 바꿀 필요가 있다는 것을 깨닫는다.

이름은 고정지시어라고 말한 크립키를 떠올린다. 가능 세계에 흩어져 있는 다양한 나의 가능성을 묶은 것이다. 나는 마음속으로 크립키의 허락을 얻어 내 이름을 버린다. 나는 제시카 버튼이라는 미국인 여성을 생각하고 있다. 제시카는 결혼하여 남편도 있는데 자신의 평범한 생활에 무료함을 느끼고 있다. 그녀는 무슨 일이 일어나 세계가 순식간에 바뀌기를 마음속 어딘가에서 바라고 있다.

나는 제시카의 인생에 관한 글을 썼다. 그녀는 어디에서 태어나 무엇을 중요하게 여기며 살아왔는가? 무엇을 믿으며 무엇에 배반당했는가?

그 순간, 나는 다른 누구를 위해서도 아닌, 나 자신을 위해 글을 쓰고 있었다.

마나카의 말을 다시 빌린다. 글이란, 나 자신을 위해 쓰는 것이기도 하다.

미리와 나는 이카호 온천에 있다.

이와모토초의 이탈리아 레스토랑에서 식사한 후로 상당한 시간이 지났다.

사귀기 시작한 이후 이렇게 오래 만나지 않은 건 아마 처음일 것이다. 미리의 일이 바빴던 것도 있지만, 기본적으로 나 때문이었다.

그동안 나는 내내 소설을 쓰고 있었다. 소설을 쓰기 시작한 후 어찌 된 영문인지 미리와 만날 마음이 들지 않았다. 어쩌면 내게는 소설을 쓰는 것과 미리를 만나는 것은 인생에서 같은 부분에 존재하는 건지도 모른다. 그런 생각을 했다. 그래서 양쪽을 병행할 수가 없었던 것이다.

이번 여행은 미리의 생일을 축하하는 의미도 있었다. 생일 당일은 미리의 업무 때문에 함께 보내지 못했다. 료칸에서 식사하고 이미 지나가 버린 그녀의 생일을 축하했다. 미리가 이전부터 가지고 싶어 했던 보테가 베네타 지갑을 선물했다. 미리는 여느 때와 달리, 술을 마셨다. 맥주를 고작 한 잔 마셨을 뿐인데 막 다진 고기처럼 얼굴이 새빨개졌다.

"딱 한 잔 정도는 마실 수 있게 됐어." 미리가 말했다. "요즘 들어, 줄곧 회식이었거든."

"무리하지 않아도 돼."

"한 잔 정도는 괜찮아. 더는 못 마시지만."

나와 미리는 미완성으로 끝난 입사지원서 이야기를 했다. 미리의 조언에 따라 소설을 쓰려고 했어…… 나는 그렇게 설명했다. 하지만 나라는 사람은 아무래도 입사지원서라는 이야기의 주인공에는 적합하지 않은 것 같아서.

"어째서?" 미리가 물었다.

"한마디로 말하면, 동기가 없어." 나는 대답했다. "나는 스스로도 내가 왜 취직하려고 하는지 만족스럽게 설명할 수가 없더라고."

"그건 아마……."

미리는 무언가 말을 하려다가 "……아니야, 아무것도 아냐"라며 도중에 그만두었다.

뭔데, 말해 봐, 라고 말하다가 미리와 눈이 마주쳤다.

눈이 마주친 순간 기적처럼 무언가가 쏟아져 내려와 나는 갑자기 답에 도달했다. 그렇구나, 너였구나, 나는 생각했다. 맞아, 나였어, 미리도 그렇게 생각한 것이 틀림없다. 나는 시선을 뗄

구고 내 잔에 맥주를 따랐다.

나는 무의식중에 어디에 내어놓아도 부끄러울 것 없는 인간이 되려고 했었다. 좀 더 구체적으로 말하면 미리와 결혼하기 위해서는 견실하게 취직해야 한다고 생각했다. 그래서 나는 취직하려 했던 것이다.

나는 와락, 눈물을 쏟을 뻔했다. 왜 눈물이 쏟아지려 했는지 아직도 잘 모르겠다.

고개를 들어보니 미리가 울고 있었다. 맥주 때문에 얼굴이 붉어져서 오열하고 있는 듯이 보였지만, 아마 그렇지는 않을 것이다. 조용히, 소리 없이 울고 있다.

"전에 오가와가 우리 아빠랑 둘이서 술을 마시러 간 적 있었지?"

미리가 코를 훌쩍이며 말했다.

"응. 유라쿠초에서."

"맞아. 그 후에 아빠를 만났는데, 아빠가 뭐라고 했는지 알아?"

"전혀 짐작이 가지 않는데."

"'나는 미리를 세상에서 제일 애지중지하며 키운 줄 알았는데 세상에서 두 번째였다'라고. '더 애지중지 자란 녀석이 있었다'라면서."

"그건 칭찬인가?"

"모르겠어. 아마 칭찬도 비난도 아니었을 거야. 왜일까, 그 생각이 나서 눈물이 멎지 않네. 아빠가 세상을 떠난 것도 아닌데. 지금도 매일 아침 활기차게 출근하고 있는데 말이지."

내 목구멍에 말이 탁 걸렸다. 그 말은 안간힘을 다해 바깥세상으로 나오려고 했다. 하지만 나는 본능적으로 "나오면 안 돼" 하고 명했다. 일단 밖으로 튀어나오면 두 번 다시 같은 곳으로 돌아올 수 없을 것이라는 예감이 들었다.

"최근 계속 못 만났잖아?" 미리가 말했다. 나는 "응" 하고 수긍했다.

"그동안, 이런저런 생각을 했어. 예전 일이랑 장래 일 같은 거."

"응." 나는 또다시 고개를 끄덕였다.

"완성하지 못한 입사지원서에 관해서도 좀 생각했어."

"뭔가 묘안이라도 떠올랐어?"

"안 떠올랐어." 미리는 대답했다. "아니, 정확히는 좀 달라. 그 질문에 오가와는 답하지 않아도 될 것 같아. 무리해서 채울 필요는 없다고."

"어찌 됐든 이미 마감일이 지나버렸는걸."

"알아." 미리가 고개를 끄덕였다. 웃음을 지으려고 애쓰는 듯

네가 손에 쥐어야 했던
황금에 대해서

한 어정쩡한 표정으로 나를 바라보았다.

"나도⋯⋯"라고 말을 시작하면서 목구멍을 꽉 막고 있던 말이 튀어나오려는 듯한 느낌에 사로잡혔다. "⋯⋯나도 요즘 들어 여러 가지 생각을 했어."

"어떤 생각?"

"소설에 관해서."

"입사지원서라는 소설?"

"아니, 그건 아니고." 나는 고개를 가로저었다. "입사지원서는 이미 기한이 지났고 무엇보다 나라는 사람은 소설의 주인공으로 적합하지 않아. 내 인생에는 가슴이 뛰는 스토리가 없어."

"그렇다면 그게 아닌 소설에 관해 생각했어?"

"응. 처음에는 나라는 사람에 대해 새롭게 기술해 보았어. 크립키를 인용하자면 가능 세계의 나에 관해 생각해 본 거지. 하지만 그걸로는 왠지 부족해서 내 이름을 버렸어. 완전히 새로운 인격을 만들어내서 그 인격이 세상과 충돌하는 이야기를 생각했어."

"왠지 모르게 그런 게 아닐까 하는 생각이 들었어."

미리의 볼을 타고 흐르던 눈물이 턱 끝에서 탁자 위로 떨어졌다.

"그래서⋯⋯." 말을 꺼낸 나를 미리가 제지하며 말했다. "⋯⋯

내가 말할게."

"응." 나는 미리의 말을 기다리며 나 자신이 지금부터 무슨 말을 하려 했는지 스스로도 잘 몰랐다는 사실을 깨달았다.

"나와 함께 있으면 소설에 집중할 수 없는 거지? 전에도 똑같은 말을 들었던 적이 있어서 잘 알아."

"야구부 4번 타자한테?"

"응."

그리고 나는 무슨 말을 해야 할지 필사적으로 찾았다. 전 세계를 찾아 헤맸지만, 아무 말도 찾지 못했다.

"미안." 나는 말했다. "그럴지도 모르겠어."

다음 날, 우리는 예정대로 몇 곳의 온천을 돌고 미즈사와 우동*을 먹은 후 렌터카로 도쿄로 돌아왔다. 다소 거북함은 있었지만, 비통한 감정은 드러내지 않으려고 노력했다. 차 안에서 무슨 이야기를 했는지는 전혀 기억나지 않는다. 보즈 오브 캐나다(Boards Of Canada)의 앨범이 무한 반복되고 있었다. 고속도로에서 빠져나온 후 나는 "집까지 데려다줄까?" 하고 제안했지만, 미리는 괜찮다고 했다. 우리는 신주쿠의 렌터카 가게에서 헤어졌다. 마지막으로 나눈 말은 "자, 그럼"이었다.

* 일본의 3대 우동 중 하나라고 불리는 군마현의 우동.

집으로 돌아와 여행 가방에서 짐을 꺼내 정리하며 나는 한 글자도 읽지 않은 마리오 바르가스 요사의 『녹색의 집(La casa verde)』과 이토 게이카쿠의 『세기말 하모니』를 집었다. 그래도 역시 눈에 들어오지 않아서 방에 남아 있는 미리의 짐을 모았다. 언젠가 한 번에 부쳐야지 생각하면서도 결국 그러지 못했다.

이렇게 해서 나는 소설을 썼다. 입사지원서 때와는 180도 달랐다. 모든 것이 내 탓이었지만, 적어도 내게는 결손이 있었고 그 결손을 메우고자 하는 동기가 있었다. 나는 소설을 쓰지 않을 수 없었다.

신주쿠의 렌터카 가게에서 헤어지고 나서 6년 후에 고등학교 동창에게 미리가 결혼했다는 이야기를 들었다. 상대는 오다기리 조를 닮은 남자도, 동아리 선배도 아닌, 회사 동기라고 한다. 나는 이미 소설가로서 데뷔한 후였다. 축하의 말을 보낼까 한 시간가량 고민하다가 결국 아무 말도 보내지 않았다.

방은 이전보다도 더 어질러져 있었다. 매일같이 문호의 수가 늘어났기 때문이다. 가즈오 이시구로가 날뛰는 모습을 안톤 체호프와 레이먼드 카버가 책상 위에서 지켜보고 있다.

지금도 가끔, 나는 가능 세계의 나에 관해 생각한다. 무수한 가능 세계의 어딘가에는 인생을 원그래프로 표현하는 데 성공하여 입사지원서를 무사히 제출한 나도 있을 것이다.

한 번은, 신초샤의 편집자에게 "신초샤에 지원하려고 한 적이 있었습니다"라고 말했던 적이 있다. 그러자 편집자는 "저도 예전에 소설을 쓰려고 한 적이 있습니다"라고 답했다.

나는 입사지원서를 쓰는 데 실패하여 소설가가 되었다. 편집자는 소설을 쓰는 데 실패하여 신초샤에 입사했다. 어쩌면 우리가 서로의 자리에 서 있는 가능 세계도 존재할지 모른다.

그러나, 그렇다고 해도 나는 나고, 편집자는 편집자다. 크립키에 따르면, 우리 이름에는 기술로는 전부 회수할 수 없는 잉여가 있다. 그 잉여라는 것은 다양한 가능성을 묶어두는 쐐기다. 우리는 손에 넣을 수 없었던 무수한 가능 세계에 관해 생각하며 매일 부분적으로 진보하고 전체적으로 퇴화하며 살아가고 있다. 분명, 그런 식으로 살아갈 수밖에 없으리라.

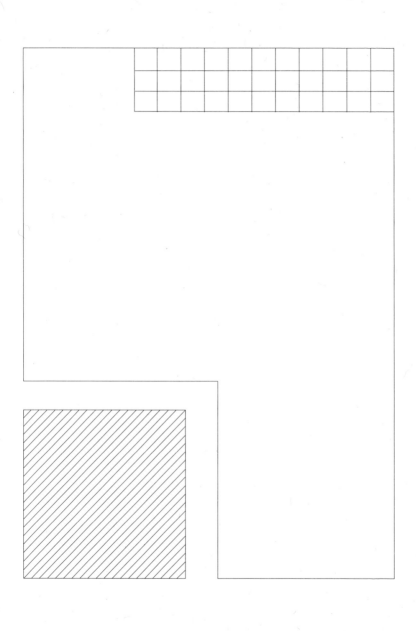

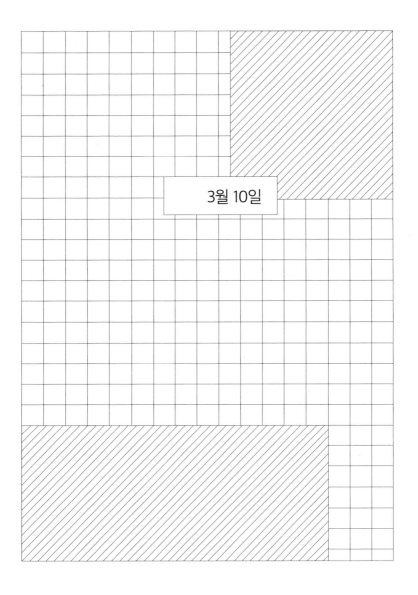

3월 10일

대지진으로부터 정확히 3년이 지난 올해 3월 11일 밤, 유라쿠초의 술집에서 고등학교 동창 네 명이 모여 술을 마셨다. 서로의 근황에 관한 이야기를 한바탕 주고받고 나자 오늘이 공교롭게도 3월 11일이라는 이야기가 나왔고 대화의 주제가 물거품으로 끝났던 스노보드 여행 계획으로 넘어갔다. 3년 전, 우리 네 명은 스노보드를 타러 갈 예정이었다. 야간 버스를 이용하는 초저가 여행 계획이었는데 네 명 중 한 명이 학생으로서의 마지막 해였으므로 소박하게나마 졸업여행의 의미도 겸했다. 그때는 모두 학생이었는데 3년이 지나니 나 빼고는 모두 취직했다.

결국, 스노보드 여행은 중지되었다. 출발 이틀 전에 그 지진이 일어났기 때문이다.

　우리 네 명이 운이 좋았던 건 틀림없는 사실이다. 지진 당시 도호쿠에 있지도 않았고 해일에 집이 떠내려가지도 않았다. 목숨을 잃은 가족이나 친구도 없었고 원전 사고로 원치 않게 고향을 떠나야 하는 처지에 놓이지도 않았다. 하지만 분명히 스노보드 여행 중지는 간토에 사는 우리에게는 아주 작은 '재난'이었다. 대지진에 얽힌 우리의 경험으로 빠지지 않는 에피소드 중 하나다.

　그날, 대지진이 일어났던 날 밤, 우리는 연락을 주고받으며 이틀 앞으로 다가온 스노보드 여행을 어떻게 할지 의견을 나눴다. 목적지는 나가노현에 있는 곳이니 직접적인 지진 피해를 보지는 않았을 테지만, 상황이 상황이니만큼 중지하는 게 좋겠다는 결론이 났던 것으로 기억한다.

　그로부터 이틀 후, 원래 스노보드를 타러 갔어야 하는 날, 우리는 모교 근처에 모였다. 모처럼 그날 일정을 비워놓았으니 모교의 상황이라도 보러 가자는 이야기가 나왔던 것 같다. 역 앞은 한산하고 사람들의 왕래는 놀랄 만큼 적었다. 여전히 지진 피해가 이어지고 있었다. 후쿠시마 제1원자력발전소의 원자로 건물이 폭발한 직후여서 도쿄도 피폭되어 모두 죽을 거라는 식의 선정적인 소문도 나돌고 있었다. 간혹 스마트폰으로 뉴스를 확인할 때마다 스톱워치 숫자가 올라가듯이 행방불명자와 사망자 수가 빠르게 증가했다.

매립지에 자리 잡은 모교의 바로 앞을 가로지르는 국도는 아스팔트의 액상화 현상으로 심하게 갈라져 있었다. 클럽활동이 전부 일시 중지되었는지 학교 건물에 학생과 교사는 그림자 하나 얼씬하지 않았다. 우리는 인적 없는 모교를 뒤로하고 근처 볼링장에 갔다가 헤어졌다. 그날 낮에 중화요리를 먹었다는 사람과 패밀리레스토랑에 갔다는 사람으로 의견이 나뉘었다. 나는 아무런 기억이 없었다. 정답을 확인할 방도가 없으니 진상은 어둠 속에 묻혔다.

그 이야기를 하다가 우리는 각자 지진이 일어난 순간 무엇을 하고 있었는지 이야기를 주고받았다. 우리가 그 순간에 관한 이야기를 한 것은 사실 그때가 처음이었다.

나는 지진이 일어난 날, 오후 3시에 신주쿠 발트9에서 여자애와 만나 영화를 보기로 했었다. 집에서 다이타바시역으로 걸어가던 도중, 갑자기 똑바로 걸을 수가 없었다. 순간, 숙취 때문인가 했으나 주위를 둘러보니 그런 게 아니었다. 건물은 휘청휘청 흔들렸고 허둥지둥 집에서 뛰쳐나온 사람도 있었다. 곧바로 생각했다. '지진이다. 게다가 지금까지 경험한 적 없는 거대한 지진이다.'

우선 먼저 연락을 시도했지만, 스마트폰은 연결될 기미가 보이지 않았다. 진원과 피해 등에 관한 상세 정보도 스마트폰이 연결되지 않는 이상, 확인할 방법이 없었다. 일단 신주쿠로 가보는 수밖에 없었는데 안타깝게도 전차는 멈춰 섰고 움직일 낌새도 없었다. 역무원이 버스로 이동할 것을 권했기에 다른 사람들과 마찬가지로 나도 조언을 따랐다. 고슈 가도는 후지 록 페스티벌의 메인 무대처럼 꽉 막혀 30분이 지나도 2센티미터밖에 움직이지 못했다. 나는 바로 다음 정류장에 내려 신주쿠까지 걷기로 했다. 한 시간은 걸리지 않을 거리였다. 도중에 거리의 대형 텔레비전에서 지진 정보를 보고 진원지가 도호쿠라는 것을 알았다. 도호쿠에서 일어난 지진 때문에 도쿄가 이 정도로 흔들리다니, 하고 깜짝 놀랐지만, 당시 보도된 사망자 수는 아직 한 자릿수였다. 지금 생각하면 재해 직후여서 사망자 수를 확인할 방법이 없었기 때문이었을 것이다. 그때 나는 그 수치에 조금 안심했다. 신주쿠를 향해 걸으며 나는 고베 대지진을 떠올렸다. 그때 도쿄는 흔들리지 않았다. 당시 초등학생이었던 내게 고베 대지진은 텔레비전 속의 사건이었다. 그때는 수천 명의 사람이 목숨을 잃었지만, 이번에는 괜찮으려니 하고 생각하기도 했다.

신주쿠에 도착한 건 저녁 무렵이었다. 먼저 도착했던 여자애

네가 손에 쥐어야 했던
황금에 대해서

는 근처 카페에서 나를 기다렸지만, 영화는 상영이 중지되었고 전차는 전부 운행을 멈춰버렸다. 즉 우리는 신주쿠에 꼼짝없이 갇히고 말았다. 둘이서 느긋하게 밥을 먹고 난 후에도 전차는 움직이지 않아 어쩔 수 없이 노래방에 가기로 했다. 그리고 하룻밤을 함께 보냈다…… 그런 일은 일어나지 않았고 노래방에 들어가자마자 전차가 운행을 시작했다는 정보가 들어와서 우리는 곧바로 헤어졌다.

당시 교토대학교 대학원생이었던 고등학교 동창 가토는 지진 발생 당시 구직 활동 때문에 본가에 돌아와 있었던 것 같다. 그날은 특별한 계획도 없이 화이트데이 초콜릿을 사려고 부모님 차로 가이힌마쿠하리를 향하고 있었다고 한다. 그런데 갑자기 차가 흔들렸다. 도로가 갈라지고 맨홀에서 물이 콸콸 흘러넘쳤다. 차를 길가에 대고 진동이 가라앉길 기다렸다. 그 후에는 가이힌마쿠하리에 가서 초콜릿을 사서 집으로 돌아왔다고 한다. 그때 샀던 초콜릿이 물고기 모양이었다는 것을 분명히 기억한다고 한다.

가토와 마찬가지로 교토대학교 대학원생이었던 니시가키는 취직 면접 때문에 도요스에 있는 TN 데이터 본사 1층에 있었다. 진동이 시작된 순간에는 건물 아래로 지하철이 지나간 줄로 착각하여 이렇게 일상적으로 진동이 느껴지는 회사에 다니기 싫다는 생각이 들었다고 한다. 그런데 얼마 지나지 않아 주위 반응을 보고 예삿일이 아니라는 것을 깨달았다. 회사 직원의 지시에 따라 위층으로 올라갔지만, 결국 면접은 취소되었다. 그뿐만 아니라 안전이 확인될 때까지 건물 안에 남아 있으라는 지시를 받았다. 무슨 규정인지 몰라도 한참이 지나도록 그 지시는 해제되지 않았다. 결국, 면접을 보러 왔던 학생들은 TN 데이터 건물에 갇혀 그날 밤을 지새우는 신세가 되었다. 모르는 사람들과 회의실에 꼼짝없이 갇힌 채, 한시라도 빨리 집에 가고 싶었지만, 다음 날 아침에야 허가가 떨어져 간신히 건물을 빠져나왔다.

졸업을 앞두고 있던 오카지마는 다른 사람들과의 졸업여행으로 오사카에 있었다. 오카지마는 지진으로 인한 진동을 느끼지 않았다. 여행을 마친 후 비행기를 타고 하네다를 향하던 도중이었기 때문이다. 기장의 설명을 듣고 하네다에 착륙할 수 없다는 것을 알았다. 비행기는 이타미 공항으로 되돌아갔다. 일단 기내에서도 설명을 듣긴 했으나 공항의 텔레비전을 보고 사태의 심각성을 깨달았다. 그날은 육로로도 도쿄로 향할 수단이 없었고 호텔 예약도 하지 못해서 우메다의 노래방에서 하룻밤을 지냈다고 한다. 다음 날 아침 신칸센 자유석*으로 도쿄

* 좌석이 확보되는 지정석과 달리 자유석은 만석이면 앉지 못함.

네가 손에 쥐어야 했던
황금에 대해서

로 돌아왔다. 통로는 사람들로 꽉 차, 거의 발 디딜 틈도 없었다고 한다.

"3월 10일에는 뭘 했었지?" 모두의 이야기를 듣고 나서 나는 문득 떠오른 생각을 말했다. 3월 11일에 무엇을 했는지 잊어버렸다는 사람은 만나본 적이 없다. 친구들의 이야기만 듣더라도 모두 세세한 부분까지 잘도 기억하는군, 하고 감탄한다.

하지만 우리는 3월 11일과 정확히 같은 양의 시간인 3월 10일을 틀림없이 살았다. 태평양 어딘가에서 지각판의 뒤틀림이 점점 더 커지는 것도 모른 채, 우리는 평범한 하루를 보냈다.

3월 10일에 관해 그나마 확신에 가까운 기억을 가진 사람은 오카지마뿐이었다.

"지진 전날은 교토에 있었다." 오카지마는 말했다. "대학교 같은 연구실 동료랑 낮에 사찰 순례를 하고 저녁에 폰토초에서 술을 마셨을 거야. 오사카에 호텔을 잡아놔서 거의 막차로 교토를 떠났지."

가토는 "뭘 했는지는 기억나지 않지만"이라고 말문을 열더니 "지진 전날, 이미 지바 본가에 돌아가 있었던 건 틀림없어"라고 말했다. "실은 지진이 일어난 날, 이오카에서 서핑을 할 생각이었거든. 불길한 예감이 들었다, 그런 건 아니고 그냥 늦잠을 자는 바람에 결국 서핑은 안 갔지만. 만약 서핑을 갔다면 어떻게 됐을까. 뭐, 오전 중에는 집에 돌아왔겠지만. 아마 3월 10일은 어딘가 회사 면접을 가지 않았으려나?"

니시가키는 말했다. "이동 중이었던 것 같아. 교토에서 지바로. 지진이 일어났을 때 여기로 막 돌아왔었다는 느낌이 들거든. 기억나는 건 그게 다야."

나는 솔직하게 "아무 기억도 없다"라고 말했다. 아무리 기억을 헤집어 보아도 3월 10일에 무엇을 했는지 전혀 기억나지 않았다.

"무슨 단서 같은 건 없냐?" 가토가 물었다.

"없어."

뭐라도 기억해 내려고 안간힘을 쓰며 나는 그렇게 답했다. "당시에도 학생이었지만, 구직 활동은 하지 않았고, 봄방학이었으니 수업도 없었고 논문도 쓰지 않았어. 아르바이트는 하고 있었지만, 전날 출근했는지는 모르겠네. 그때 살았던 원룸에 있었을 테지. 그 외의 정보는 전혀 없다."

"전혀?" 오카지마가 물었다. "어느 날 갑자기 3월 11일이 된 것도 아닌데 말이지."

술을 마시고 귀갓길에, 꽤 북적이는 지하철 안에서 나는 왠지 모르게 낙담한 나 자신을 발견했다. 등 뒤에 선 젊은 여성

두 명이 꽤 큰 소리로 바로 전날 폐막한 올림픽 이야기를 하고 있었지만, 이야기 내용은 전혀 머릿속에 들어오지 않았다.

나는 3월 10일에 무엇을 했는지 아무 기억도 나지 않는다는 사실에 낙담한 건 아니었다. 아마, 어느 특정한 하루가 내 인생의 기억에서 흔적도 없이 사라졌다는 것에 낙담했던 것 같다. 인생의 대부분은 기억에도 남지 않는 '평범한 날'들로 이루어져 있다. '평범한 날'이란 입학식이나 졸업식, 처음으로 좋아하는 사람과 손을 잡은 날, 부모님이나 선생님에게 눈물이 쏙 빠지게 혼났던 날도 아니고 하물며 지진이 발생한 날도 아니다. 조금만 시간이 지나면 무엇을 했는지 새까맣게 잊어버리고 마는 그런 날을 말한다.

하지만 그런 날에도 우리는 무언가를 배우고, 무언가에 웃고 감동할 것이다. 우리는 어떤 날이든 똑같이 24시간을 보낸다.

등 뒤에서 "야아, 고리 짱*"이라는 말소리가 들려 생각의 흐름이 끊겼다.

여성 두 명 중 한 명의 별명이 고리 짱인가 보다. 외모 때문일까, 아니면 다른 이유가 있는 걸까? 적어도 '고리 짱'이라고 불린 여성은 그 호칭에 불만이 있는 듯이 느껴지지는 않았다. 어쩌면 본인은 지금도 그 별명으로 불릴 때마다 침울한 기분을

* 보통 고릴라를 의미하는 별명.

느낄지도 모르고 '고리 짱'이라는 별명을 받아들이기까지 괴로운 세월을 보냈을지도 모른다. 나는 '고리 짱'이 두 사람 중 누구인지 보고 싶긴 했지만, 꽤 혼잡한 전차 내에서 뒤를 돌아보는 것도 이상할 일이다.

"남녀가 헤어지는 이유는 딱 두 가지야." 고리 짱이 말했다. 무슨 이야기를 하다가 나온 말인지는 모르겠다.

"따로 좋아하는 사람이 생겼든가 누가 옆에서 헤어지라고 부추겼든가. 이렇게 두 가지뿐이야. 미래의 꿈을 위해서라느니 당신에게 어울리는 사람이 아니라느니 바빠서 시간을 낼 수가 없다느니 이런 건 죄 거짓말이야."

"그런 건가?" 또 다른 여성이 대답했다.

두 사람의 대화를 듣고 있다가 나는 문득 제정신이 들었다. '그건 그렇고 나는 무언가 중요한 사색을 하고 있지 않았나?' 그렇다. '고리 짱'에 관해 생각하기 전에 인생에서 삭제되어 버린 무수한 '평범한 날'에 관해 이런저런 생각을 하고 있었다.

나 자신이 '평범한 날'을 완전히 망각해 버린다는 사실을 한탄하면서 그 사실을 한탄했던 사실조차 그만 잊어버릴 뻔했다. 어쩌면 이전에도 '평범한 날'에 관해 생각했던 적이 있을지도 모른다. 그러나 눈앞의 '고리 짱' 같은 무언가에 마음을 빼앗겨, 그 사실조차 잊어버렸을 가능성도 있다. 나는 그렇게 오늘이라는 날도 망각하겠지. 그 증거로 나는 작년 3월 11일에 무엇을 했는지, 전혀 기억하지 못한다. 어쩌면 나는 1년 전에도 이렇게 지하철을 타고 '평범한 날'에 관해 생각했을지도 모른다.

나는 대지진으로부터 정확히 3년이 지난 오늘이 사라져 버리지 않도록 오늘 하루를 곰곰이 되돌아보았다.

느지막이 오후가 되어 일어났다. 일어나니 12시 반이었다. 정확히 기억하는 이유는 아카네에게서 전화가 왔기 때문이다. "지금 일어났어?"라는 물음에 아니라고 거짓말을 했다. 해가 중천에 뜰 때까지 누워 있는 나태한 인간이라는 인상을 주기 싫어서 하찮은 허세를 부렸다. 내일 저녁, 식사 약속을 했다. 아카네가 먼저 연락하는 건 드문 일이었다. 그리고 샤워한 후 집을 나서서 캠퍼스로 갔다. 학교 식당에서 돈가스 덮밥을 먹었다. 도서관에서 오노레 드 발자크의 작품을 읽은 후 후배들과 3년 전부터 운영해 온 독서 모임에 참석하고 아르바이트를 하는 학원에서 대리 강사로 중학생들에게 국어를 가르쳤다. 수업이 끝난 후 학원을 나와 전차를 타고 유라쿠초를 향했다. 동창들과 술을 마신 후, 지금 집에 가고 있는데 '고리 짱'이라는 별명의 여성이 바로 뒤에 서 있다.

지하철에서 내리기 전에 '고리 짱'을 흘긋 보려고 고개를 돌렸으나, 두 여성은 어느샌가 이미 하차한 후였다.

그때 『고리오 영감』이라는 말이 나의 뇌리에 떠올랐다. '고리짱'의 이야기와 낮에 읽었던 발자크가 합쳐진 것이리라. 『고리오 영감』.

그러고 보니 나는 독서 일기를 쓰고 있었다.

다음 날, 나는 아카네와 신주쿠에서 닭꼬치를 먹었다. 함께 자주 가는 가게였다. 일을 마치고 온 아카네는 흔치 않게 정장을 입었다. 취업 준비생 대상 설명회를 담당하고 있기 때문인 모양이다. 무거워 보이는 큰 쇼핑백을 안고 있기에 "뭐가 들어 있어?" 하고 물었더니 아카네는 나중에 알려 주겠다고 답했다. 업무 관련 자료인가? 내 생일은 석 달 전에 이미 지났고 둘만의 기념일도 아니다.

나는 전날 고등학교 동창들과 이야기한 내용과 집에 가는 지하철에서 생각한 것을 아카네에게 말했다. 지진 당일에 무엇을 했는지는 묻지 않았다. 아카네는 나와 함께 신주쿠에 있었기 때문이다. 당시 우리는 사귀는 사이는 아니었다. 그뿐만 아니라, 사귈 듯한 낌새조차 없었다. 아카네에게는 사귀는 사람이 있었고 나는 그 사실을 아무렇지도 않게 여겼다. 우리는 단지, 마음이 잘 통하는 친구였다.

"그래서, 『고리오 영감』 덕분에 생각이 났어."

"3월 10일에 뭘 했는지?" 아카네가 물었다.

"직접적으로는 아니고." 나는 고개를 저었다. "나는 한때 다 읽은 책 제목과 날짜를 목록으로 정리한 적이 있어. 그래서 집에 가서 컴퓨터를 찾아봤는데 3년 전에도 그 습관을 유지하고 있었더라고. 『고리오 영감』은 지진이 나기 석 달 전에 다 읽었더라."

"그럼, 그 목록에서 3월 10일에 무슨 책을 읽었는지 알아냈다는 거야?"

"정확히 그런 건 아니야. 3월 10일에 완독한 책은 없었거든. 하지만 읽고 있었을 가능성이 큰 책은 알아냈어."

"무슨 책이었어?"

"3월 9일에 프루스트의 『잃어버린 시간을 찾아서』 3권을 다 읽고 3월 14일에 4권을 다 읽었더라고. 그러니까 3월 10일에는 『잃어버린 시간을 찾아서』 4권을 읽고 있었을 가능성이 크지."

스스로도 새까맣게 잊고 있던 습관이었다. 그리고 내 완독 목록은 『잃어버린 시간을 찾아서』 도중에 끝났다. 아마도 전권 독파라는 목표를 단념함과 동시에 목록 작성 습관도 그만두었을 것이다.

"4권은 어떤 내용이야?"

"그게 말이야. 하나도 기억이 안 나." 나는 웃으며 답했다.

"정말 책 제목 같은 상황이네."

"100년 전에 쓰인 책인데 진리를 콕 찔렀다는 거지."

그러고 나서 나는 아카네에게 『잃어버린 시간을 찾아서』가 어떤 소설인지 설명했다. 나는 소설 속 '나'가 옛날에 먹었던 마들렌을 추억하거나 타인에게 들은 이야기와 과거의 사랑을 회상하는 이야기라고 말했다.

"아아, 그 이야기, 그날도 들었어." 아카네가 말했다. "마들렌 이야기."

"그날이라니?"

"지진 일어났던 날. 카페에서 내가 기다리고 있을 때 나한테 '뭐 읽고 있어?'라고 물었잖아. 나는 너한테 빌린 엔도 슈사쿠의 『깊은 강』을 읽고 있었거든."

"그랬나? 잘도 기억하네."

"그러고 나서 잠시 책 이야기를 했는데 그때 마들렌 이야기를 했어. 그거랑 질베르트라는 소녀 이야기."

"그런 이야기, 했었나?"

"정말 기억 안 나? 소설 속 '나'의 어릴 적 친구였던 변덕쟁이 소녀 맞지? 마지막에 주인공과 맺어졌다고 했잖아."

"아니, 질베르트와는 잘되지 않았을 거야."

"앗, 내가 착각한 건가?"

"글쎄, 내가 착각한 걸지도."

나 자신도 책 내용을 거의 잊어버렸는데 아카네는 내게 들은 줄거리를 기억하고 있다. 이 기억력의 차이는 대체 뭘까? 그리고 나는 왜 질베르트 이야기를 했던 걸까? 마들렌처럼 유명한 장면도 아니고 특별히 인상적인 부분도 아니다.

"분명 그날 같이 보기로 했던 영화도 그런 이야기였어." 아카네가 말했다. 그러고 보니 우리는 3월 11일에 미국 로맨스 영화를 볼 예정이었다. 나이 든 노인이 전쟁 중의 첫사랑을 회상하는 이야기였다. 나는 로맨스 영화를 그다지 즐겨 보지는 않지만, 무료 초대권이 생겨서 로맨스 영화를 좋아하는 아카네와 보러 가기로 했었다.

"그 정도의 기억력이면 3월 10일 일도 기억하는 거 아냐?"

"으음." 아카네는 팔짱을 끼고 말했다. "지진 당일은 분명 금요일이었고 오후 반차를 냈었어. 그래서 전날은 일이 엄청났을 거야. 야근이라도 했었나? 잘 기억나진 않지만."

"역시, 정확하게 기억하는 건 아니구나."

"그렇네. 결국, 정확히 기억하는 3월 11일 기억에서 거슬러 올라가 유추하는 정도밖에는 할 수 있는 게 없네. 일기 같은 게 있다면 바로 알아낼 텐데 나는 일기 쓰는 습관은 없어서."

그렇다. 3월 10일에 무엇을 했는지에 대한 힌트는 3월 11일에 있을 것이다. 나는 3월 11일의 기억 속에 3월 10일을 어떻게 보냈는지와 연결되는 요소가 없는지 골똘히 생각했다. 지진이 일어난 시각은 오후 3시 전이다. 나는 3시에 신주쿠에서 약속이 있어서 역을 향해 걷고 있었고…….

중요한 실마리를 발견한 내가 "맞다!" 하고 소리친 것과 동시에 아카네는 "쇼핑백 말인데"라고 말문을 열었다.

"아, 쇼핑백. 거기, 뭐 들었어?"

"아, 먼저 얘기해." 아카네가 말했다. "뭔가 생각난 거야?"

"아니, 별건 아닌데, 지진이 일어난 순간, 똑바로 걸을 수가 없어서 숙취를 의심했거든. 그 말은 즉 전날 누구랑 술을 마셨다는 거잖아? 그것도 다음 날 숙취가 남을 정도로 과음했던 거야."

"그렇게 숙취 남는 타입 아니잖아?"

"거의 그런 일이 없긴 하지." 나는 대답했다. "많아 봐야 일년에 한 번 정도려나."

"그러면 누구랑 마셨는지도 기억나는 거 아니야?"

나는 당시 기억을 샅샅이 뒤졌다. 3년 전에 자주 함께 술을 마셨던 친구를 떠올렸다. 연구실 후배, 아르바이트하는 곳의 친구, 우연히 근처에 사는 걸 알게 된 중학교 동창, 그리고 아카네. 다 아닌 것 같다. "모르겠다. 기억 안 나. 술병이 날 정도로 마신 날은 전부 기억하고 있을 텐데."

나는 3월 10일에 누구와 어디서 술을 마셨던 걸까?

내가 그때 일을 새까맣게 잊어버린 거라면 그럴 만한 이유가 있었으리라는 생각도 든다. 나는 다시금 지진이 시작된 순간을 떠올린다. 나는 역을 향해 걷고 있었다. 지진이 일어난 시각은 3시가 되기 전, 정확하게는 오후 2시 46분이다.

그렇다. 아직 단서는 있다. 약속 시각은 오후 3시였다. 즉, 나는 이미 약속에 늦었다. 예전부터 내가 지각할 때의 이유는 거의 전부 늦잠이다. 오후 3시 약속에 지각한 이유가 늦잠이라는 건 해가 뜰 때까지 술을 마셨던 걸까? 평소 나는 그런 식으로는 거의 마시지 않는다. 아침까지 술을 마시는 건 일 년에 한 번 있을까 말까 한다.

과음으로 기억을 잃는다는 건 이해가 된다. 하지만 과음했다고 술자리가 있었다는 사실 자체를 망각할 수 있을까? 지독한 숙취에 시달릴 만큼 날이 새도록 술을 마신 날을 내가 새까맣게 잊어버렸을 거라고는 생각되지 않는다.

내 기억 속에 있는 몇 번의 술자리 기억 중에서 어느 하나가 3월 10일이 아니었을까? 어느 것이 해당하는지 기억하지 못하는 이유는 3월 10일의 술자리에서는 지진이 화제가 되지 않았기 때문이다. 그 술자리에 있던 사람들은 모두 다음 날, 지진이 일어날 줄도 모르고 평범한 일상 속에서 술독에 빠져있었음이 틀림없다.

　가게에서 나와 역을 향하는 도중에도 나는 머릿속에 남아
있을 3월 10일의 기억을 찾고 있었다. 그것은 마치 공기 같아서
눈을 부릅뜨고 보아도 아무것도 보이지 않지만, 그곳에 무언가
존재한다는 것은 틀림없었다. 아까 했던 것처럼 지진을 기점으
로 하여 시간을 되감아 보려고 노력했다. 하지만, 기억은 대지
진이라는 중력을 거스를 수 없었다. 아무리 안간힘을 써 봐도
나는 3월 11일 오후 3시 전, 대지가 흔들리기 시작한 순간 이
후의 일밖에 기억나지 않았다.

　신주쿠역에서 아카네가 "짐을 들어줘서 고마워"라고 말했다.
나는 그 순간, 무슨 말인지 몰라 어리둥절했으나 오른손에 아
카네의 쇼핑백을 들고 있다는 것을 깨달았다. 커다란 크기에
비해 그렇게 무겁지는 않았다. 쇼핑백 위쪽에 책이 보였는데
내용물이 전부 책은 아닌 모양이다.

　"갈게." 아카네는 이렇게 말하고는 잠시 JR 개찰구 쪽으로 걷
다가 나를 보고 작게 손을 흔들었다. "닭꼬치 맛있었어. 마음
만 받을게."

　"응." 나도 고개를 끄덕이며 손을 흔들었다. 오늘은 집으로
가려나 보다. 나는 오다큐선 전차가 지나가는 곳에 살기 때문

에 우리 집에서 자고 갈 때는 아카네도 따라왔다. "마음만 받을게"라는 말이 무슨 의미인지 잠시 생각했다. 그러고 보니 나는 닭꼬치 가게에서 식삿값을 전부 계산하려고 했는데 아카네가 극구 거절하여 결국 각자 계산했다. 여전히 나는 허세를 부리려 한다. 어쩌면 내가 아직 학생 신분이라는 것에 자격지심이 있는지도 모른다.

돌아가는 길에 아카네에게 쇼핑백에 관해 묻는 것을 잊었다는 걸 깨달았다. 그 쇼핑백에는 무엇이 들었을까? 뭐, 기억이 나면 다음에 만나서 물어봐야겠다.

다음 날 밤, 같이 술을 마셨던 우리 그룹 채팅방의 가토에게서 "거북이였다"라는 메시지가 날아왔다.

"무슨 말이냐?" 제일 먼저 내가 답했다.

"지진이 일어났던 날 샀던 초콜릿, 지금 아내에게 줬던 거였거든. 그래서 집에 와서 그때 줬던 물고기 초콜릿 이야기를 했다가 말다툼이 벌어졌다."

"무슨 말다툼?"

"아내는 물고기 맛 초콜릿이든, 물고기 모양 초콜릿이든, 한 번도 받은 적이 없다는 거야. 그리고 나는 분명히 줬다고 했고. 누군가 다른 여자 얘기를 하는 거 아니냐고 생트집을 잡는 통에 진땀을 뺐지 뭐냐. 결국, 이야기는 평행선을 달리다가 오늘 아침 아내가 예전 스마트폰에서 당시 문자를 확인해 봤더니 거기 초콜릿 사진이 첨부되어 있더라고. 틀림없이 거북이였어."

다른 친구들이 잇따라 메시지를 올리는 도중에, 가토가 말했다. "그리고 3월 10일에 관한 것도 조금 알아냈다. 아내의 문자를 조금 거슬러 올라가면서 봤거든. 3월 10일 밤에 내가 보낸 문자가 있더라고. '오늘은 도카이 기선汽船 면접을 보고 왔는데 망쳤어. 아마 떨어졌을 거야'라고. 3월 10일, 역시 구직 활동 중이었어."

가토의 말을 듣고 나는 예전에 쓰던 스마트폰을 살펴보기로 했다. 기종을 변경할 때 보상받을 수도 있었지만 나는 왠지 내키지 않아 항상 거절했다. 그 덕에 3월 10일에 다가갈 가능성이 남아 있다.

나는 예전 스마트폰을 찾아 방 안을 뒤지기 시작했다. 좀처럼 눈에 띄지 않았지만, 적어도 버린 기억은 없었다. 30분 정도 찾다가 이사한 후 한 번도 열어 보지 않았던 골판지 상자에서 낡은 스마트폰을 몇 개 찾았다. 예전에 보던 만화책도 같이 나와서 그 자리에서 2권까지 읽어버렸다. 그대로 밤을 지새울 뻔했으나, 지금은 스마트폰이 우선이라고 정신을 다잡고 오래된 순으로 스마트폰을 늘어놓고 3년 전에 사용하던 기종을 골라냈다. 전원을 켜려 했으나 당연히 켜지지 않았다. 충전하려고 해도 단자가 지금 기종과 다른 것이었다. 이번에는 충전기를 찾았다. 충전기도 버린 기억은 없었는데 한 시간 정도 찾았지만, 나타나지 않았다.

눈앞에 3월 10일의 단서가 있다.

나는 안절부절못하다가 집을 나와 신주쿠로 향했다. 신주쿠에 도착한 건 오후 9시 반이었다.

문 닫기 직전에 들른 두 번째 전자제품 판매점에서 3년 전에 사용했던 스마트폰용 충전 케이블을 발견했다. 집에 도착하자마자 충전을 시작했다.

현재 사용하는 스마트폰에서는 친구들의 단체 채팅방에 빠른 속도로 메시지가 올라가고 있었다. 니시가키가 "지금, 예전 문자를 찾아봤는데"라고 썼다. "내 기억도 틀렸을 가능성이 있다."

"TN 데이터 본사에서 하룻밤을 보냈다는 거?" 가토가 응답했다.

"그 사실 자체는 틀림없는데. 흔들린 순간, 건물 아래로 지하철이 지나갔다고 착각했다고 했잖아?"

"응."

"그날, TN 데이터 본사에 처음 갔다고 생각했었는데 그전에 설명회 때 한 번 갔더라고. 회사에 간 게 두 번째인데 지진의 진동을 지하철 진동으로 생각했을까?"

"그도 그렇긴 하네. 그렇게 큰 진동을 지하철이라고 생각하지는 않지."

"아마." 니시가키가 말을 이었다. "분명, 이전 설명회에 갔을 때 지하철 때문에 건물 1층이 조금 흔들렸던 거야. 그때 '지진인가?' 하고 착각했던 기억과 지진이 났을 때의 기억이 섞여서 지진 때 '지하철인가?' 하고 생각했다는 기억이 날조된 건지도 몰라."

"그럴 수도 있나?" 오카지마의 말에 "그러게 말이야." 니시가키가 응답했다.

"무의식에 의한 기억의 날조지. 하지만, 그렇게밖에 생각할 수가 없어."

나는 "충전 완료"라고 단체 채팅방에 메시지를 올리고 지금 쓰는 스마트폰을 내려놓았다.

스마트폰의 전원이 들어왔다. 나는 문자를 열심히 스크롤하여 과거로 거슬러 올라갔다.

3월 10일에 내가 보낸 문자는 세 통뿐이었다.

첫 번째는 오전 10시에 보낸 것으로 아카네에게 다음 날 약속을 확인하는 문자였다. 후반부에 "지금 저녁 7시 영화를 예

네가 손에 쥐어야 했던
황금에 대해서

약할 수 있는지 알아봤는데 만석이었어, 미안"이라고 쓰여 있었다.

3월 11일 오후 3시경 영화를 보기로 했었는데 아무래도 나는 다른 시간대를 예약하려고 했었나 보다. 왜였을까. 생각해보았지만, 그에 관한 기억은 전혀 없었다. 조금 더 거슬러 올라가자 아카네가 그보다 30분 전에 보낸 문자가 있었다. "내일 오후 반차를 못 낼지도 모르겠어. 더 늦은 시간대로 할 수 있을까?" 즉 아카네의 업무 사정으로 다른 회차로 변경하려고 했던 것이다.

그때 나는 왠지 모르게 꺼림칙한 기분이 들었다. 오후 7시 상영 회차로 변경하려고 했던 기억이 없었다. 그런데 변경하려는 시도조차 하지 않고 "만석이었다"라고 아카네에게 문자를 보낸 기억은 있었다. 왜 그랬을까 잠시 생각했으나, 지금은 3월 10일에 관해 알아보는 것이 먼저라고 생각을 바꿨다.

오후 6시에 아카네에게서 "다행히 반차 냈으니까 시간 변경은 하지 않아도 괜찮아"라고 내가 보낸 첫 번째 문자에 답이 왔다. 나는 오후 7시쯤 "잘됐다! 영화는 오후 3시 15분에 시작하니까 3시에 발트9 아래서 보자"라는 답신을 보냈다. 그게 두 번째 문자였다. 아카네에게서 곧바로 "오케이"라는 답신이 왔고 이후 그녀와 연락을 주고받은 것은 지진 당일이었다.

세 번째 문자는 스노보드 여행에 관한 것이었다. 스노보드가 처음이라는 오카지마가 필요한 것은 없냐고 물어보기에 나는 "히트텍*을 잔뜩 챙겨오면 돼"라고 답을 보냈다. "보드랑 보드복도 대여할 수 있으니 특별히 필요한 건 없어. 3월이니까 나가노도 그렇게 춥지는 않겠지만, 불안하면 보드복 속에 입을 옷을 넉넉히 챙겨오던가."

그 문자는 밤 11시 반에 보냈다. 추리하자면 오카지마에게 문자를 보냈을 때 나는 누군가와 술을 마시고 있었을 텐데 그 상대와 3월 10일에 문자를 주고받지 않았다.

그러고 나서 나는 일주일 정도 더 거슬러 올라갔지만, 3월 10일 술자리에 관해 연락을 주고받은 이력은 하나도 남아 있지 않았다. 그와 관련된 통화 이력도 눈에 띄지 않았다.

그러니까 나는 전화로도 문자로도 약속하지 않고 아침까지 숙취가 남을 정도로 술을 마신 듯하다. 나는 혼자 술을 마시러 가지는 않으니 누군가와 마셨을 것이다. 그런데 그 상대와는 아무 약속도 하지 않은 것이다.

그런 일이 있을 수 있을까?

나는 생각을 거듭한 끝에, 세 가지 가설을 세웠다. 첫 번째는 스마트폰을 사용하지 않고 누군가와 술을 마셨다는 가능성이

* 유니클로의 기능성 내복 상표명.

다. 두 번째는 누군가와 약속한 흔적을 나 자신이 삭제했다는 가능성이다.

그리고 세 번째는······.

"어떻게 됐어?" 가토가 물었다.

"얘기하자면 길어." 나는 응답했다. "확실한 건 거의 알아낸 게 없다는 거야. 오카지마가 스노보드 여행에 뭘 가져가면 되냐고 물어봐서 '히트텍'이라고 답했더라."

"그런 질문을 했던 것 같다." 오카지마가 말했다. "결국, 아직 한 번도 스노보드를 타러 못 갔네."

"내년쯤 가자. 잃어버린 시간을 찾아서." 내가 답했다.

"거창하네." 오카지마의 응답을 끝으로 친구들과의 대화는 일단락되었다. 그것이 프루스트의 작품이라는 것을 지적한 친구는 한 명도 없었지만, 물론 나도 말하려는 생각은 없었다.

나쁜 기억은 쉽게 잊히지 않는 법이다. 예를 들어, 내 경우는 할아버지를 속이고 정기권 살 돈을 꿀꺽했던 일이나 친구들끼리의 교환 일기 멤버에서 제외되어 눈물 흘렸던 것을 또렷이 기억한다. 첫사랑 상대에게 마음을 전했다가 "미안해"라는 대답을 들었을 때 아팠던 마음. 몰래 담배를 피우다가 들켜서 아버지에게 두들겨 맞은 기억. 읽지도 않은 책을 읽은 척하며 느꼈던 수치심. 길거리에서 길을 물은 노인에게 알고 보니 틀린 정보를 알려 주었던 것. 그 기억들은 잊고 싶어도 잊히지 않을 뿐 아니라 아무 예고도 없이, 마치 혼잡한 거리에서 느닷없이 누군가가 어깨를 툭 쳤을 때처럼 갑자기 기억의 심연에서 떠오른다. 그럴 때 나는 발걸음을 멈추고 고함을 지르고 싶어진다. 이럴 때 느끼는 막연하게 불쾌한 감정은, 딸꾹질처럼 자연스럽게 '불쾌한 감정' 자체를 망각하기 전까지 사라지지 않는다.

하지만…… 나는 '나쁜 기억은 잊히지 않는다'라고 생각했지만, 단지 '잊히지 않는 나쁜 기억이 있을 뿐' 실제로는 잊어버린 나쁜 기억도 수없이 있을지 모른다. 물론 내가 얼마만큼 '나쁜 기억'을 잊었는지 세는 것조차 불가능하다. '망각'이란 그런 것이다.

'망각'이라는 현상은 불가사의하다. 우리가 '잊었다'라고 말할 때 많은 경우 우리는 완전히 잊은 게 아니다. 잊었다는 것은 어떤 기억의 부재를 주장하는 것인데 어떤 기억이 그곳에 있었다는 건 기억하는 것이다. 즉, '망각'이란 한편으로 '기억'하고 있다는 의미도 된다. 치매에 걸린 할아버지는 '잊어버렸다'라는 말을 하지 않는다. 전날에 외식하러 가서 피자를 먹은 것도 '잊어버렸다'가 아니라 '모른다'라고 말한다.

진정한 의미에서 무언가를 '잊었을' 때 우리는 기억의 부재조차 망각하고 만다. 즉, 잊었다는 기억조차 잊어버리는 것이다.

프루스트는 분명 기억에는 두 종류가 있다고 말했다. 한 가지는 '의지적 기억'으로, 무언가를 떠올리고자 하여 능동적으로 끌어낸 기억을 의미한다. 시험 문제에 답을 하려고 할 때나 어제 저녁 식사로 무엇을 먹었는지 생각해 낼 때가 그 예다. 3월 10일 무엇을 했는지 생각하는 것도 '의지적 기억'에 해당한다. 다른 한 가지는 '무의지적 기억'인데 돌발적으로 연상에 의해 떠오르는 기억을 가리킨다. 『잃어버린 시간을 찾아서』에서 소설 속 '나'는 홍차와 함께 마들렌을 먹으면서 먼 친척 아주머니를 연상하였고 그때부터 어릴 적 기억을 세세한 것까지 떠올린다. 프루스트는 후자야말로 '잃어버린 시간'을 발견하는 열쇠가 된다고 생각한 것 같다.

나는 3월 10일에 보냈던 문자를 찾아본 것을 계기로 나의 '잃어버린 시간'을 되찾아가고 있었다. 그 '잃어버린 시간'이라는 건 예를 들어 도쿠가와 막부의 제9대 쇼군의 이름을 잊어버린 것 같은 의미에서의 잃어버린 것이 아니었다. 잊었다는 사실조차 망각하여 내 인생에서 흔적도 없이 삭제된 역사를 말하는 것이다. 나는 기억이라는 공책에서 그 사실을 지우개로 깨끗이 지우고 그 지운 흔적조차 없애려 했다.

3월 10일에 나는 무엇을 했는가?

그 답은 가까운 데 있었다.

나는 지진 당일 문자를 확인했다. 놀랍게도, 그런 강진이 일어났음에도 우리 네 명은 막판까지 스노보드를 타러 갈 생각이었다. 우리는 '사태의 심각성을 인식하여 여행을 취소'한 것이 아니었다. 여행사가 투어 중지를 결정했기 때문에 어쩔 수 없이 취소한 것이었다. 또 모교에 갔던 것은 피해를 확인하기 위해서가 아니었다. 어차피 할 일도 없으니 학생 시절에 자주 가곤 했던 중화요리점에 가 보기로 하고 모교 근처에서 모였을 뿐이었다. 거기까지 기억해 내자 당시 기억이 세세한 부분까지 되살아났다. 결국, 중화요리점뿐만 아니라, 모든 가게가 문을 닫아서 유일하게 영업 중이었던 패밀리레스토랑에 갔다. 그 후, 시간이 남아돌아 모교 근처를 걷다가 옆 전차역 근처에서 볼링을 치고 나서 헤어졌던 것뿐이다.

지진 당일 아침, 나는 오전 10시에 가토에게 문자를 보냈다. 스노보드 여행 출발일에, 조금 일찍 만나서 야간 버스가 출발하기 전에 모두 술이라도 마시지 않겠냐는 문자였다.

내용은 무엇이든 상관없다. 문제는 내가 오전 10시에, 그것도 꽤 긴 문자를 보냈다는 사실이다.

과연 아침까지 술을 마시고 숙취에 시달리는 사람이 그 시간에 문자를 보낼까?

3월 10일 전후의 문자는 내가 잊으려 하여 실제로 잊었고 그 흔적까지 거의 지웠던 사실을 또렷하게 드러냈다. 당시 아카네와 나는 친구 사이였다. 아카네에게는 사귀는 상대가 있었고 나도 그 사실을 알고 있었다. 하지만, 나는 아무렇지도 않게 여겼던 것이 아니다. 명백하게 아카네에게 호의를 품고 있었고 남자 친구와 헤어지길 바랐다.

당시 아카네가 사귀던 상대는 회사 선배였다. 나는 "영화 배급사에 취직한 선배가 초대권을 주었다"라고 거짓말을 하고 초대권을 상품권 가게에서 샀다. 영화 배급사에 취직한 선배 따위 없었다.

3월 11일 오후 3시 15분 회차에 영화를 보는 건 내게 큰 의미가 있었다. 아카네가 그 시간에 영화를 보기 위해서는 반차를 써야만 했다. 아카네가 반차를 낸다면 같은 회사의 남자 친구도 그 사실을 알게 되겠지. 당시, 아카네는 남자 친구와 다퉜다. 그는 아카네에게 나를 만나지 말라고 했다. 나는 그녀가 반차를 내고 영화를 보면 갈등이 더욱 악화할 거로 생각했던 것이다. 그래서 오후 7시 회차로 변경할 수 없었다. 그래서 오후 7시 회차는 남은 자리가 없다고 거짓말을 했다. 아무리 나지만, 비열한 수를 썼다고 생각한다.

『잃어버린 시간을 찾아서』의 질베르트 이야기 역시, 그 비열함의 일부일 것이다. 나는 질베르트라는 변덕쟁이 소녀와 '나'의 사랑에 아카네와 나를 대입했다. 그래서 그 이야기를 했던 것 같다. 게다가 두 사람의 사랑의 결말을 조작했다. 질베르트와 소설 속 '나'의 사랑은 결국 열매를 맺지 못했기 때문이다.

결과적으로 나는 이 전쟁에서 승리하여 아카네와 사귀게 되었다. 그러나 그것은 대의명분이 있는 자위전쟁이 아니라 단순한 침략전쟁이었다. 그리고 침략전쟁의 당사자들이 으레 그렇듯이 나는 자국의 역사를 날조했다. 그래서 이 또한 으레 그렇듯이, 날조했다는 사실조차 지우려 했다. '3월 10일'이라는 공백은 내게 그 사실을 알려 주었다.

그때, 아카네에게서 연락이 왔다. "오늘 저녁, 시간 괜찮아?"

나는 "괜찮아"라고 답신을 했고 우리는 신주쿠에서 만나기로 했다. 신주쿠로 향하는 도중, 나는 내가 무언가 중요한 것을 잊어버린 듯한 기분이 들었다. 아카네와의 역사를 날조했다는 사실이 아닌 다른 것이다. 어쩌면 나는 그 외에도 수많은 기억을 내게 유리하도록 조작해 왔는지도 모른다. 그런 생각이 드니, 엄청난 불안이 엄습했다.

쇼핑백이었지, 기억을 떠올리니 일단은 마음이 놓였다. 오늘은 그때 들고 있던 쇼핑백에 관해 잊지 말고 물어봐야지.

흔치 않게 아카네가 만날 곳을 정했다. 아카네는 오늘도 쇼핑백을 들고 있었다. 우체국 근처의 호텔 1층, 식사하는 곳이라기보다 카페 같은 곳이었다.

나는 왠지 아카네에게 사죄하고 싶은 마음이 들었다. 무엇을 어떻게 사죄하면 좋을지 모르겠고, 이제 와서 당시 이야기를 끄집어낼 수도 없는 노릇이지만, 적어도 내가 자신을 속였다는 사실이 돌덩이가 되어 마음의 밑바닥에 가라앉아 있었다.

지진 당일, 아카네는 오후에 회사를 쉬고 다른 남자와 영화를 보러 갔다. 그 비상사태에 그녀 곁에 있었던 사람은 남자 친구가 아니라 나였다. 직접적인 관계가 있는지는 모르지만, 지진으로 인해 무언가가 끊어지고 무언가가 이어졌을 가능성도 있었다.

나는 사죄해야 한다. 아카네에게. 그리고 무언가에.

커피를 주문하고 나서 나는 "무슨 일이야?" 하고 물었다. 아카네는 어딘지 모르게 초조해 보였고 식사 주문도 하지 않았다. 모든 것이 평소와 달랐다.

"이거 말인데." 아카네는 쇼핑백을 탁자 위에 올려놓으며 말했다.

"아, 그거 뭐야? 지난번에 묻는다는 걸 잊었네."

"빌렸던 물건들." 아카네가 말했다. 나는 "봐도 돼?" 하고 물었다. 아카네가 고개를 끄덕이자 나는 쇼핑백에 든 물건들을 살펴보았다. 『깊은 강』이 보였다. 아카네가 엔도 슈사쿠에 푹 빠진 계기가 된 책이다. 내가 빌려준 책인데 아카네는 지진이 났던 날 이 책을 읽고 있었다. 사귀기 전, 나는 아카네에게 책을 많이 빌려주었다. 테드 창의 『당신 인생의 이야기』는 SF를 그다지 좋아하지 않는 아카네에게도 호평을 받았다. 기회를 보다 작심하고 빌려준 『위대한 개츠비』는 내가 가장 좋아하는 책이었는데 아카네의 반응은 그리 좋지 않았다. "등장인물이 너무 많아서 뭐가 뭔지 모르겠어"라는 것이 이유였다. 같이 하자며 두 개 사서 주기만 하고 결국 내가 플레이하지 않았던 몬스터 헌터, 갈아입을 옷이 없을 때 빌려준 티셔츠 같은 것도 들어 있었다.

"오랜만에 본다." 나는 물건을 하나하나 확인하며 고개를 들었다. 아카네가 오열하고 있었다.

3월 13일, 스노보드를 타러 가기로 했던 날, 고등학교 동창들과 함께 볼링을 치고 어두워지기 전에 해산했다. 역 앞에는 거의 인적이 없었고 많은 가게가 문을 닫았다. 왠지 모르게 쇠락한 분위기였다.

거대한 지진이 일어났지만, 나의 일상에 큰 변화는 없었다. 학생 신분의 자취 생활이었으므로 업무에 영향이 있는 것도 아니었다.

그런 자신이 싫어진 나는 볼링을 친 후 집에 돌아와서 유튜브에 올라온 지진 동영상을 닥치는 대로 찾아보았다. 다양한 사람이 다양한 동영상을 올렸다. 조회 수가 많은 영상도 있고 적은 영상도 있었지만, 나는 인터넷에 올라와 있는 지진 관련 동영상을 가능한 한 모두 보았다.

젊은 여성이 "뛰세요! 할머니, 해일이 와요!"라고 외치며 산 위를 향해 뛰어가는 동영상이 있었다. 하지만 할머니는 이래 봬도 서두르고 있다고 말하는 듯한 표정으로 여성을 응시했다. 화면 앞에서 나도, 여성과 같은 심정으로 "뛰세요!" 하고 마음속으로 빌었으나 할머니의 발걸음은 빨라지지 않았다. 그리고 몇 초 후에 해일이 덮쳐왔다. 해일을 피한 여성의 모습은 보였으나, 할머니의 모습은 확인할 수 없었다.

경보가 계속 울려대는데 현관 앞에서 나이 든 여성이 "빨리 챙겨요!" 하고 고함을 지르는 동영상도 있었다. 모르긴 해도 남편이 이것저것 짐을 싸서 나가려는 바람에 피난이 늦어지고 있는 듯했다. 나도 나이 든 여성과 똑같은 심정으로 "서둘러요!"라고 생각했다. 하지만, 그녀의 남편은 집에서 나올 낌새도 보이지 않았다. 대체 왜, 라고 생각함과 동시에 그럴 법도 하다는 마음이 들었다. 같은 상황에 놓였다면 나 역시 이것저것 가지고 나가려고 했을 것이다. 그 정도로 거대한 해일이 와서 모든 것을 집어삼키리라고는 상상도 못 했을 것이기 때문이다. 지진 이틀 후에 스노보드를 타러 가려고 했던 인간이 집에서 나오지 않는 남자를 탓할 수는 없다.

나는 닷새 동안 주야장천 그렇게 동영상을 보며 보냈다. 그동안, 나는 아무에게도 문자를 보내지 않았다. 모두 스마트폰에 남아 있는 사실이다.

아카네는 울면서 다양한 '이별의 이유'를 댔다. 바쁘다느니, 너에게는 어울리지 않는다느니. 나는 아카네의 이야기는 귓등으로 흘리며 '고리 짱'이 전차 안에서 했던 말을 떠올렸다. 아카네는 아마도 지진이 났을 때 사귀던 회사 선배와 다시 시작하기로 한 것이리라. 지금 생각해 보면 여러 조짐이 있었다. 아카네는 최근 자주, 선배와 식사를 하러 가곤 했다. 그에 대해 나는 아무 말참견도 하지 않았다. 애초에 아카네가 나를 만나는 것을 그 선배가 반대하여 말싸움이 일어났고 그것은 그들이 헤어진 이유 중 하나였다. 나는 아카네가 선배와 만나는 것을 반대할 처지가 못 된다.

최근 나는 줄곧 시시각각 다가오는 재난 속에 있었던 것이다.

그 속에서 나는 태평하게 이것저것 짐을 싸서 나가려다가 결국 피난을 갈 수 없었다. 나는 3월 10일에 무엇을 했는지 추적하고 있었으면서도 정작 지금 내가 3월 10일을 보내고 있다는 것을 상상조차 하지 못했다.

나는 "알았어"라고만 말한 후 쇼핑백을 들고 그곳을 나왔다. 나온 후 곧바로 후회한 건 아카네의 마음이 변한 것을 눈치채지 못했던 것이 아니라 몰래 계산을 해야 했었나 하는 점이었다.

집으로 가는 전차 안에서 나는 친구들과의 단체 채팅방에 들어가 "결론부터 말하면"이라고 썼다. "3월 10일, 나는 아무것도 하지 않았다."

누군가 읽었다는 표시가 곧바로 나타나지는 않았지만 나는 계속했다.

"지진이 일어났을 때 나는 '숙취'를 의심했고 약속 시각에 이미 늦었다. 그래서 아침까지 술을 마셨을 거라고 추측했지. 하지만 나는 아무와도 술 약속을 하지 않았고 지진 당일 오전 10시에는 가토에게 문자를 보냈어. 나는 아침까지 술을 마시지 않았던 거야."

나는 뭐라고 쓸지 잠시 생각한 후 "그렇다면"이라고 썼다. "왜 나는 '숙취를 의심했다'라는 걸 기억했을까? 이건 어디까지나 추측인데 우선 그 당시 나는 단순히 밤낮이 바뀌어서 오전 10

시쯤 잠이 들어 오후 6시쯤 일어나는 생활을 하고 있었던 거야. 문자를 주고받은 내역이 그 외 시간에 집중되어 있었거든. 하지만 만나기로 약속했던 여자애에게 늦잠을 잤다고 솔직하게 말하는 것이 부끄러워서 '숙취' 에피소드를 날조한 거지. 그 이야기를 여기저기서 하고 다니다 보니 그게 진실이라고 믿어버리게 된 것 같다. 그 점은 니시가키와 비슷하네."

실은, 그때 영화를 같이 보기로 했던 여자애와 사귀게 되었다. 그리고 방금 헤어졌다. 나는 망설인 끝에 그 사실은 밝히지 않고 "이상"이라고만 썼다.

3월 10일, 나는 아무것도 하지 않았다.

나는 그 말을 마음속에서 여러 번 되뇌었다. 정확한 표현은 아니다. 살아 있는 인간이라면 호흡을 하고 식사를 하며 잠도 자고 배설도 했을 것이다. 아무것도 하지 않는다는 것은 있을 수 없다.

3월 10일, 나는 기억에 남을 만한, 혹은 나중에 돌아보며 확인할 수 있는 특별한 일은 아무것도 하지 않았다. 집에서, 혼자, 밤늦도록 깨어 있었다. 태평양 어딘가에서는 지각판이 점점 심하게 뒤틀리고 있었다. 나는 그런 것도 모른 채, 아무것도 하지 않았다.

전차가 어느새 내가 내릴 역에 들어섰다. 나는 갑자기 똑바로 걸을 수가 없어서 근처 의자에 걸터앉았다. 지진이 일어난 것도 아니고 숙취도 아니었다.

집으로 향하는 사람들을 멍하니 바라보다가 쇼핑백을 다시 들고 나는 자리에서 일어섰다.

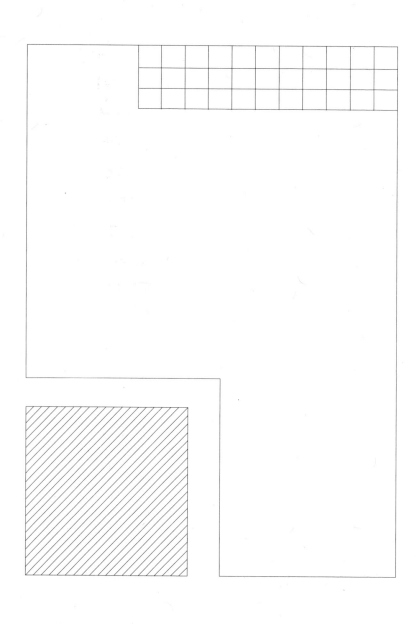

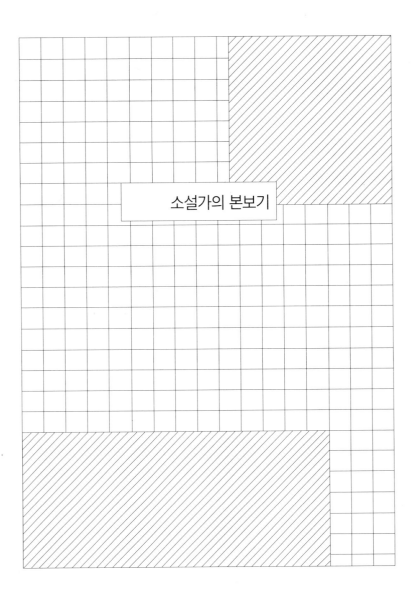

소설가의 본보기

1년 만에 니시가키와 만났다. 니시가키는 내 고등학교 동창인데 친구 중에서 우리 둘만 독신으로 서른 살을 맞이했다. 나는 니시가키에게만은 선수를 빼앗기지 않을 거라는 묘한 자신감이 있었다. 그것은 여성에게 인기가 있느냐 없느냐 그런 것과는 다른 차원의 이야기였다. 니시가키는 대기업 종합 무역상사에 다니고 있고 외모도 나쁘지 않다. 하지만, 내 친구 중에서 다섯 손가락 안에 들 만큼 특이한 녀석이었다.

학창 시절, 나는 니시가키, 또 다른 친구와 셋이서 여행 약속을 한 적이 있었다. 나는 전날 야간 근무 아르바이트를 하고 약속 시각이 지나도록 잠을 잤다. 만나기로 한 시각보다 여섯 시간 늦었다. 다른 친구 한 명은 불같이 화를 냈지만, 니시가키는 "기다리는 동안 파친코에서 잭팟이 터졌다"라며 순금 1그램을 내게 선물로 주었다. 그런 남다른 대범함이랄까, 일반적인 상식에 얽매이지 않는 성격의 소유자였다. 그에게서 여성의 이야기는 거의 들어본 적이 없었고, 실제로 몇 년씩 여자 친구 없이 지내기도 했다. 니시가키가 누군가와 결혼하여 가정을 꾸리는 모습이 머릿속에 그려지지 않았다. 그런 연유로 니시가키보다는 내가 먼저 결혼하겠지, 하고 철석같이 믿고 있었다.

그러나 그 직감은 빗나갔다. 니시가키는 1년 전에 결혼했다. 나는 니시가키의 결혼 상대인 에리카 씨를 잘 안다. 외려 내 덕에 결혼했다고 해도 과언이 아니다.

에리카 씨는 니시가키의 거래처 직원으로 상사들도 참석한 회식 자리에서 처음 만났다고 한다. 그녀의 취미가 독서라는 말을 듣고 니시가키는 고등학교 동창 중에 작가가 있다며 내 이름을 댔다. 우연히 그녀가 내 소설을 읽고 있었고 또 우연히 내 작품을 맘에 들어 했던 모양이다. 그 사실을 알게 된 니시가키는 나를 불러 셋이서 식사를 하자는 핑계로 에리카 씨와 다시 만날 기회를 만드는 데 성공했다. 에리카 씨는 늘씬한 미모에 지적인 여성이었다. 분명 히라노 게이치로와 미란다 줄라이[*]

---

[*] 미국의 영화감독, 각본가이자 배우.

98   네가 손에 쥐어야 했던
                                       황금에 대해서

를 좋아한다고 했다. 그녀와 내가 2시간가량 소설 이야기를 나누는 동안, 니시가키는 한마디도 하지 않고 싱글벙글 지장보살처럼 웃으며 앉아 있었다. 니시가키는 거의 책을 읽지 않고, 내 작품 역시 하나도 읽지 않았다.

"일이 남아 있다"라는 핑계를 대고 나는 그녀가 가지고 온, 점착 메모지가 잔뜩 붙은 내 저서에 사인을 해 주고 도중에 빠져나왔다. 작가가 "일이 남아 있다", "내일 아침 일찍 일이 있다"라고 할 때는 회식 자리에서 성공적으로 탈출하기 위한 거짓말인 경우가 많다. 작가 대부분은 술을 마신 후 일을 하지 않고, 오전 중에 일정을 잡는 일도 거의 없기 때문이다. 나도 예외는 아니어서 그날 거짓말을 했다. 그녀와 더 이야기를 주고받다가 내가 그녀를 좋아하게 되면 골치 아픈 일이 벌어질지도 모른다고 생각했고 무엇보다 대화에 끼지 못하는 니시가키에게 미안했기 때문이다.

집에 가는 길에 생각을 바꾸었다. 나는 이를테면 보기 좋게 이용당한 셈이니 적어도 니시가키에게 미안한 마음을 가질 아무런 이유가 없다. 만약 니시가키가 그녀와 잘되지 않는다면 내가 나설 권리도 없지는 않을 것이다. 그러나, 마음속 어딘가에서 틀림없이 니시가키는 그녀와 잘될 거라는 확신이 있었다. 그들은 독서라는 취미를 공유하지는 않았지만, 왠지 모르게 파장이 잘 맞는다고 할까, 잘 어울리는 한 쌍이라는 느낌이 들었기 때문이다.

그 직감은 적중했다. 나도 식사에 동석했던 그날 이후 그들이 어떤 과정을 보냈는지는 잘 모르지만, 그로부터 약 1년 후에 두 사람의 결혼식에 초대받았다. 나는 피로연에서 난생처음 결혼 축사를 했다. 두 사람의 만남에 얽힌 이야기, 여행을 가기로 했던 날, 니시가키에게 받은 순금 이야기를 했다. 축사 끝부분에 내가 "10년간 금값이 1,500엔 올랐습니다"라고 말하며 당시 받았던 1그램의 순금을 니시가키에게 돌려준 순간, 피로연장의 분위기는 꽤 달아올랐던 것 같다.

니시가키는 그해 신혼여행과 겹치는 바람에, 연례행사인 고등학교 동창 송년회에 나오지 않았다. 그러저러하다 보니 결혼식 이후 니시가카와는 한 번도 만나지 않았다.

니시가키에게서 상의하고 싶은 일이 있다는 연락이 왔을 때는 조금 놀랐다. 나는 타인에게 상담 요청을 받아 본 경험이 거의 없기도 했고(아마 무언가를 상담하고 싶은 사람은 아닐 것이다) 애초에 니시가키가 누군가에게 고민 상담을 한다는 것 자체가 의외였다.

'에리카 씨 일이겠지.' 나는 니시가키와 만나기로 한 신주쿠의 술집으로 향하며 생각했다. 직장 경험이 없는 내게 이직 상담을 한다 한들 아무 유익한 조언을 얻을 리 없을 것이고, 서른을 넘기면 사적인 인간관계로 고민하는 일도 줄어든다. 직장 관련도 아니고, 인간관계도 아니라면 아마도 가정 문제일 것이다. 니시가키와 아내 양쪽을 잘 아는 사람은 나뿐이다. 어쩌면 이혼 이야기일지도 모른다. 니시가키는 원체 무슨 생각을 하는지 알 수 없는 남자이니 니시가키라면 있을 법한 이야기라고 생각했다.

길을 못 찾아 헤매다 3분 정도 늦게 점포에 도착하자 니시가키는 안쪽 방의 테이블에서 맥주를 마시며 나를 기다리고 있었다.

"오랜만. 먼저 마시고 있었다."

나를 보고 니시가키가 그렇게 말했다.

"응, 미안."

니시가키는 딱히 신경 쓰는 내색도 없이 맥주를 들이켜고는, 상사 직원다운 말투로 "어떠냐, 요즘?" 하고 물었다.

"질문이 꽤나 진부하다."

내가 솔직히 말하자 니시가키는 "그러지 말고"라고 웃으며 말했다.

"그럭저럭 지낸달까."

"역시 그런 건가, '창작의 고통' 같은 게 있는 건가?"

자기가 물어놓고 질문에는 그다지 흥미가 없는 듯, 니시가키는 내 대답을 기다리지 않고 근처를 지나가는 점원을 불렀다.

"무슨 말이야. 그런 거 없어. 애초에 고통을 겪고 싶지 않으니까 이 일을 하는 거다."

"그런 거냐? 왜, 아이디어가 하늘에서 뚝 떨어지지 않아 한밤중에 산책하러 나가고 그런 거 아니고?"

"어디서 들은 이야기냐? 적어도 난 아니야."

소설을 써 본 적 없는 사람들이 자주 물어보는 질문이다. 아이디어는 어떻게 생겨나는 겁니까? 내 경험을 말하면, 지금까지 소설의 아이디어가 하늘에서 뚝 떨어진 적은 한 번도 없었다. 아이디어는 퍼즐 조각 같은 것이어서 늘 내 마음속에 몇 가지씩 존재한다. 그 조각들을 끼워 맞추면 비로소 소설의 아이디어가 된다. 작품을 구상하는 기간의 태반은 딱딱 들어맞지 않는 퍼즐 조각들을 억지로 겹쳐놓고 겹친 부분을 잘라내거나 공백 부분을 채워 넣으면서 모양새를 다듬어가는 데 시간을 쏟는다. 이기고 치대는 사이에 점점 아이디어의 형태를 갖춰간다.

"그렇구나."

니시가키는 이 이야기를 계속할 생각은 없는 듯했다. 나는 맥주를 주문하고 나서 "에리카 씨 일 아니야?"라고 물었다.

"뭐가?"

"상의하고 싶다는 거."

의외로 니시가키는 깜짝 놀란 듯이 말했다. "어떻게 알았냐?"

"그냥, 그 정도밖에 떠오르는 게 없어서."

"소설 같은 걸 쓰면 사람 마음을 읽는 능력이 생기는 건가?"

"마음을 읽을 필요까지도 없어. 서른 넘은 유부남의 고민이란 게 대충 직장 아니면 가정 문제겠지. 직장 관련해서는 나한테 상의할 일도 없을 테고, 소거법이다."

"듣고 보니 그도 그렇다만."

주문한 맥주가 나왔다. 건배하고 나서 나는 "그래서, 무슨 일이냐?" 하고 물었다. 실제로 나는 무슨 일인지 궁금했다. 니시가키가 누군가에게 상의할 마음이 들게 만든 일이 대체 무엇일까?

"궁금하냐?"

"말할 맘 없으면 나 간다."

내가 장난삼아 자리에서 일어나는 시늉을 했더니, 니시가키가 "기다려 봐" 하며 제지했다. "에리카가 요즘 소설을 쓰고 있어."

예상한 것은 아니지만, 그 사실 자체는 그렇게 의외는 아니었다. 그녀와 소설 이야기를 나누었을 때 묘사의 분량이라든가 장면 전환 기법 등 상당히 기술적인 질문을 했던 것이 떠올랐다. 게다가 그녀는 내 소설 이곳저곳에 점착 메모지를 붙여놓았다. 내가 쓴 소설에서 기술적으로 배울만한 점은 그리 많지 않았을 테지만, 진지하게 무언가를 훔치려 했던 것은 분명하다.

"뭐 어때? 소설 쓰는 데 돈이 드는 것도 아니고, 게다가 에리카 씨, 진심으로 소설을 좋아하는 것 같던데."

"음, 그뿐이면 누가 뭐라고 하겠어? 취미 정도로 한다면야. 그런데 요즘 들어 회사를 그만두고 집필에 전념하고 싶다고 해서 말이야."

에리카 씨는 식품 제조 대기업에서 영업직으로 근무하고 있다. 급여도 상당히 높을 것이다.

"회사를 그만둔다는 건 그리 좋은 생각은 아니군." 나는 솔직하게 답했다. "솔직히 말해서, 전업 소설가가 되는 건 상당히 힘든 일이야. 실력 문제 이전에 운도 크게 작용하거든. 나는 운이 좋았던 터라 지금 이렇게 전업으로 해 나가고 있지만, 나만 해도 집필 의뢰가 어느 정도 늘 때까지는 대학에서 연구를 계속했었고."

"그 이야기를, 네가 직접 에리카에게 해 줄 수 없겠냐?"

"그건 내키지 않는데. 남의 인생에 참견하고 싶지 않고. 게다가 회사를 그만둔다는 것도 원래부터 지금 하는 일이 싫었을 뿐일지도 모르잖아. 그런 이야기는 없었고?"

"일이 싫다는 이야기는 들은 적 없어. 뭐, 나한테 말하지 않았을 뿐인지도 모르지만. 이미 그만두겠다고 작정한 눈치야. 내가 무슨 말을 해도 통 듣지를 않아. 분명 에리카도 네가 말하면 들을 거야. 이러다가 정말 사직서를 내버릴 것 같다."

"그런 사람으로 보이지는 않았는데."

나는 밑반찬으로 나온 채소절임을 집으며 말했다. 어딘가 그녀의 인물상과 어긋나는 느낌이 들었다. 에리카 씨와는 두 번밖에 만난 적이 없지만, 꿈을 위해 모든 것을 내던질 만한 사람으로는 보이지 않았고, 자신의 상황과 능력에 관해 객관적인 시각을 가진 듯했다. 그녀와 만났을 때, 직업으로서 소설가가 얼마나 힘든지, 그런 이야기도 했다. 그녀에게 어느 정도 재능이 있는지는 모르지만, 적어도 아무 승산도 없이, 10년간 다니던 회사를 갑자기 그만둘 법한 사람으로 생각되지는 않았다.

"무슨 상을 받는다거나 출간이 정해지고 나면 그때 회사를 어떻게 할지 다시 이야기해 보면 안 되냐?"

"나도 그런 식으로 제안했어. 회사를 그만두는 건 어느 정도 결과가 나온 다음이 좋지 않겠느냐고. 너한테도 이런저런 이야기를 들었었고. 그랬더니 지금 환경에서는 제 실력을 충분히 발휘할 수 없다고 하더라. 저축한 돈이 있으니 지금까지처럼 월세랑 생활비도 절반 부담할 거고 금전 면에서 부담 주지 않을 거래. 돈이 떨어지면 다시 일하겠다고 하더라고."

"으음, 그렇게까지 말한다면 말릴 이유는 없는 것 같은데."
내가 말했다. "다른 사람한테 피해를 주는 것도 아니라면, 어엿
한 성인이 자기 돈과 시간을 어떻게 쓰든 자유잖아. 다른 사람
눈에 씀씀이가 아무리 어리석어 보여도 나 같은 제삼자가 참견
할 일은 아니지. 너희 둘 사이에서 해결해라."

이것은 나의 주의라고도 할 수 있는데 타인의 인생에 되도록
참견하고 싶지 않다. 그건 틀림없이 내 인생에도 타인이 참견하
길 바라지 않는 심정의 역설적 표현일 것이다. 아마 이런 성격
탓에 여태까지 누군가가 내게 상담을 청한 일이 거의 없었을
것이다. 무슨 질문에든 "하고 싶은 대로 하면 되잖아"라는 대
답 외엔 할 말이 없다.

"야, 그렇게 매정하게 굴지 말고. 나도 난처하단 말이야."

"네가 난처한 건 이해해. 하지만 이건 부부간의 문제지, 내가
개입할 일이 아니야. 미안하다, 도움을 못 줄 것 같다."

"소설가가 얼마나 힘든지만이라도 말해 달라니까."

"그 정도라면 얘기해 줄 수 있지만, 동시에 소설가가 얼마나
멋진 일인지 말해버릴지도 모른다. 무능한 상사나 짜증 나는
동료도 없고 만원 전차에서 시달릴 필요도, 내키지도 않는 회
식에 참석할 필요도 없거든."

"그럼 적어도 에리카가 쓴 소설을 읽어 주라."

"예전에, 딱 한 번 그런 부탁을 들어준 적이 있어. 대학 때 친구 형이 소설가 지망생인데 순문학 신인상에 15년간 떨어졌다더라고. 일단 원고를 읽어 봤지. 소설가 지망생인 어느 남성이 어디서 솟아났는지도 모르는 돈으로 프랑스를 여행하는 거야. 들어본 적도 없는 지명의 여행지가 몇 군데 나오는데 전부 비슷비슷한 전개야. 바에서 미모의 여성을 만나 하룻밤을 함께해. 왜인지 여성은 전부 처녀고. 무슨 상징인지, 섹스의 절정에는 언제나 반드시 비가 내려. 인터넷 유의어 사전이라도 찾아봤는지, 죄 어려운 종류의 비가 내리는 거야. 취우驟雨, 백우白雨, 동우凍雨, 급우急雨 등등. 섹스하면서 프랑스인 여성과 '취우가 내리네', '그렇네' 이런 대화를 나눠. 원고를 읽으면서 다음에는 어떤 어려운 이름의 비가 내릴지 예상하는 게 유일한 낙이었다."

"그건 진짜 심하긴 하다."

"응, 솔직히 말하면 졸작이지. 게다가 경악스러운 건 작품의 반 정도가 위키피디아에서 베낀 듯한 프랑스 와인에 대한 지식으로 채워져 있더라고. 부르고뉴의 토양이 어쩌고저쩌고, 이런거. 끝까지 읽은 후, 태어나서 처음으로 나한테 작가의 재능이 있다는 걸 깨달았다니까."

"그래서, 넌 어떻게 했냐?"

"망설이긴 했는데 솔직한 감상을 말했어. 그렇다고 졸작이라고 말한 건 아니고. '섹스할 때는 반드시 비가 내리는 특수 능력의 소유자가 가뭄 피해에 시달리는 부르고뉴에서 선데이 사일런스*처럼 여자와 섹스 삼매경에 빠져 비를 내리게 하는 거야. 그래서 최고의 로마네 콩티를 양조해서 프랑스 와인을 살려 낸다는 소설로 하면 어떨까?'라는 구체적인 조언도 알려 줬지. 물론 단서는 달았어. '이것은 어디까지나 나의 개인적인 의견일 뿐, 심사 위원은 나처럼 생각하지 않을 수도 있다. 게다가 나는 평균적인 독자가 아니므로 나의 의견을 꼭 참고하라는 것은 아니다'라고."

"그래서 어떻게 됐냐? 트위터에서 악플 세례라도 받았어?"

"그랬으면 차라리 나았게. 그 사람은 절필했어. 소설 쓰는 걸 그만뒀다더라고. 그때 이후 나는 그런 부탁은 거절하기로 했어. 그러니까 에리카 씨 소설도 안 읽으련다."

"그러냐."

니시가키는 포기했는지 그 후로 에리카 씨 이야기는 하지 않았다.

우리는 술을 마시고 음식을 먹으며 서로의 근황을 그럭저럭

* 미국의 유명한 경주마로 일본으로 건너와 수많은 명마를 남긴 종마.

네가 손에 쥐어야 했던
황금에 대해서

주고받았다. 빈말로도 흥이 난다고는 할 수 없는 분위기였다. 우리는 원래부터 서로의 근황을 자연스럽게 나누는 법을 몰랐고 그다지 관심 없는 이야기를 즐거운 듯이 이야기하는 재주도 없었다. 니시가키는 골프나 사우나 외에는 관심이 없었고 나는 골프에도 사우나에도 일절 관심이 없었다. 그런고로 니시가키가 화장실에 가려고 자리에서 일어섰을 때도 나는 에리카 씨 일을 생각하고 있었다. 무언가 석연치 않은, 찜찜한 기분이 남아 있었다. 그리고 그 찜찜함의 정체는 단순히 '에리카 씨처럼 현실적인 사람이 회사를 그만두고 소설을 쓴다는 과감한 결단을 내리려고 한다'라는 것만은 아니었다.

니시가키는 좀처럼 돌아오지 않았다. 나는 팔짱을 끼고 생각에 잠겼다. 뭔가 이상한데 뭐가 이상한 거지? 애초에 오늘 술자리부터가 이상하지 않은가? 니시가키는 나에게 '상의할 일이 있다'라고 말했다. 분명 상의할 내용은 나밖에는 대답할 수 없는 내용이긴 했지만, 그렇다고 해도 아내가 회사를 그만두려고 한다는 이유로 니시가키가 남의 힘을 빌리려고 할 사람인가? 에리카 씨는 자기 의지로, 자기 돈을 쓰며, 자기 시간과 노력을 들여 소설을 쓰려는 것이다. 니시가키처럼 관용적인 남자가 그 결단에 반대할뿐더러 나까지 끌어들여서 해결하려 한다는 것이 이상하지 않은가?

"응가 아니었다."

어느샌가 자리로 돌아온 니시가키가 그렇게 말했다. "네 명이나 줄을 서 있었어. 지릴 뻔했네."

"야, 좀 생각해 봤는데."

"뭘?"

"왜 너는 반대하는 거냐?"

"에리카 말이야?"

"그래. 다 큰 성인이 자기 의지로, 자기 돈을 들여 새로운 일을 하려는 거잖아. 네가 그걸 반대한다는 게 뭐랄까 너무 평범한 것 같아서. 아니, 물론 함께 생활하고 있으니 그리 단순한 이야기는 아닐 테지만."

"그게 자기 의지였다면 나도 반대하지 않았지."

"무슨 말이냐?"

"꾐에 빠진 거야."

"누구 꾐에?"

"아오야마의 오라 리딩* 점술가."

"오라 리딩?"

그 말을 듣고 나자 내 안에서 지금까지 품었던 생각이 뒤집혔다.

---

* 사람을 에워싼 에너지인 오라의 색과 형태를 해독하여 그 사람의 현재 상태, 감정, 사고를 파악하는 점술.

순간적으로, 머리로 피가 거꾸로 솟는 게 느껴졌다. 아오야마의 아파트 한 칸, 붉은색 천이 드리워진 방에 에리카 씨가 들어가는 모습을 상상했다. 요란하게 치장한, 짧은 머리에 살집이 있는 중년이 앉아서 "내게는 당신의 오라가 보입니다"라고 말을 하는 모습이다.

화가 치솟았다.

나는 기본적으로 타인의 인생에는 관심이 없다. 타인이 어떤 인생길을 걷든, 그 사람 자유라고 생각한다. 하지만, 사기꾼 초능력자, 점쟁이 등 심령 운운하는 자들만큼은 용서할 수 없었다. 그 작자들은 말솜씨와 속임수를 써서 인간의 약점을 파고들어 실체도 없는 이야기로 신뢰를 얻은 후 초능력을 빙자해 돈벌이하는 자들이다. 정직하게 살아가는 사람들이 그런 작자들에게 돈을 뜯기는 것을 못 본 체할 수는 없었다.

"회사 동료에게 소개받았다나 본데 반년쯤 전부터 아오야마의 그 오라 리딩 점집에 다니고 있어. 초능력자로서 텔레비전에도 나오는 사람이라는데, 정말로 신통하다고 혀를 내둘러. 나도 몰랐는데, 에리카가 학창 시절에 소설가를 지망했다는 것도 알아맞힌 것 같고, 하와이로 신혼여행 간 것도 맞혔단다. 어렸을 적에 강에서 놀다가 다쳐서 머리를 꿰맨 것이나 오빠랑 그다지 사이가 좋지 않다는 그런 것도. 최근 과장이 부서 이동하게

된 것, 이탈리안 레스토랑에서 옆 테이블에 앉은 사람이 유리
잔을 깨는 바람에 에리카에게 와인이 튈 거라는 것도, 일이 일
어나기 전에 맞혔다고. 아무래도 그 점술가가 에리카에게 묘하
게 훈수를 두는 것 같단 말이야."

"그런 이야기면 처음부터 말해라." 나는 말했다. "에리카 씨
가 사기꾼의 꾐에 넘어가서 회사를 그만두려고 하는 거라면 말
이 달라지지. 너는 반드시 에리카 씨를 설득해라. 나도 가능한
한 힘을 보탤게."

"아니 그게, 네 소설에 초능력자 그런 거 나오잖아? 에리카
가 네 소설에 초능력자가 나온 장면을 보여 준 적도 있거든. 난
또, 너도 그런 거 믿는 줄 알고 지금까지 말 안 했지."

"믿을 리 없잖냐. 내가 믿는 것과 소설 속에 쓰는 건 완전히
별개지. 그런 거 전부 사기야. 손금인지 타로인지, 사주팔자인
지 오라 리딩인지 몰라도 점쟁이들은 전부 다 사기꾼이야."

"전부 다는 아니겠지. 개중에는 진짜도 있을 테지."

"아니, 아니, 전부 다야." 나는 반론했다. "이 세상만사에는
'모두'라거나 '전부'란 성립하지 않아. 사람도 다 제각각이고,
그런 표현은 나도 질색이야. 하지만, 점쟁이만큼은 예외다. '개
중에는'이라는 표현은 모호할뿐더러 놈들에게 허점을 보이는
거라고. 전원 사기꾼이야. 한 명도 빠짐없이 다 가짜야."

"점쟁이한테 살해당한 가족이라도 있는 거냐?" 니시가키가 웃으며 말했다.

"갑자기 그런 것 같기도 하다."

"뭐, 네가 그렇게 생각한다면 이해는 빠르겠다. 에리카는 그 아오야마 오라 리딩 점술가에게 속아 넘어간 거야. 에리카에게 이렇게 말하면 '내가 스스로 정한 것이다'라고 우긴다만, 그 점 집에 다니기 시작하고 나서 갑자기 회사를 그만두겠다는 말을 꺼냈거든. 틀림없이 '걸작을 부르는 펜' 같은 걸 비싼 값에 강매당했을 거야."

"틀림없군. 에리카 씨가 회사를 그만둘지 말지는 둘째치고 쓰레기 같은 오라 리딩 점쟁이 놈을 철석같이 믿게 된 상황은 어떻게든 손을 써야지."

바로 전까지 조용했던 술자리는 갑자기 열기를 띠었고 우리 는 머리를 맞대고 작전을 짰다.

어떻게 하면 에리카 씨의 세뇌를 풀 수 있을까? 니시가키의 이야기에 따르면 에리카 씨는 그 오라 리딩 점술가를 100퍼센 트 신뢰하고 있는 듯하다. 점술가 말을 따라 방의 가구를 재배 치하기도 하고 휴일에 할 일과 식사 메뉴를 정하기도 한다. 그 점술가는 오라 리딩으로 여러 가지를 꿰뚫어 볼 수 있는 자칭 투시력을 가지고 있어서 에리카 씨의 과거와 현재, 미래를 알아맞혔다. 처음에는 니시가키도 점술가의 오라 리딩 능력을 대단하다고 느꼈는데 에리카 씨 입에서 "회사를 그만두겠다"라는 말이 나오고 나서부터 의심하게 되었다. 에리카 씨에게 "너, 속고 있는 거야"라고 말한 탓에 요즘에는 에리카 씨도 오라 리딩 이야기를 하지 않지만, 지금도 매주 한 번씩 다니고 있으며 알아본 결과, 1회 30분 세션에 요금은 2만 5천 엔이라고 한다.

"목표는 에리카 씨가 소설가의 꿈을 포기하게끔 만드는 게 아니다." 대강의 이야기를 듣고 나서 나는 말했다. "세뇌를 푸는 거야. 그렇지 않으면, 억지로 소설가의 꿈을 포기한다 한들, 또다시 그 머시기 점쟁이의 꾐에 넘어가 이번에는 회사를 그만두고 싱어송라이터가 되겠다고 말할지도 모르니까."

"그건 뭐, 네 말이 맞다." 니시가키가 수긍했다.

"핵심은 에리카 씨가 그 사기꾼의 능력을 믿기 때문에 그자의 조언을 따르는 거잖아. 그러니까 그 능력이 가짜라는 걸 증명하면 돼."

"하지만 어떻게? 내가 들은 바로는 그자는 정말로 오라를 읽고 과거와 미래를 알아맞힌 것 같던데."

"그럴 리 있겠냐. 정말로 오라가 보인다면 점쟁이 따위 때려치우고 말의 오라를 보고 경마를 하거나, 파친코 기계의 오라를 보고 설정 6인 기계로 잭팟을 터뜨려서 부자가 되었겠지."

"그럼, 어떻게 우리가 하와이로 신혼여행 간 걸 맞힌 건데?"

"실제 대화의 순서를 보지 않았으니 모르긴 해도, 대략 이런 느낌일 거야. '물의 오라가 보입니다. 당신의 소중한 추억 중에 물과 같은 것이 있을 겁니다. 당신은 소중한 사람과 물 옆에 있습니다. 그런 기억으로 짐작 가는 것이 있습니까?' 그러면 에리카 씨는 신혼여행을 떠올리며 '있습니다'라고 수긍하겠지. '당신은 성인이지요?', '네', '당신은 소중한 사람…… 가족과 여행을 하고 있어요.', '맞습니다!', '신혼여행인가요?', '네!' 뭐 이런 흐름이겠지. 물이라는 말을 던지면 웬만한 건 다 걸려들어. 바다, 강은 물론, 비 오는 날의 추억, 하다못해 이 술집도 술이라는 물이 있잖아. 스이도바시水道橋, 오차노미즈御茶ノ水, 이케부쿠로池袋 같은 지명에도 물이랑 연못을 가리키는 한자가 들어 있으니 꿰어맞출 수 있어. 어떤 추억이라도 상관없어. 무엇을 떠올리더라도 대부분 물과 관계있는 것이 등장하니까."

"하지만, 신혼여행이라든가, 하와이처럼 콕 집어낼 수는 없지 않아?"

"콕 집어냈다고 할 수는 없어. 이미 남편이 상사 직원이라는 건 알아냈을 것이고, 신혼이라는 것을 알고 있으면 여행의 종류도 상상할 수 있지. 이건 순전히 편견이지만, 상사 직원의 신혼여행지는 거의 해외잖아. '물'이라는 말에 적극적으로 반응했다면 해변이 있는 휴양지라는 것 정도는 상상할 수 있어. 다음은 발리나 하와이로 범위를 좁혀서 양쪽 모두 해당할 만한 말을 적당히 던져서 떠보는 거야. 물론 이런 수법이었는지는 모르지만, 그 정도의 투시라면 나도 할 수 있다는 거다.”

“하와이는 뭐 대충 알았다. 그럼 미래에 관한 건 어떻게 된 거냐? 과장이 부서 이동하는 거나 와인을 뒤집어쓸 걸 알아맞힌 건 어떻게 된 거야?”

“에리카 씨가 근무하는 기업을 검색해 보면 인사이동 시기 정도는 알 거고. 하긴, 회사 대부분이 연말에 인사이동을 하니 그럴 필요조차 없을지도. 반응을 살피며 인사에 관한 예언을 몇 가지 해 두면 어긋난 예언에 관해서는 금세 잊어버릴 테니까. 어쩌면 에리카 씨에게 점쟁이를 소개한 회사 동료에게서 이미 회사 내부의 이야기를 알아냈는지도 모르고. 그런 건 실제로 세션 내용을 들어보지 않으면 모르는 일이지만.”

“그렇군. 그럼 와인은?”

“어차피 ‘투명한 유리 같은 오라가 보입니다. 머지않아 당신 주위에서 유리에 관한 사고가 일어나겠네요.’ 같은 말을 한 것 아닐까? 이런 화법을 쓰면 대체로 들어맞거든. 유리는 유리창일 수도 있고 유리잔일 수도 있어. 사이드미러, 거울, 수조, 안경이어도 상관없고 얼음이나 아크릴까지도 포함되거든. ‘머지 않아'라는 것도 어느 정도의 기간인지 모호하잖아."

"그런 거였구나. 지금 한 이야기, 네가 직접 에리카에게 좀 말해 주라."

"그건 안 돼." 나는 고개를 가로저으며 말했다. "실제로 점쟁이가 어떻게 말했는지 모르는 이상, 역효과가 나버릴지도 몰라. 내가 말한 수법들 외에도 무수히 많은 수단으로 예지 따위 얼마든지 할 수 있어. 에리카 씨가 '나는 그런 이야기를 들은 적 없다'라고 반격하면 이쪽이 궁지에 몰릴 가능성이 있거든."

"그럼 어떻게 하면 좋을까?"

"네가 직접 가 보는 수밖에 없지 않을까?" 내가 말했다.

"가다니 어딜?"

"어디긴, 아오야마지. 점쟁이와 직접 대면해서 사기라는 것을 밝혀내고 그 모습을 전부 녹음해 와. 그걸 에리카 씨에게 들려주는 거야."

"내가 할 수 있을까? 네가 좀 해 주라. 돈은 낼 테니까."

"괜찮아. 사기꾼 초능력자 대책은 내가 전수해 줄게. 조금만 공부하면 아무도 안 걸려들 거야. 게다가 에리카 씨는 내 개인적인 정보를 모르니까 나에 대한 오라 리딩이 틀렸다고 해도 설득력이 거의 없잖아. 자기가 잘 아는 사람에 대한 점괘가 어긋나야 의미가 있지."

"음, 그렇긴 하다만."

그 후 나는 니시가키에게 강의를 했다.

우선, 에리카 씨에게는 오라 리딩 점술가를 찾아간다는 건 비밀로 할 것. 선수를 쳐서 점쟁이에게 "남편이 갈 것이다"라는 이야기를 해 버리면 사기를 파헤치는 것이 어려워질 것이다. 어디까지나 에리카 씨와는 관계없는 제삼자로서 세션에 참가해야 한다. 그것을 위해 반드시 가명으로 예약할 것. 에리카 씨는 오라 리딩 점술가에게 남편 이야기를 했을 것이다. 어쩌면 최근 여기에 다니는 것을 남편이 반대한다는 이야기까지 했을지도 모른다. 니시가키라는 성씨로 예약하면 에리카 씨의 남편이라는 것과 사기를 폭로하기 위해 왔다는 것이 들통날지도 모른다. 그 점은 특히 신경 써야 한다.

다음으로, 그 오라 리딩 점술가를 찾게 된 경위를 날조했다. 그 점술가가 출연한 텔레비전 프로그램을 본 것으로 했다. 여자 홀몸으로 자신을 키워 주신 어머니가 돌아가신 후 줄곧 막연한 불안에서 벗어나지 못하고 있다는 설정을 만들었다(니시가키에게 어머니만 계신다는 건 사실이지만, 그 어머니는 지금도 건강하게 살아계신다).

그 후에는 구체적인 기법에 관한 조언을 했다. 사기꾼 점쟁이는 대부분 '콜드 리딩'이라는 기법을 사용한다. 오라 리딩이라는 것도 특성상, 우선 틀림없이 이 기법을 이용할 것이다. 구체적으로는 먼저 누구에게나 해당하는 하나 마나 한 말을 하여 신뢰를 얻으려 한다. "당신은 본래 내향적이지만, 때로는 외향적인 면을 발휘할 때가 있습니다"라든가 "당신은 배려심이 넘치는 사람이지만, 때때로 이기적인 면모가 나타날 때가 있어서 그런 자신의 모습에 괴로워하고 있군요"라든가, "당신은 노력을 통해 자신의 능력을 향상하고자 늘 생각하지만, 마음과 달리 간혹 해이해지는 경향이 있다는 것을 잘 알고 있네요" 등이다. 이런 '천리안'은 사실상 아무 내용이 없는 말이다. 모순되는 두 가지 경향을 모두 제시함으로써 누구에게나 해당하는 말을 한 것에 지나지 않으나, 인간은 너무도 쉽게 '알아맞혔다'라고 속고 만다. 그런 말을 들었을 때는 "결국 어느 쪽이라는 거죠?"라고 질문하면 된다. "내향적인 건지, 외향적인 건지 확실히 말씀해 주세요"라고 말이다.

또 점쟁이가 "당신의 소중한 추억 속에 물 같은 것이 보이는군요. 당신은 소중한 사람과 물 곁에 있습니다. 그런 기억으로 떠오르는 것은 없습니까?" 이런 식의 화법으로 누구에게나 해당하는 사실을 말한다. 질문을 던지고 이쪽의 반응을 살피면서 서서히 범위를 좁혀가다가 최종적으로 정답에 이르려는 것이다. 그럴 때는 "'물 같은 것'이란 뭐죠? 바다인가요? 강인가요?

아니면 마시는 물인가요? '소중한 사람'이란 누구인가요? 친구인가요? 부모인가요? 연인인가요? '기억'이란 몇 년 전이죠? 1년 전인가요? 10년 전인가요?" 이런 식으로 상대방의 모호함을 용인하지 않는 것이다. 그러면 점쟁이는 난처해질 것이다.

그리고 수많은 점쟁이가 주특기로 하는 말이 "당신에게는 본래, 창조적인 재능이 있습니다"라는 것이다. "당신에게는 무언가 방해물이 있어 본연의 창조적인 능력을 충분히 발휘할 수 없었던 과거가 있군요"라는 말을 한다. 때에 따라서는 "예전에, 무슨 악기를 배운 적이 있지 않습니까?"라는 말을 넣는 예도 있다. 사람들 대부분이 무언가 악기를 배웠던 경험이 한둘쯤은 있을 것이고 자신에게 창조적 재능이 있을 거라고 믿는다. 그렇게 자존심을 자극하며 신뢰를 얻는 것이다. 에리카 씨에게도 이와 비슷한 말을 했을 것이다. 에리카 씨는 그 말 때문에 작가가 되겠다는 의지를 더욱 굳힌 것은 아닐까?

"그러니까 정리하면."

나는 다양한 수법에 관해 상세한 설명을 마치고 나서 스마트폰으로 열심히 받아 적고 있는 니시가키를 향해 그렇게 말했다. "사기꾼 초능력자들은 투시하는 척하면서 은근슬쩍 떠보는 질문을 던지고 이쪽에서 정보를 끌어낸 후, 마치 그 정보를 자기가 투시한 것처럼 내보이는 거야. 그런 식으로 정보를 빼내는 기술만 갈고닦거든. 투시에 실패했을 때는 '당신이 잊어버렸을 뿐이다', '당신이 깨닫지 못했을 뿐이다', '조만간 사실이 될 것이다'라는 식으로 얼버무리는 거지. 그런 수법까지 미리 알아 두면 그 작자들의 농간에 놀아나는 일은 없을 거야."

"좋은 공부 했다." 니시가키는 고개를 끄덕이며 말했다. "이야, 난생처음 소설가를 존경하게 됐다. 정말 모르는 게 없구나."

"소설가랑 아무 관계도 없고, 나는 거의 모든 세상사에 무지하다. 그저 단지, 한 사람의 인간으로서 파렴치한 사기꾼이 활개 치고 다니는 걸 용서할 수 없을 뿐이야."

오라 리딩 점술가 이야기가 나온 후, 우리는 술을 한 방울도 마시지 않았다. 마지막으로 우롱차를 다 마신 후 술집을 나왔다.

"건투를 빈다."

신주쿠역 개찰구 앞에서 우리는 악수를 했다. 니시가키는 "꼭 보고할게"라고 말하고는 개찰구 안쪽으로 사라져갔다.

니시가키에게 연락이 온 건 그로부터 한 달 후였다. 상세한 소감이나 자초지종에 관한 내용은 없고 "다녀왔다"라는 짧은 문장만이 채팅창에 떴다. 나는 "어땠냐?"라고 응답했다. "시간 괜찮으면 지금 만나서 얘기하자. 지난번이랑 같은 장소."

나는 "알았다"라고 회신했다.

한 달 전과 완전히 똑같은 광경이었다. 니시가키는 안쪽 자리에서 맥주를 마시고 있었다. 그쪽으로 향하는 동안, 니시가키의 표정에서 잘되었는지 어떤지 파악해 보려고 했으나 무리였다. 당연하다. 나는 점쟁이도 뭐도 아니기 때문이다.

"먼저 마시기 시작했다." 니시가키가 말했다. 나는 자리에 앉자마자 단도직입적으로 물었다. "잘됐냐?"

"딱 뭐라고 말하기가 좀 그렇다." 니시가키가 말했다. "'잘됐다'라는 게 무엇을 가리키느냐에 따라 다르겠지."

"녹음은 했고?"

"응, 했어." 니시가키는 양복 안주머니에서 음성 녹음기를 꺼냈다. "빅 카메라에서 가장 성능 좋은 거로 샀어. 주간지 기자들도 사용하는 모델이라더라. 슬림형이라 안주머니에 넣어 두면 겉으로는 티가 나지 않는다고. 좀 전에 확인해 봤는데 제대로 녹음됐더라."

"들어 봐도 되냐?"

"물론이지. 무슨 일이 있었는지 알려면 그게 가장 빠를 거야. 뭐, 15분 정도 들으면 대강 이해가 갈 거다. '제목 없음' 1번을 들어 봐."

나는 녹음기에 이어폰을 꽂고 1번을 재생했다. 우리 자리로 온 점원에게 니시가키가 내 맥주를 주문했다. 2분 정도는 멀리서 클래식 음악만이 흘렀다. 아마도 점집의 배경음악일 것이다. 접수처에서 '스도 님'이라고 이름을 부르자 니시가키가 이동했다. '스도'는 우리 고등학교 동창 이름이다.

문 여는 소리가 난 후에 평범한 자기소개가 시작되었다. 낮은 톤의 또렷한 남자 목소리가 들렸다. 니시가키는 나와 입을 맞춘 대로 '스도'라는 별개의 인격체를 성실하게 연기했다. 사랑하는 어머니가 돌아가신 것. 그 후로 왠지 일에 집중이 안 된다는 것. 아마추어치고는 제법 뛰어난 연기다.

"미리 말씀드립니다만."

오라 리딩 점술가는 꾸며낸 듯한, 부자연스럽게 굵은 목소리로 그렇게 운을 떼었다. "스도 님이 발산하는 오라를 제가 전부 정확하게 읽어낼 수 있는 것은 아닙니다. 오라라는 건 이른바 안개 저편의 풍경 같은 것이라서 모든 것을 전달해 주는 것은 아닙니다. 때에 따라서는 저보다 스도 님이 훨씬 정확하게 이해할 수 있는 것도 있습니다. 이것을 명심하시기를 바랍니다."

"알겠습니다." 니시가키가 말했다.

"솔직히 말씀드리면 저도 인간이기 때문에 때때로 틀릴 때가 있습니다. 하지만, 언제나 최선을 다한다는 것만큼은 약속드립니다. 제가 틀렸다고 해서 불안해하실 필요는 없습니다. 저는 스도 님의 인생에 도움이 되고 싶다는 간절한 마음을 품을 뿐, 스도 님의 인생을 정하는 것은 결국 스도 님 자신입니다. 제가 무슨 말을 하더라도 그 말을 받아들이는 스도 님의 마음이 가장 중요합니다."

"알겠습니다." 니시가키가 또 대답했다.

흔한 화법이었다. 처음에 "내 능력이 절대적인 것은 아니다"라는 약점을 솔직히 드러냄으로써 신뢰를 얻으려 한다. 틀렸을 때의 보험이 되기도 한다. 그러면서 암암리에 상대에게 협력을 요청한다. 실제로 '오라'를 읽기 전부터 이런 준비를 해 두는 것이다.

잠시 그런 사전작업이 이어지더니 드디어 사기꾼이 오라를 읽기 시작했다.

"스도 님에게서는 대단히 온화한 자기 에너지가 감지됩니다. 따뜻하고, 밝은색의 오라가 전신에서부터 물결치듯이 흘러나오는군요. 아, 오른손 검지 끝에서 미세하게 오라가 일그러지고 있는 듯하군요."

"그건 무슨 의미인가요?"

니시가키가 물었다. 조금 성급한 감이 없지 않지만, 이런 사기꾼에게는 구체성을 요구하는 것이 가장 빠른 방법이라고 미리 가르쳤다.

네가 손에 쥐어야 했던
황금에 대해서

"스도 님은 대단히 상냥한 심성의 소유자로 사사로운 일은 개의치 않는, 너그러운 마음을 가지고 계시는군요. 그러나 한편 특정한 화제나 민감한 부분을 건드리는 사건이 있으면 마음에 뒤틀림이 발생하는 듯합니다. 오른손 검지는 가까운 과거를 의미합니다. 최근 1년 사이에 스도 님의 착한 마음에 상처를 입힌 사건이 있지 않았습니까?"

역시 초반부는 아무 내용이 없는 투시다. 대개 인간은 자신을 상냥하고 너그럽다고 생각할 뿐 아니라, 마음이 비뚤어질 때도 있다. 게다가 누구든 1년 이내에 상처가 된 경험 한둘은 있을 것이다. 어머니의 죽음 이후 불안을 안고 살아가는 설정의 인간이라면 두말할 나위 없다.

"틀림없이 말씀하신 대로이긴 합니다만, 그건 누구에게나 해당하는 이야기 같네요. 선생님은 구체적으로 어떤 사건이 있었는지 보이시나요?"

"물론 어머님이 돌아가신 것도 관계가 없진 않겠죠."

"어떤 관계가 있습니까?"

니시가키가 추궁했다. 그래, 바로 그거야, 나는 생각했다.

"스도 님은 아직 조금, 마음을 닫고 계신 듯하군요. 스스로 발산하는 전자 에너지를 신체 내부에 가두고 있습니다. 그러면 제대로 오라를 읽어내기가 어렵습니다."

니시가키의 구체적인 질문에 답변하지 않고 점술가는 이야기를 딴 데로 돌렸다.

"어떻게 하면 마음을 열 수가 있을까요?"

니시가키의 물음에 점술가는 "S라는 문자가 보입니다"라고 답했다. "S라는 문자와 관련된 누군가가 스도 님의 마음에 자물쇠를 채운 원인이 된 듯합니다. 짐작 가는 바가 있습니까?"

S라는 말에 나는 웃음이 터질 뻔했다. 나도 S이기 때문이다. 그러나 이 S도 사기꾼들이 상투적으로 쓰는 수단으로 아마 일본인에게 가장 많은 이니셜인 동시에, '스도'라는 가명까지 아우르므로 가족 중 누군가도 포함한다. 성씨뿐만 아니라 이름 전체로 범위를 넓히면 일본인의 절반 이상이 해당하지 않을까? 나로서는 오라 같은 비언어적 물질이 무슨 원리로 S라는 언어 정보를 제시하는지를 따져 묻고 싶지만, 니시가키는 그렇게 괘념치 않는 듯했다.

"그건 투시인가요, 아니면 질문인가요?"

니시가키는 틈을 보이지 않고 내게 배운 것을 실천하고 있다. 점술가들은 이런 식으로 자신이 무언가를 투시하는 척하며 실제로는 질문을 하는 것이다. 점술가의 "짐작 가는 바가 있습니까?"라는 말에 대해, 예를 들어 "인사과의 사토 씨가 떠오르네요"라고 대답한다면 "그렇습니다, 그분에 관한 겁니다"라고 옳

거니 하고 덥석 물고는 결과적으로는 "인사과의 사토 씨를 투시했다"라는 결과로 바꿔치기하고 만다.

"굳이 말하면 질문입니다." 점술가가 대답했다.

"그럼, S는 성씨입니까, 이름입니까?"

"그것까지는 확실히 보이지 않습니다."

"유감이지만, 해당하는 사람이 너무 많아서 누구를 말씀하시는지 모르겠네요."

훌륭하다. 니시가키의 대답에 박수를 보내고 싶다. 이 흐름이라면 나도 똑같은 말을 했을 것이다.

"안타깝습니다. 그러나 이대로 스도 님이 마음을 닫고 있으면 저도 정확하게 오라를 읽기가 어렵습니다. 처음에도 말씀드렸지만, 오라 리딩은 저와 스도 님이 함께 힘을 합해 과거와 현재, 미래를 읽어나가는 것입니다."

"최선을 다해 협조하고 있습니다만."

"물론 스도 님을 비난하는 것은 아닙니다. 그렇게 받아들이셨다면 죄송합니다. 모두 저의 능력 부족 때문입니다."

니시가키가 잠시 침묵을 지키고 있자 점술가가 "괜찮으시면" 하고 말을 꺼냈다. "오늘 세션은 여기서 매듭지으면 어떨까요? 물론 대금은 받지 않겠습니다. 스도 님은 자신이 생각하는 것 이상으로 어머님의 죽음에 짓눌려 있는 것 같습니다. 괴로움

속에 있는 사람의 마음에는 두 단계가 있습니다. 일단 '고차원의 자아'의 음성에 의해 상처가 아무는 것을 기다리는 시기와 '고차원의 자아'에 의해 아문 상처를 끌어안고 앞을 향해 걸어가는 시기입니다. 저는 앞으로 걸어가는 분들은 투시력으로 간파할 수 있지만, 고통의 소용돌이 속에 계신 분들에게는 힘이 되지 못할 수도 있습니다. 현재 스도 님은 고통, 불안과 공존하며 상처가 아물기를 기다리셔야 합니다. 앞으로 걸어 나갈 각오가 서시면 다시 찾아오십시오. 그때는 기꺼이 힘이 되어드리겠습니다."

그 후에는 사무적인 처리가 이어졌다. 니시가키는 세션을 계속하게 해 달라고 잠시 버텼으나 더 이상의 진행은 어려울 듯했다. 점술가는 몇 번이나 니시가키에게 사죄했고 접수처의 여성도 "대단히 죄송합니다"라고 사과했다. 니시가키는 내가 이어폰을 뺀 것을 확인하고 물었다. "어떤 것 같냐?"

"성공이냐 실패냐, 라는 기준으로 말하면 성공은 아니지."

"그렇지?" 니시가키가 수긍했다. "이걸로는 에리카를 설득할 수 있을 것 같지는 않아."

"아마, 우리처럼 처음부터 의심을 품고 덤벼드는 사람도 적잖이 찾아왔겠지. 그런 사람에 대한 대응에 익숙한 느낌이 든다."

네가 손에 쥐어야 했던
황금에 대해서

"그런 거였을까? 나는 진실한 자라는 생각이 들긴 하던데."

"그야 점을 쳐주고 돈벌이를 하고 있으니, 손님에게 진실하긴 하겠지."

"그런가? 적어도 나쁜 사람으로는 보이지 않더라만."

"야, 너까지 세뇌당한 거냐?"

"그런 건 아니야. 하지만, 네가 말한 것처럼 사기꾼 같다는 느낌은 안 들었거든."

"교묘하게 그런 생각이 들지 않게 할 뿐이야."

"으음."

니시가키는 맥주를 한 모금 마셨다. "어쨌든 난감하게 됐네. 이젠 달리 방법도 없고."

맥주를 마시며 나는 이번 작전의 문제가 무엇이었을까 곰곰이 생각했다. 점술가는 도발적인 사람에 대처하는 데 익숙했다. 모호한 말을 하면서 구체성을 요구받으면 약점을 잡히지 않도록 교묘하게 얼버무린다. 자기 에너지가 닫혀 있다는 둥 열려 있다는 둥 영문 모를 소리를 하며 자기의 수법이 통하지 않는 것을 은연중에 상대방의 탓으로 돌린다. 그렇게 해도 설득이 어렵다고 느끼면 '고차원의 자아'니 '투시력'이니 의미 불명의 말을 늘어놓으며 결국 세션을 종료한다. "대금은 돌려드린다"라고 사죄하므로 이쪽으로서도 더 추궁하기가 어렵다.

여간해서는 꼬리를 잡히지 않는 성희롱범은 성희롱을 당해도 별수 없이 참을 수밖에 없는 약한 처지인 사람을 고른다. 직장에서 승승장구하는 갑질 상사 놈은 괴롭힘을 당해도 하소연할 수 없는 상대를 골라 괴롭힌다. 그것과 마찬가지로, 뛰어난 사기꾼은 단순히 사람을 속이는 것만 잘하는 게 아니다. 쉽게 속아 넘어갈 호구를 기가 막히게 찾아낸다. 점쟁이에게 '호구'로 인정받지 않으면 점쟁이의 사기 행위를 밝힐 수가 없다. 니시가키에게 지식을 너무 많이 알려준 것이 이번 실패의 원인일 것이다.

"아직 방법은 있다." 나는 말했다.

"정말이냐?"

"응, 그래."

"하지만 나는 이미 얼굴이 드러나 버렸잖아."

"내가 갈 거야."

"진짜?"

"이거 좀 빌린다." 나는 니시가키의 음성 녹음기를 가방에 넣으며 말했다.

"그런데 어쩔 셈이냐? 네가 간다고 한들 나랑 똑같은 꼴 나는 거 아냐?"

"그렇게 되지 않게 계획을 짜야지."

새로운 계획이 떠오른 건 그로부터 일주일 정도 지난 어느 날이었다. 여태까지 소설의 아이디어가 하늘에서 뚝 떨어진 적은 단 한 번도 없었지만, 그 계획은 그야말로 하늘에서 뚝 떨어졌다.

나는 그날, 집필 중인 단편소설의 자료 조사를 위해 히로오의 도서관에 있었다. 필요했던 자료는 발견했지만, 이야기를 어떻게 전개할지 고민하고 있었다.

작품 내용을 간추려 정리하면 다음과 같다.

2011년 3월 11일, 그 대지진이 있었던 날, 도쿄에서 대학을 다니는 '나' 우에스기 하나는 사귀던 남자 친구와 일주일 만에 저녁 식사를 같이하기로 약속해서 점심때부터 분주했다. 오전 아르바이트를 마치고 집에 와서 조금 늦은 점심을 먹고 있을 때 지진이 일어났다. 집이 심하게 흔들리며 그릇장에서 식기가 떨어져 깨지고 냉장고가 5센티미터 이동했다. 스마트폰은 통신이 끊겨 저녁 약속을 어떻게 해야 할지 확인도 할 수 없게 되었다. 전차가 멈추는 바람에 '나'는 걸어서 약속 장소인 레스토랑으로 향했다. 레스토랑은 문을 닫은 상태였고 약속 시각이 되어도 남자 친구는 오지도 않고 연락해도 답이 돌아오지 않았다. 두 시간 정도 기다리니 스마트폰 전원이 끊겼다. '나'는 다시 걸어서 집으로 돌아왔다.

대지진으로부터 5년이 지난 3월 11일, 우연히 친구들과 식사를 하던 '나'는 5년 전의 그 이야기를 했다. 친구들도 돌아가며 2011년 3월 11일을 어떻게 보냈는지 이야기했다.

친구들의 이야기를 다 들은 '나'는 왠지 이상한 기분에 사로잡혔다. 5년도 더 지난 특정한 하루의 일을 모두 어떻게 그렇게 자세하게 기억하고 있는 것일까? 예를 들어, 그 전날인 2011년 3월 10일에 무엇을 했는지 다들 기억할까? 그런 이야기를 했더니 친구들은 하나같이 기억나지 않는다고 말했다. 그 두 날 다 똑같은 하루인데……. '나'는 그런 생각을 했다.

다음 날, 눈을 떴을 때도 3월 10일에 관한 것이 내 머릿속에서 떠나지 않았다. 다음 날 거대한 지진이 일어날 텐데 그런 것도 모른 채, 평화롭고 태평하게 보냈을 그날 말이다. 고작 하루 차이일 뿐인데 모두에게 완전히 잊혀버린 날에 관해 '나'는 줄곧 생각했다.

궁금해서 견딜 수 없었던 '나'는 자신이 3월 10일에 무엇을 했는지, 이런저런 수단을 이용하여 조사하기 시작한다. SNS에 올렸던 글들을 확인한다. 당시 사용했던 스케줄 수첩을 꺼내어 읽어 보고 당시 스마트폰을 충전하여 문자들을 확인한다. 3월 10일 신문에서 그날 뉴스를 찾아본다(내가 도서관에 간 것은 이 때문이다).

'나'는 서서히 3월 10일에 무엇을 했는지 기억을 되찾아간다. 동시에 3월 11일에 관한 '나'의 기억이 틀렸을지도 모른다는 의심이 싹텄다. '나'는 사귀던 남자 친구와 저녁을 먹으러 갈 약속을 했을 텐데 문자에도 수첩에도 그 흔적이 없었기 때문이다. '나'는 약속 같은 건 하지 않았다. 그러면 왜 '나'는 대지진의 혼란 속에서 몇 시간이나 걸어 레스토랑으로 향한 것일까?

내가 쓰려던 단편소설은 대략 그런 이야기였다. 이미 80퍼센트가량 집필을 끝냈고 그 이야기를 어떻게 끝낼지 나는 이미마음을 정했다.

그러나 막상 마지막 장면을 쓰려고 하자 왠지 무언가가 부족한 듯한 느낌이 들었다. 이대로라면 이 아이디어가 지닌 진정한 힘을 미처 끌어내지 못한 채 끝맺음하는 듯한, 그런 느낌이었다. 그런 벽에 부딪힐 때 나는 작품 세계 속으로 파고 들어가 이야기가 어느 쪽으로 향하려 하는지 어디에 미지의 가능성이 잠들어 있는지 들으려 한다. 완전히 화자와 일체화되어 이야기를 경험하면서 이야기의 광맥을 찾기 위해 망치로 두드려보고 귀를 기울이며 소리를 듣는다.

하지만, 그날은 어느 곳을 두드려도 어떤 소리도 들리지 않았다. 나는 화자인 '나'와 동화되어 히로오의 도서관에서 3월 10

일 신문을 펼친 채 머리를 감싸 안고 있었다. 나의 3월 10일은 어디에 있는 걸까, 그 생각에 깊이 잠겨 있었다.

더 생각해 봐도 아무것도 나오지 않겠다 싶어서 신문지를 덮은 순간이었다. 갑자기 '이거다!' 하는 생각이 하늘에서 뚝 떨어졌다.

바로 내가 쓴 소설의 주인공이 되어 오라 리딩 점술가를 찾아가는 것이다. 화자인 '나'는 실제 나와 비슷한 구석도 있고, 무엇보다 스스로 만들어 낸 캐릭터이므로 모든 과거를 낱낱이 알고 있다. 나는 주인공 '나'가 되어 세션에 참석한다. 나와 주인공 '나'의 성별이 다른 부분은 얼버무리면 된다. 오라 리딩 점술가는 온 힘을 다해, 눈앞의 내가 아닌, 내 소설 속 등장인물의 내면을 읽어내려 할 것이다. 이 세상에 존재하지 않는 인물의 오라를 읽는 것이다. 그 모습을 녹음하면 된다. 에리카 씨에게 세션 상황을 들려준 후 내 소설을 보여 주는 것이다. 오라 리딩 점술가가 이 세상에 존재하지 않는 소설 속 등장인물의 오라를 읽고 있다는 것을 증명한다. 이 방법이라면 도중에 세션이 중단되는 일 없이 사기 행위를 밝혀낼 수 있지 않을까?

나는 도서관을 나와 역을 향해 걸어가며 지금이라면 가도 될 것 같다는 느낌이 들었다. 그날은 온종일 작품을 마주하고 있었다. 지금 나는 완전히 등장인물과 동화된 상태다.

스마트폰으로 검색하여 점술가에게 전화를 걸었다. 곧바로 2시간 후의 예약을 잡을 수 있었다.

예약 전화를 끊고 나자 마음속 어딘가에서 점술가에 대한 연민 같은 감정이 솟아났다. 그 점술가가 텔레비전에 나왔다는 이야기를 듣고 순진한 사람들을 줄줄이 등쳐먹고 있다는 인상을 품고 있었는데 실제로는 그렇게 장사가 잘되는 건 아닐지도 모르겠다는 생각이 들었기 때문이다.

점술가 같은 직업이 사기 행위라는 것을 아는 사람도 '상대방의 마음을 읽기 위해' 특별한 훈련이나 재능이 필요하다고 오해하는 경우가 많다. 점술가가 상대방의 보디랭귀지나 시선의 움직임을 관찰하고 말투나 목소리의 미세한 억양에 주의를 기울이면서 그 단편적인 정보에서 추리한다고 생각하기 때문일 것이다.

실제로는 그런 능력이 전혀 필요 없다. 물론 그런 능력이 있는 사람도 있겠지만, '상대방의 마음을 읽는 것'처럼 보이게 하는 것뿐이라면 특별한 관찰력도 비범한 추리력도 필요 없다. 필요한 것은 몇 가지 정해진 문구와 자신의 '신통력'이 빗나갔을 때 교묘하게 얼버무릴 테크닉, 그리고 상대에게 신뢰를 얻기 위한 소소한 지식만 있으면 충분하다. 필요한 정보는 모두 상대가 제 입으로 말할 것이다. 상대가 말한 정보를 마치 자신이 알아맞힌 것처럼 행세하면 된다.

아오야마에서 예약 시간을 기다리며 나는 마음속으로 여러 차례 '나는 이제부터 만날 점술가를 좋아한다. 그리고 점술가도 나를 좋아한다'라고 읊조렸다. 이건 '마인드 스크립트'라는 것인데 타인의 사랑을 받기 위한 가장 간단한 테크닉이다. 누군가를 만나기 전, 그리고 만나는 동안에 이 주문을 반복하는 것만으로 상대에게 호감을 줄 수 있다. 나는 점술가와 싸우면 안 된다. 그러면 니시가키의 전철을 밟게 된다. 만약 싸우게 되면 점술가는 세션을 중단하고 돈을 돌려줄 것이다. 그걸로 끝이다. 나는 점술가를 신뢰하고 점술가는 나를 신뢰해야 한다. 마음 밑바닥에 도사리고 있는, 점술가를 향한 강렬한 혐오를 철저히 숨겨야 한다.

나는 몇 번이나 주문을 외우며 내 소설의 등장인물에 동화된 상태로 점술가가 기다리는 아파트에 들어갔다. 상상했던 것보다 훨씬 낡아 보이는 12층 건물이었다. 엘리베이터를 타고 8층으로 올라가자 점집 간판이 보였다. 대여 회의실 옆쪽이었다. 초인종을 누르자 곧바로 접수 담당 여성이 문을 열었다.

"우에스기 님이십니까?"

"네, 그렇습니다"라고 나는 고개를 끄덕였다. 그 시점에 나는

네가 손에 쥐어야 했던
황금에 대해서

뼛속까지 우에스기 하나가 되어 있었다.

"기다리고 있었습니다."

실내는 평범했다. 좁은 현관으로 들어가니 곧바로 왼편에 인덕션 레인지와 싱크대가 있었다. 오른편은 조립식 욕실이고 정면 원룸에 칸막이를 세워 접수대와 점 보는 공간으로 나누었다. 상상과 달리, 진홍색 실크 휘장이나 휘황찬란한 수정구슬은 없었다. 공간 인테리어는 단순하여 마룻바닥에 작은 원목 탁자, 그 앞에 어두운 남색 소파가 놓여 있을 뿐이었다. 조명은 밝고 깔끔한 사무실 같은 분위기다. 배경음악은 음성 녹음기에서 들었을 때와 마찬가지로 클래식 음악이 흐르고 있다. 곡명은 모르지만, 귀에 익은 유명한 곡이다.

실내에 나 외의 손님은 없었다. 칸막이 건너편에서 점술가가 서류를 넘기는 듯한 소리가 들렸다. 실내 넓이는 약 6평(19.4m²) 정도 될까? 복도 앞쪽에 있는 간소한 접수대에서 먼저 계산을 마쳤다. 일반 요금 2만 5천 엔에서 첫 방문 할인으로 5천 엔이 할인되고 회원 등록비 2천 엔이 더해져 오늘은 2만 2천 엔이라는 설명을 들었다. 성매매업소 같군, 이라는 말을 머릿속에서 몰아내며 나는 설명 들은 대로 요금을 냈다. 영수증을 받고 싶었으나 등장인물이 되었으니 애써 참았다. '나'는 회사원이다. 3월 10일에 무엇을 했는지 알아보다가 떠올리고 싶지 않은 기억이 떠올라 혼란에 빠진 상태다.

접수대 앞에 멍하니 서 있으니 "가방 맡아드릴까요?"라는 목소리가 들렸다. "괜찮습니다." 정신을 차리고 침착하게 거절했다. 그런 식으로 맡은 가방의 내용물을 뒤져보고 알아낸 사실을 세션에 활용하는 점술가가 있다는 것을 알기 때문이다.

음성 녹음기로 녹음을 시작하고 2, 3분 정도 소파에서 기다렸다. 칸막이 건너편에서 내 이름을 부르는 귀에 익은 차분한 목소리가 들렸다. "우에스기 님, 이쪽으로 오십시오."

작은 방에는 2인용 테이블을 가운데 두고 가죽 소파가 두 개 놓여 있고 안쪽 소파에 '오라 리딩 점술가'가 앉아 있었다. 와이셔츠를 입은 청결감이 드는 중년 남성으로 짧고 가지런한 헤어스타일에 검은 테 안경을 쓰고 있었다. 점술가라기보다는 정신과 의사 같은 외모였다. 점술가의 등 뒤쪽 벽에는 '전국점성술사협회'라는 조직이 발행한 인가증과 함께 소박한 목제 액자에 끼워진 영문 서한-노던 오레곤 대학교의 조지 F. 그레이엄 교수라는 인물이 쓴 추천장-이 장식되어 있었다. 어차피 위조품이거나 돈만 내면 무엇이든 인쇄해 주는 조직이나 대학에서 받았으려니 하는 심술궂은 생각을 억누르며 나는 "나는 이 점술가를 좋아한다. 그리고 점술가도 나를 좋아한다'라고 마음속으로 읊조렸다.

"처음 뵙겠습니다" 하고 점술가가 말했다. "조금 긴장하신 듯하군요."

"네, 그렇습니다. 이런 곳에 와 본 건 처음이거든요."

"마음을 편안하게 가지십시오, 라고 한다고 편안해지는 건 아니겠지요."

나는 어색한 웃음을 띠며 이제 시작이라는 기분으로 등줄기를 곧게 폈다.

"어느 정도 알고 계시는지 모르겠습니다만, 저는 다른 사람보다 조금 많이, 사람들이 발산하는 오라를 보는 능력이 있습니다. 모든 사람은 전신에서 자기 에너지를 발산하는데 이 에너지는 많은 것을 알려 줍니다."

"앞으로 어떻게 해야 할지 그런 것도 알려 줍니까?"

"네, 물론입니다." 점술가는 고개를 끄덕이며 대답하고 니시가키 때와 똑같이 포석을 깔았다. "제가 모든 정경을 정확히 읽어 낼 수 있는 것은 아닙니다"라는 말과 "저 역시 틀릴 때도 있습니다"라는 말이다. "중요한 것은 제 말을 받아들이는 우에스기 님의 마음가짐입니다"라는 말을 들은 순간, 나는 전신으로 퍼지는 한기에 저항하듯이, 마음속으로 마인트 스크립트를 되풀이했다.

"이곳에 들어온 순간부터 우에스기 님이 방출하고 계신 감마선을 미세하게 감지했습니다. 감마선은 진동수가 많은 단파로써 이 타입의 자기 에너지를 뿜는 사람은 기본적으로 사려 깊고 침착한 사람입니다."

운을 띄우고 나서 점술가는 이렇게 고했다. "그러나 우에스기 님의 감마선에는 붉은색의 진동이 있는 것 같습니다. 우에스기 님은 대체로 차분하지만, 때때로 그 틀을 깨고 스스로 나서서 사람들의 흥을 돋우는 역할을 하기도 합니다."

"네, 맞습니다." 나는 수긍했다. 정말로 내가 감마선을 방출하고 있다면, 당신은 지금 당장 방호복을 입어야 할 거다, 라고 말하고 싶은 욕구를 애써 눌렀다.

"우에스기 님은 신중하지 않고 그저 쾌활하고 명랑하기만 한 사람을 좋아하지 않습니다. 그렇지만, 필요하다면 그런 사람들과도 표면적으로 원만한 관계를 유지할 만큼 처세에 능한 일면도 있습니다."

이것도 흔하디흔한 수법이다. 내 인상과 정반대의 인물상을 제시하고 그 인물을 좋아하지 않는다고 지적한 것뿐이다. 단순하지만, 많은 사람이 "알아맞혔다"라고 신뢰하게 될 것이다.

하지만 나는 마음속의 불쾌감을 억누르며 수긍했다. "맞습니다. 정말 그렇습니다."

"우에스기 님의 오라는 차분한 남색이라고 할까요? 매끄러운 파형은 우에스기 님이 진실한 사람이라는 것을 보여 줍니다. 우에스기 님은 성인聖人도 아니고 완벽한 사람도 아닙니다. 우에스기 님은 가끔 자신이 완벽하지 않다는 것을 한심하다고 느낍니다만, 주위 사람들은 그런 우에스기 님을 신뢰합니다. 우에스기 님은 그 기대를 저버리지 않으려고 날마다 더 나은 모습으로 향상하고자 합니다."

"맞습니다." 나는 힘 있게 고개를 끄덕였다. 여전히 누구에게나 들어맞는 말이었지만, 단편소설의 '나'와 겹치는 듯한 느낌이 들었다. 말하자면 그녀는 완벽주의자다. 그렇기에 3월 10일에 대한 기억의 부재를 용납할 수가 없다. 그래서 그날에 관해 조사를 시작하고 자신이 완벽하지 않다는 사실을 뼈저리게 느끼며 동요하고 있는 것이다.

점술가는 '이 방향으로 공략해야 한다'라고 감을 잡았는지, 더욱더 깊이 파고들었다.

"우에스기 님은 어떤 사건을 겪으며 자신의 진실성에 자신감을 잃었고 마음속 어딘가에서 여전히 그 일에 연연하고 있는 듯하군요."

절묘한 화법이다. 언제 겪은 일인지 명확히 밝히지 않으면서 '마음속 어딘가'라는 표현을 사용하여 내게 해당하는 사건이 없더라도 "우에스기 님은 스스로 그것을 의식하지 못할 뿐이다"라고 변명할 여지를 남겨 두고 있다.

'나'는 여태까지 수없이 이야기해 온 3월 11일의 이야기에 오류가, 혹은 거짓이 있었다는 것을 알게 되고 그 사실에 남몰래 속앓이하고 있었다. 이대로 계속 3월 10일에 관해 추적하다 보면 3월 10일뿐만 아니라 3월 11일의 진실이 명백히 드러나 버릴지도 모른다. '나'는 그걸 두려워하고 있었다.

나는 "그렇습니다" 하고 다시 강하게 긍정했다.

"우에스기 님은 소중한 사람을 배신하고 말았다고 생각하고 계십니까?"

투시로 위장한 질문이다. 내가 "그렇다"라고 긍정하면 투시가 적중한 것이 되고 "아니다"라고 부정하면 "그렇죠" 하고 내빼면 그만이다.

나는 철저히 '나'가 되어 자문했다. '나'는 누군가를 배신했던 것일까? 소설 속에 그런 묘사는 없었다. '나'는 누군가를 배신한 건 아니다. 단지, 3월 11일, 약속도 하지 않았는데 레스토랑으로 향했을 뿐이다.

아직 쓰지 않은 소설의 결말에 관해 생각했다. 소설 속에서 3월 10일에 관해 조사하던 '나'는 새까맣게 잊고 있었던 자신의 과거를 떠올린다. '나'는 3월 11일 시점에 이미 교제하던 남자 친구에게 이별을 통보받았다. 그와 사귀던 중에 그의 SNS

비밀번호를 알고 있던 '나'는 그가 잠가 놓은 SNS에 몰래 로그 인하여 그가 새 여자 친구와 그날 그 레스토랑에서 식사하기로 한 것을 알고 있었다. 지진이 일어난 후 스마트폰이 연결되지 않자 '나'는 이렇게 생각했다. 어쩌면 그 레스토랑에 그가 혼자 와 있을지도 모른다. '나'는 우연을 가장하여 그곳에 있을 것이 다. 집으로 돌아가지 못하게 되어 둘이서 하룻밤을 지내게 될 지도 모른다. 오늘이 마지막 기회라고 생각했기에 '나'는 레스 토랑으로 갔던 것이다. 3월 10일을 추적한 결과, '나'는 그 사 실을 기억해 냈다. 거의 스토커가 되었던 자신의 모습을. 지진 을 이용하여 미련을 가진 상대에게 접근하려 했던 그 모습을. 그리고 불편한 그 기억을 제멋대로 바꿔 버린 자신을.

'나'는 누군가를 배신했을까? 나는 그 질문에 관해 깊이 생 각하기 전에 "네"라고 강하게 긍정했다.

"소중한 사람이라면 가족입니까?"

"아뇨, 아닙니다."

점술가는 틈을 주지 않고 "역시 그렇군요"라며 고개를 끄덕 였다. "우에스기 님의 과거를 보여 주는 오른손에서는 미세하 게 알파 타입의 장파가 나오고 있습니다. 투시에 따르면 그것은 친구나 연인을 의미하는 듯하군요."

점술가는 의미 불명의 용어를 줄줄이 늘어놓으며 자신의 오류를 정답으로 바꿨다. 그러나 나는 그 사실에 관해 깊게 검토할 것도 없이, 눈앞의 남성과 나 사이에 성립되고 있는 세션에 집중하고 있었다.

"네, 그렇습니다."

"연인입니까?"

"네."

나는 지금 질문에 답하고 있는 사람이 '나'인지, 아니면 나 자신인지 점점 분간이 안 갔다.

3월 10일에 관한 소설은 내 경험을 바탕으로 한다. 나도 이전에, '나'와 마찬가지로 3월 10일에 관해 알아봤던 적이 있다. 그리고 나는 지진 전날에 내가 거짓말을 했다는 것을 알았다.

"어쩌면 그 여성분은 우에스기 님의 배신 때문에 마음을 아파할지도 모릅니다."

나는 "그럴까요?"라고 불안한 듯이 되물었다.

"글쎄요, 이건 단지 억측입니다. 저는 우에스기 님이 그 가능성을 염려할 때 방출되는 자기 에너지를 읽었을 뿐입니다."

"그렇군요."

"지금까지 이야기를 정리해 봅시다." 점술가는 말했다. "우에스기 님은 사려 깊고, 진실한 품성을 가졌습니다만, 소중한 연인을 배신하고 말았습니다. 우에스기 님은 그 일 때문에 근심하고 있고, 그 심경이 알파 타입의 장파가 되어 방출되고 있는 것을 제가 감지한 것입니다."

점술가가 '정리'라고 칭하며 내게 들은 이야기를 자신의 공적으로 둔갑시켰다는 것을 눈치챘다. 하지만 나는 그 사실은 별로 신경 쓰이지 않았다. 오히려 무언가 중요한 대답에 점점 다가가고 있는 듯한 느낌이 들었다.

"네, 맞습니다."

"우에스기 님의 오라는 그 사건이 그리 오래 지나지 않은 과거임을 고하고 있는 듯합니다. 1년 이내에 있었던 일입니까?"

"그렇다고도 아니라고도 할 수 있습니다."

"그렇군요. 그래서 이 장파에 독특한 가시 같은 것이 돋아 있었군요. 사건은 얼마간 지속해서 일어났다는 의미군요."

"음, 그렇게 해석할 수도 있겠네요."

"우에스기 님은, 자신이 무언가 더 할 수 있었을 거라고 심하게 후회하시는군요."

"그렇습니다."

나는 강하게 긍정했다. 내가 쓴 단편소설에는 더 큰 가능성이 있음이 틀림없다. 나는 오늘, 그 가능성이 어디에 있는지 줄곧 생각에 잠겨 있었다.

"우에스기 님은 거짓말을 하셨습니까?"

"네 그렇습니다." 또다시 강하게 긍정했다. 이전에 나는 거짓말을 했다. 그리고 그 거짓말을, '우에스기 하나'라는 화자의 이야기로 바꿈으로써 승화시키려고 했다. 소설가로서는 옳은 태도일지 모르지만, 인간으로서 과연 그것은 진실한가?

"어떻게 하면 좋을까요?"

내 쪽에서 점술가에게 그렇게 질문을 던졌다. 진심이었다. 나는 진심으로 눈앞의 점술가를 신뢰했기에 진심에서 우러나온 질문을 했다.

나와 점술가의 눈이 마주쳤다.

기적적인 순간이었다. 우리의 파장이 완전히 일치했고 같은 방향을 향하고 있었다. 서로의 모든 것을 이해하고 눈앞에 있는 사람에게 나의 전부를 맡겨버리고 싶은 기분이 되었다. 이런 경험은 처음이었다. 나는 내가 어떻게 해야 할지, 100퍼센트 신뢰하는 사람에게 묻고 있었다.

점술가는 깊게 고개를 끄덕였다. 우리 각자의 오라가 두 사람의 정확히 가운데서 서로 섞여 엷은 복숭앗빛으로 변했다. 오라가 안개처럼 방 안으로 퍼져나가 우리 두 사람을 감쌌다. 우리는 온몸에 무언가 따뜻한 것이 쏟아지는 듯한 느낌을 받았다. 과거와 현재, 그리고 미래가 포개어져 작은 덩어리가 되어 내 손가락 끝에서 점술가의 품을 향해 날아갔다.

"비로소 모든 것을 투시할 수 있게 되었습니다." 점술가는 말했다. "이전에 우에스기 님에게 무슨 일이 일어났는지. 우에스기 님이 어떤 거짓말을 하고 말았는지. 지금, 오라의 안개가 걷히고 우리의 자기 에너지 파장이 완전히 일치했습니다. 저는 우에스기 님이 느끼는 마음의 고통도 후회도 모두 압니다."

내 눈에 아른아른 눈물이 고이기 시작했다. 내가 잘못 본 게 아니라면 점술가의 눈가도 촉촉했다.

"지금, 저와 우에스기 님은 완전히 연결되었습니다. 우에스기 님의 오라와 저의 오라가 겹쳐지며 우에스기 님의 과거가 흘러들어왔습니다."

"그럼 저는 어떻게 해야 합니까?"

"사실을, 정직하게 말하는 수밖에 없습니다. 진실하게 그리고 정직하게 살아가는 것이 전부입니다."

아오야마의 카페에서 음성 녹음기의 녹음 파일을 다 듣고 난 니시가키가 "너, 정말 대단하다"라고 말했다. "점술가에게 전폭적인 신뢰감을 주어 확실히 증거를 잡고 나서 반증했잖아. 소설가는 원래 연기력도 있는 거냐?"

"아니, 연기가 아니었어." 나는 고개를 가로저었다. "연기 같은 게 가능할 리 있겠냐. 도중까지 나는 진심으로 점술가를 신

뢰했고 세션에 빠져들었어. 그래서 그도 나를 전폭적으로 신뢰
했던 거지."

나는 점술가의 입으로 "진실하게 그리고 정직하게 살아가는
것이 전부입니다"라는 말을 듣고 별안간 정신을 차렸다. 사기
행위로 남의 등을 쳐서 돈을 뜯어내는 인간이 그런 말을 입에
담을 권리가 있을까? 그런 생각이 뇌리를 스쳤다.

"당신은 제 마음의 고통도 후회도 모두 보이는 거죠?" 나는
점술가에게 따져 물었다. "그렇다면 가르쳐 주셨으면 하는데
요, 저는 무슨 일로 마음의 상처를 입었고 무엇을 후회하고 있
는 걸까요? 저는 언제 누구에게 어떤 거짓말을 한 걸까요?"

당연히, 점술가는 내 질문에 답을 하지 못했다. 그는 당황한
기색이 역력했다. 모든 게 순조롭게 진행되던 세션이 순식간에
뒤집혀 버렸다. 그는 그런 경험이 없었던 모양이다. 줄곧 침착
하던 모습과는 달리, 심하게 동요하는 듯했다. 파장이 이러쿵저
러쿵, 투시가 이러쿵저러쿵, 파우나르키*가 이러쿵저러쿵, 변명
조의 말을 늘어놓았다. 나는 충분하다고 생각했다. 이미 사기
의 증거는 충분히 잡았다. 실언을 끌어냈고 변명을 받아냈다.
애초에 점술가를 혼내 주려고 찾아온 것은 아니었다. 나는 그
의 변명에 수긍하는 모습을 보인 후 세션을 마쳤다.

* 실제 존재하는 단어가 아니라 저자가 만든 조어입니다.

네가 손에 쥐어야 했던
황금에 대해서

"처음부터, 네 이야기 자체가 소설 속 등장인물의 이야기지?"

"응. 원고를 보여 줄 수도 있어."

"그러면 에리카도 눈을 뜰지도 몰라."

"그럴까?" 나는 고개를 갸웃했다. "어쩌면 아무 효과도 없을지 모르겠다."

"그자가 사기꾼이라는 건 충분히 전달될 거야."

"분명히 오라가 보인다는 둥, 뭐든지 투시할 수 있다는 둥, 그런 건 전부 사기다. 지금도 그렇게 생각해. 하지만, 내가 그 점술가에게 무언가를 느꼈다는 것도 부정할 수 없는 사실이야. 너도 세션에 다녀온 후, '진실했다'라고 말했잖아."

"그렇게 느끼긴 했지만, 그거야말로 교묘하게 계획된 거라고 말한 사람이 너잖아."

"뭐 그렇긴 한데. 하지만 세션에 의미가 없었다고 판단할 수는 없지 않을까. 그런 느낌이 들어."

"어쨌든 에리카에게 들려줘야겠다."

가게 밖에는 세찬 비가 내리기 시작했다. 나는 '이건 맹우猛雨다'라고 생각했다.

니시가키에게 연락이 온 건 사흘 후였다.

결과는 상당히 모호했다. 내가 녹음해 온 파일을 듣고 난 후에도, 점술가에 대한 에리카 씨의 신뢰는 흔들리지 않았다. 에리카 씨는 여전히 소설을 쓰고 있고 점술가를 찾아가고 있는 듯하지만, 니시가키가 설득하여 당분간 일은 그만두지 않기로 했다.

그도 그럴 테지, 나는 수긍했다. 결국, 그 점술가는 우리가 말하고자 하는 것을 가로채서 자신의 공적으로 만들었을 뿐, 그 자신의 주장은 하나도 없었다. 소설을 쓰고 싶은 에리카 씨의 심정과 일을 그만두고 싶은 바람, 양쪽 다 그녀의 진심이고 점술가는 그 마음을 대변함으로써 신뢰와 돈을 얻은 것에 지나지 않는다. 고작 그것을 위해 주 1회 2만 5천 엔이나 지불하는 것 자체가 어리석다고 생각하지만, 현재로서는 이렇다 할 피해도 없지 않냐는 이야기를 니시가키에게 했다. 게다가 나는 이전보다 조금은 점술가 같은 사기꾼에게 속아 넘어가는 사람의 심정도 이해하게 되었다. 그날, 아오야마의 점집에서 내게도 분명히 '그 순간'이 찾아왔기 때문이다. 아마 그것은 내 내면에 도사리고 있던 고민이 구현되었다고 착각했을 뿐이겠지만, 분명히 그 순간, 무언가 답과 같은 것이 명확하게 내 눈앞에 나타났었다.

'그 순간'을 접한 나는 결국 단편소설을 전부 새로 썼다. 완성된 소설은 여전히 거짓뿐이었고 새로 쓰기 전보다 더 재미있는지는 의문이지만, 적어도 거짓을 진실하게 마주할 수 있었다는 생각이 든다.

거짓을 진실하게 마주한다니, 점쟁이의 일과 다르지 않다. 나는 내가 하는 일과 내가 가장 혐오하는 사람들의 일이 실상은 같은 종류의 기만, 같은 종류의 진실성을 필요로 하는 일일지도 모른다고 생각하며 편집자에게 완성된 원고를 보냈다.

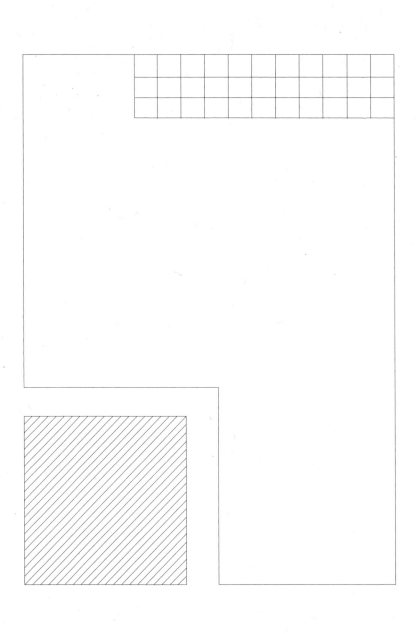

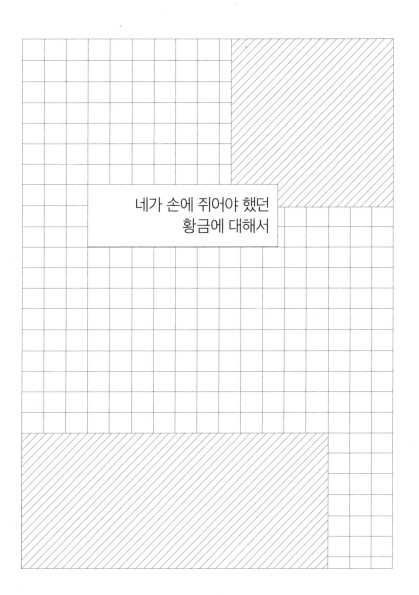

네가 손에 쥐어야 했던
황금에 대해서

내가 알기로, 도덕 규칙 다수는 '황금률(Golden Rule)'에 기반을 두고 있다. '남에게 대접을 받고자 하는 대로 남을 대접하라'라는 원리다. 이 원리는 법률로 치면 헌법, 기하학으로 치면 공리*와 같은 것으로 고대 그리스 이전부터 도덕 체계의 확고한 토대가 되어왔다.

'황금률'을 뒤집으면 '내가 원하지 않는 것을 타인에게 행하지 마라'가 되는데 이것은 은률(Silver Rule) 등으로 부른다. 이 두 가지 원리를 마음에 새기도록 가르치는 것이 아마도 도덕 교육에서 가장 중요시되었을 것이고, 나 역시 유년기부터 그

---

* 증명 없이도 참으로 받아들일 수 있는 명제.

렇게 배우며 성장했다.

자기 나름대로 인생 경험을 쌓아온 사람에게는 짐작 가는 바가 있으리라고 생각하는데, '황금률'과 '은률'에는 큰 함정이 있다. 그건 바로 '원하는 것'과 '원하지 않는 것'은 사람마다 차이가 있다는 것이다. 때로 그 차이는 서로의 마음에 상처를 입히는 칼날이 되기도 한다. 나는 그 때문에 몇 번인가 불쾌한 경험을 한 적이 있고, 타인을 불쾌하게 한 적도 있었다.

'엄격한 지도를 받으며 성장하고 싶다'라고 생각하는 사람은 타인에게도 그가 잘되게끔 엄하게 지도할 것이다. '성적 지향에 관한 질문을 받아도 상관없다'라고 생각하는 사람은 타인에게 조심성 없이 성적 지향에 관해 물을 수도 있다. 양쪽 모두 도덕 원리에 따른 결과이고 불쾌감을 주려는 의도가 없는 만큼 더 성가시다. 이런 일은 흔히 일어난다. 도덕 규칙으로서 틀린 것은 아니므로 상처를 받거나 기분이 상한 상대가 불만을 제기해도 본인에게는 좀처럼 와닿지 않을 수도 있다. 생각해 보면 21세기의 '황금률'과 '은률'에는 다음과 같은 주석이 필요할 것이다.

※ 단, '원하는 것'과 '원하지 않는 것'은 개인에 따라 차이가 있습니다.'

예를 들면, 나는 길을 잃었을 때 적당히 발길 닿는 대로 가며 모르는 풍경 속에서 시행착오를 겪는 것을 좋아한다. 고민이 있을 때도 남에게 상의하지 않고 내 나름대로 해결의 실마리를 찾아내려고 노력하는 편인데 이런 성격은 틀림없이 창작에 도움이 된다. 일반화하면 '어떤 형태든 곤경에 빠졌을 때 그 원인을 찾아내고 스스로 해결하는 것을 좋아한다'라고도 할 수 있을 것이다. 뒤집어 말하면 '일일이 타인이 참견하는 것을 좋아하지 않는다'가 된다.

그 때문에 눈앞에서 어려움을 겪는 사람에게 도움의 손길을 내밀기를 주저한다. 다툼이 있을 때, 사실관계를 제대로 모르는 제삼자가 참견하는 것을 대단히 싫어하므로 싸우고 있는 사람을 보더라도 굳이 나서서 중재하기보다 당사자끼리 해결하는 쪽이 바람직하다고 생각한다. 내 나름으로 생각한 결과, '아무것도 하지 않는다'라는 결론에 도달한 것인데, 많은 경우 '차가운 사람'으로 보이는 것 같다. 그런 말을 들으면 틀린 말은 아니니 스스로도 부정할 수는 없다.

나와 가치관이 다른 사람에게 '황금률'을 강요당하는 것처럼 골치 아픈 일은 없다. 듣는 사람은 필요 없는 오지랖과 충고만으로도 썩 달가운 기분이 아닌데, 하는 사람은 자기 딴에는 상대가 잘되기를 생각해서 하는 말이기 때문이다.

그런 경험을 생각할 때, 가장 먼저 뇌리에 떠오르는 사람은 고등학교 동창인 가타기리다. 가타기리는 나와 정반대의 가치관을 가진 인간으로, 덮어놓고 타인에게 참견하는 것을 좋아했다.

4년 전 이야기다. 여러 우연이 겹쳐 둘이서 대형 공중목욕탕에 간 적이 있었다. 목욕을 끝내고 휴게실에서 식사하며 잠시 이야기를 나눈 후, 내 차로 그의 집 근처까지 데려다주었다. 거기까지 가는 도중에, 조수석에 앉은 가타기리는 사사건건 잔소리를 해댔다. "다음다음에서 우회전해야 하니까 차선을 바꾸는 게 좋겠어", "앞차가 브레이크를 밟았으니까 속도를 줄여" 등등 말하지 않아도 아는 것을 일일이 참견했다. 초반에는 "오케이" 등으로 반응했으나 도중부터 나는 한마디도 대꾸하지 않고 못 들은체했다. 그런데도 가타기리는 아랑곳하지 않고 내 심기가 불편하다는 것도 눈치채지 못한 채 차에서 내리는 순간까지 쓸데없는 조언을 멈추지 않았다.

내 가치관에 동의하고 말고를 떠나서 운전 중에 조수석에서 이러쿵저러쿵 말을 하면 짜증 나는 기분은 그 나름대로 이해할 수 있지 않을까? 애초에 목욕탕에 갔다가 집에 가는 길이니 딱히 서두를 필요도 없고 혹여 우회전 타이밍을 놓쳐서 좀 더 시간이 걸린다 한들 무슨 문제가 있는 것도 아닐 것이다. 밤의 드라이브를 느긋이 즐기면 된다. 길을 잘못 드는 것을 왜 그렇게 두려워하는 건지 나는 도저히 이해할 수가 없었다.

가타기리와 처음 이야기를 나눈 건 고등학교 1학년 때 9월이
었다. 그전에도 이야기한 적이 있을지 모르지만, 적어도 내 기
억에는 없다. 체육대회를 한 달쯤 앞두고 반 대항 계주에 누가
선수로 나갈지 방과 후 교실에서 이야기를 나눌 때였다.

마침 그날 체육 수업 때 50미터 달리기 기록을 쟀는데 기록
이 빠른 사람 순으로 남녀 각각 네 명을 선발하기로 이야기가
마무리되었다. 나는 딱 네 번째에 걸렸다. 달리기 실력에 딱히
자신이 있는 것은 아니었는데 우연히 그날 컨디션이 좋았는지
혹은 체육 선생님이 잘못 측정했는지, 어쨌든 무언가의 오류로
나는 계주 선수로 뽑히고 말았다.

"잠깐만" 하고 이의를 제기한 사람이 가타기리였다. "이건 진
짜 말이 안 돼. 내가 오가와보다 확실히 발이 더 빠르거든. 네
가 나가면 망신당할 게 뻔해."

5등이었나 그랬던 가타기리는 계주 선수로 뽑히지 않아 분했
는지 갑자기 내게 생트집을 잡았다. 모든 학급 아이 앞에서 무
시당한 듯한 기분에 나도 발끈해서 내 딴에는 좀 강한 어조로
"무슨 근거로 그렇게 말하냐?"라고 반박했다. 사실 나는 계주
같은 건 나가고 싶은 맘이 추호도 없었다. 애초에 나는 그렇게

발이 빠르지도 않았으므로 누군가를 앞질러서 영웅이 될 확률보다 추월을 당해서 창피를 당할 확률이 높다고 생각했고 방과후에 모여서 배턴 터치 연습 등을 하는 것도 귀찮아서 싫었다. 누가 대신해 준다면 자진해서 양보하고 싶을 정도였다. 솔직하게 "계주에 나가고 싶으니까 바꿔주라"라고 말했으면 당장 승낙했을 것이다. 당시 나는 틀림없이, 가타기리의 '쓸데없는 오지랖'에 짜증이 났던 것이다.

나와 가타기리는 옥신각신하며 언쟁을 벌였다. "누구 발이 더 빠른가?" 이런 유치한 설전이었다. 최종적으로 가타기리가 "지금부터 운동장에 나가서 결판을 내자"라고 제안하자 나는 갑자기 김이 팍 샜다.

"알았어." 나는 말했다. "네가 더 빨라. 이야기를 나눠 보니까 알겠는데 네가 이 세상에서 제일 빠른 게 분명해. 그러니까 꼭 나 대신 계주에 나가서 우리 반을 우승으로 이끌어 주라."

잔뜩 비꼴 요량으로 말한 것인데 다행인지 불행인지 가타기리는 문자 그대로 받아들인 듯했다. 가타기리는 의기양양한 표정으로 수긍했다. "알면 됐어. 나한테 맡겨."

어찌 된 일인지 이 사건 이후로 나는 가타기리의 마음에 들고 말았다. '마음에 들고 말았다'라는 표현이 올바른지는 모르겠으나 달리 표현할 방법이 없다(참고로 가타기리는 본 경기에서 두 명에게 추월당했다).

수학여행과 학교 축제에서는 같은 조가 되었고 방과 후에는 같이 어울려서 노래방에 갔다. 내가 대학입시학원에서 여름 방학 특강을 들을 때는 가타기리도 제 맘대로 같은 강좌를 선택했다. 그는 내가 읽는 만화를 읽고, 내가 읽는 책을 읽었다. 내가 맥도날드에서 아르바이트를 시작하자 그도 내가 있는 매장에서 아르바이트를 시작했다.

처음 이야기를 나눴던 순간부터 줄곧 나는 가타기리를 경멸했지만, 딱히 그가 싫은 것은 아니었다. 가타기리는 인간으로서 형편없는 짓을 예사로 하고 속이 좁은 게 뻔히 보이는 말도 자주 했다. 자기 평가가 비정상적으로 높고 말은 청산유수인 데 반해 변변한 결과는 내지 못했다. 하지만, 누구에게 상처를 주는 것은 아니었다. 관점에 따라 의견은 나뉘겠지만, '좋은 일' 축에 속하는 일을 하기도 했다. 등교 거부 기미를 보였던 반 아이의 집까지 가서 학교에 끌고 온 적도 있었다. 게다가 애초에 당시 우리는 고등학생이었으므로 인간으로서 매우 미숙했다. 나 역시, 돌이켜 생각하는 것만으로도 내 목을 끊고 싶을 정도로 꼴사나운 짓을 셀 수 없이 해왔다. 가타기리의 유치한 발언과 행동을 남 일로 치부할 정도로 훌륭한 인간도 아니었다.

우리는 고등학교 3학년이 되었을 때 마침 주식회사 라이브
도어*가 긴테츠 버팔로즈**와 후지TV를 매수하려고 했다. 그래
서 대학을 졸업하는 것보다 도중에 자퇴하는 것을 멋으로 여기
던 시기였다. 10대 청소년 대부분이 '청년 기업가'나 '창업자'를
목표로 했었다.

가타기리는 그 유행에 깊은 감화를 받은 듯이 "도쿄대에 가
서 1학년 때 창업하고 3학년 때까지 회사를 상장시킨 후 자퇴
한다"라는 인생 설계를 끊임없이 떠벌리고 다녔다. 솔직히 말
해서 가타기리는 도쿄대에 들어갈 만큼의 실력도 창업자로 성
공할 만큼의 능력도 없다고 생각했지만, 한 번도 입 밖에 낸 적
은 없다. 꿈을 꾸는 건 개인의 자유이고 애초에 내 눈이 틀렸을
수도 있기 때문이다.

결과적으로 가타기리는 도쿄대는커녕 하향 지원했던 사립대
도 전부 떨어지고 재수를 했다. 대학에 진학한 나는 그때 이후
로 가타기리와 소원해졌다.

대학 시절에도 어쩌다 한 번씩 소식은 들었다. 재수해서도 역
시 도쿄대는 떨어지고 어디 지방 사립대에 들어갔다고 한다.
테니스 동아리와 창업 동아리에 가입해서 정체 모를 '인맥'을

---

* 2000년대 초반의 IT 벤처기업.
** 1999년부터 2004년까지 오사카를 연고지로 한 일본 프로야구팀. 2004년 시즌 종료 후
   오릭스 블루웨이브와 합병.

네가 손에 쥐어야 했던
황금에 대해서

만들고 그 자랑을 믹시 일기에 쓰고 있다고 한다. 가타기리는 창업 대신에 투자 정보 비즈니스를 시작했다고 했다. 몇몇 친구는 가타기리가 쓴 '틀림없이 대박 치는 방법' 책자를 10만 엔에 강매당할 뻔했다는 등의 이야기를 했다.

가타기리에게 투자 정보 비법을 강매당할 뻔했다는 동창이 점점 늘었다. 누군가가 SNS상에 만든 '가타기리 피해자 모임'이라는 그다지 고상하지 않은 그룹 채팅방을 통해 매일같이 피해 소식이 날아들었다. 나 외의 거의 모든 친구, 게다가 고등학교 시절에 대화해 본 적도 없는 동창에게까지 판매 권유를 했다는데 마지막까지도 나에게만은 연락이 오지 않았다.

그러는 사이, 동창들에게 투자 정보를 파는 일을 그만둔 것인지 아니면 그 비즈니스 자체를 관둔 것인지 피해 소식이 더 들려오지는 않게 되었고 가타기리가 화제에 오르는 일도 없어졌다. 어디선가 언뜻, 이름 없는 부동산 회사인지 증권회사인지에 취직했다는 이야기를 들은 것도 같은데 어쩌면 다른 친구 이야기였는지도 모르겠다. 어찌 되었든 그다지 관심이 가는 이야기는 아니었다.

4년 전, 재회할 때까지 가타기리와 나의 관계는 대강 그 정도였다. 고등학교 시절에는 사이가 좋았지만, 졸업하고 나서 소원해진, 좀 한심한 친구…… 간단히 표현하면 그런 정도일 것이다.

흔한 이야기다. 학창 시절, 둘이서 한 자전거에 타고 이 녀석과는 죽을 때까지 늘 함께 놀겠거니 생각했는데 어느 시기를 기점으로 일절 연락도 주고받지 않게 된다. 싸운 것도 아니고 결정적으로 사이가 틀어진 사건이 있었던 것도 아니다. 그저 이유도 없이 연이 끊어지는 것이다. 나에게는 몇 명, 그런 친구가 있다. 나뿐만 아니라, 누구에게나 그런 친구가 있지 않을까?

4년 전, 느닷없이 가타기리에게서 연락이 왔다. 그날, 나는 본가의 차를 빌려 도요스의 종합 생활용품점에 가서 직접 책장을 만들기 위한 목재를 산 후 운반하고 있었다. 도중에 주유소에서 기름을 넣으며 '모처럼 차도 끌고 나왔는데 좀 멀리 돌아서 공중목욕탕이라도 들렀다 갈까?' 하고 생각했다. 그때, 페이스북을 통해 다이렉트 메시지가 도착했다.

"오랜만. 우연히 회사에서 라디오를 듣다가 네 목소리가 나와서 깜짝 놀랐다."

가타기리의 메시지였다. 오랜만의 연락에 조금 놀랐지만, 곧바로 '아, 오늘이 방송일이었구나' 하고 답을 보냈다. 지체하지 않고 답신을 보낸 건 뜸을 들이면 어떻게 답해야 좋을지 꽤 고민이 될 것 같았기 때문이다.

"전혀 몰랐는데 너 어느새 작가가 되었구나. 지금 아마존에서 책 샀다."

"고마워. 하지만 굳이 안 읽어도 돼."

"그런 맘에도 없는 소리 하지 마. 작가는 다른 사람이 책을 읽고 소감을 말해 주는 게 가장 기쁘잖아."

"사람에 따라 다르지 않을까? 책을 사 준 시점에 이미 충분히 고맙기도 하고 무엇보다 네가 읽어 주길 바라고 쓴 것도 아니니까."

"그런 거리낌 없는 성격은 여전하구나."

기름을 넣은 후에도 잠시 그런 메시지를 주고받았다. 나는 차 밖으로 나와 자판기에서 캔 커피를 샀다. 예전 친구와 오랜만에 이야기할 때 느껴지는 특유의 긴장감 같은 것이 있다. 그리움과 겸연쩍음, 미묘한 거리감. 머릿속이 먼 과거로 시간 이동한 듯 주위 경관도 다르게 보였다. 나는 고등학교 시절을 떠올렸다. 여름 방학에 같이 하라주쿠로 쇼핑을 갔던 것. 가타기리가 베이프(A BATHING APE)에서 만 엔짜리 티셔츠를 샀던 것. 방과 후에 《반지의 제왕》을 봤던 것. 함께 마쿠하리역까지 걸어가서 소부센을 타고 쓰다누마의 대입 학원에 다녔던 것.

스마트폰으로 대화를 주고받으며 왠지 마음이 붕 떠 있는 나 자신을 발견했다. 가타기리와 이야기가 일단락되고 현실로 되돌아올 때까지 다시 운전대를 잡을 마음이 없었다.

빈 캔을 버리고 차로 돌아오는 도중에 가타기리가 물었다. "지금 어디 사냐?" 나는 솔직하게 요쓰야라고 대답했다. 알고 보니 가타기리는 시나노마치에 살고 있었다.

"진짜? 엄청 가깝잖아!"

가타기리는 곧바로 물었다. "지금 집에 있어?" 또 나는 솔직하게 "도요스에서 차로 집에 가는 중"이라고 답했다.

"지금 근처에서 만나 술이나 마시자." 가타기리가 말했다.

"미안, 지금 목욕탕 갈 예정이거든."

"그럼 나도 같이 갈래." 곧바로 답신이 왔다.

이 넉살이었지, 나는 감탄했다. 넉살 좋고 무신경하여 '내가 대접받고 싶은 대로 남을 대접하라'라는 황금률에 일말의 의심도 없이 따르고 있다. 나라면 설령 술에 취했다고 해도 이 대화의 흐름에서 '그럼 나도 같이 갈래'라는 말은 입에서 나오지 않았을 것이다.

나는 몇 초 동안 망설인 후 "오케이"라고 답을 보냈다. "도중에 차로 태우러 갈게."

이렇게 해서 엉뚱하게도, 우리는 둘이서 대형 공중목욕탕에 가게 되었다. 시나노마치에서 가타기리를 태우고 목적지로 향했다.

네가 손에 쥐어야 했던
황금에 대해서

모르긴 해도 가타기리에게, 작가가 되어 책을 내는 것은 올림픽에서 금메달을 따거나 노벨상을 받는 것에 필적할 정도의 위업인 모양인지 "너 정말 대단하다", "아는 사람 중에 유명인이 나올 줄은 몰랐다" 등 그런 말을 몇 번이나 들었다. 싫은 건 아니었지만, 점점 멋쩍은 기분이 든 것도 사실이어서 나는 몇 번이나 "그렇게 대단한 건 아니야"라고 말했다.

우리는 목욕을 마치고 나서 목욕탕에 부설된 휴게실에서 저녁을 먹었다. 가타기리는 맥주를 마시고 잠시 후 운전해야 하는 나는 우롱차를 마셨다. 오랜만에 친구와 만났을 때 대부분 그렇듯이 서로의 근황을 나눴다.

가타기리는 3개월 전에 금융기관을 관두고 독립하여 막 트레이더가 된 참이라고 했다. 잘 되어가냐는 내 질문에 그는 "물론이지"라고 수긍하더니 자기가 얼마나 많은 돈을 굴리고 있는지, 지난달 시세로 얼마나 많은 돈을 벌었는지, 그런 이야기를 시작했다. 나는 잘 모르는 내용이기도 하려니와 애초에 가타기리의 근황도, 투자 이야기도 관심이 없어 그리 진지하게 이야기를 들은 건 아니었다. 수억 엔이라든가 수백만 달러라든가 평소에 접할 기회도 없는 단위의 금액이 화제에 오르면 "대단하구나" 하고 적당히 맞장구를 쳤다.

어쩌면 너무 노골적으로 관심 없다는 나의 태도가 가타기리에게 전해졌는지도 모르겠다. 한참 이야기를 하더니 가타기리는 "뭐, 내 이야기는 아무래도 상관없어"라고 말했다. "너에 비하면 별 볼 일 없는 일이다. 내 사업 같은 건, 재능이 없어도 지식만 있으면 할 수 있으니까."

이럴 때 어떻게 답해야 하는지 정도는 나도 안다. "그렇지도 않아"일 것이다. 나는 심보가 고약한 인간이라서 대답을 유도 당한다는 느낌이 들면 '내가 그 말을 할까 보냐' 하고 각오를 굳힌다.

나는 "그렇구나"라고 말했다.

"하지만 네 일은 재능이 없으면 할 수 없잖아."

이번이야말로 "그렇지도 않아"가 등장할 차례였다. 나는 고개를 가로저었다. "작가는 오히려 아무 재능이 없는 인간을 위해 존재하는 직업이야."

겸손도 아니고 물론 오기도 아닌 사실로서 나는 그렇게 생각했다. 소설가에게 필요한 건 재능이 아니라 재능 없음이 아닐까? 일반적인 사람들이 신경 쓰지 않고 지나가는 길에서 발길을 멈추고 마는 굼뜬 성격, 아무도 마음에 두지 않는 것에 집착하는 완고함, 강박적으로 타인과 똑같은 걸 하기 싫어하는 비뚤어진 심사. 소설을 쓰기 위해서는 이처럼, 인간으로서의 결손, 일종의 우매함이 필요하다. 하나부터 열까지 술술 풀리고

네가 손에 쥐어야 했던
황금에 대해서

갈등이라고는 없는 인생에 창작은 필요 없다.

나는 그런 생각을 했지만, 가타기리에게는 말하지 않았다. 이런 종류의 이야기가 통할 상대라고 생각하지 않았기 때문이다.

"아니, 대단하지. 너도 대단하고 고등학교 동창은 다 대단하다고 생각해. 모두 진짜배기야."

모두 진짜배기야……. 내게는 이 말이 겉치레 말이 아니라 가타기리의 본심으로 느껴졌다. 그는 그 나름대로 엄혹하게 덮쳐오는 현실에 상처 입고 다시 일어서려고 노력해 왔을지도 모른다. 꿈이 좌절되고 자존심은 꺾였지만, 그럼에도 성공하고자 온 힘을 다해 트레이더의 길을 택한 걸지도 모른다. 적어도 나는 가타기리가 현실에 패배한 몇 가지 일을 알고 있었다. 계주 그리고 대학 입시. 아마 나는 난생처음 가타기리에게 연민을 느꼈던 것 같다.

가라앉은 분위기를 바꾸려는 건지 그때부터 가타기리의 질문 공세가 시작되었다. "설정에 대한 아이디어는 어떻게 얻는가?", "어떻게 하면 그렇게 긴 글을 쓸 수 있는가?" 등 평소 소설을 거의 읽지 않는 사람들이 자주 하는 질문이었다. 나는 각각의 질문에 무난한 대답을 했다.

"다음에 만나면 책에 사인해 주라"라는 가타기리의 부탁에 "물론"이라고 답하고 나는 자리에서 일어섰다. 슬슬 헤어질 때가 된 것 같다.

　차에 탄 후 옆자리에서 일일이 운전에 간섭하는 가타기리에게 진절머리를 치며 그를 역에서 내려 주었다. 집 앞까지 데려다주겠다고 했는데 '싸구려 빌라에 살고 있어서 보여 주고 싶지 않다'라며 거절당했다. 그런 걸 신경 쓰는 사람이 있나, 하고 나는 솔직히 깜짝 놀랐다.

　그것이 4년 전이다. 우리는 "조만간 다시 만나자"라고 말하고 헤어졌지만, 또다시 소원해졌다. 그 후, 가타기리에게서 연락이 온 적은 없었고, 물론 내가 연락한 적도 없다.

　이런 이야기라면 누구에게나 비슷한 경험이 있지 않을까? 우연히 과거의 지인과 재회하고 얼마간 서먹한 시간을 보낸다. 마지막으로 "또 보자" 하고 말하며 헤어진다. 대개, 이런 유의 이야기는 이렇게 끝난다. 기적적으로 교차한 두 인생은 그 후, 두 번 다시 교차하지 않고 그저 시간만이 흘러간다.

　가타기리와 공중목욕탕에 갔던 이야기도 그런 흔하디흔한 이야기 중 하나로 끝났을 터였다.

　그해 송년회에서 가타기리와 만났던 이야기를 했다. 그러고 보니 그 자식, 학생 시절 창업해서 상장시킨다고 그러지 않았었나? 맞아, 맞아. 그래서 결국 어떻게 된 걸까? …… 그런 이야기

네가 손에 쥐어야 했던
황금에 대해서

를 하며 와자지껄하게 떠들다가 곧 화제가 바뀌었다. 그 후, 가타기리를 떠올릴 일도 없어졌다. 공중목욕탕에 갔던 밤에 대해서도 계주 선수 에피소드도 먼 기억이 되어 희미해지다가 언젠가 완전히 소멸할 터였다.

고등학교 동창 도도로키에게 "재미있는 이야기가 있는데 한잔하러 가자"라는 연락이 온 건 2년 전 겨울이었다. 도도로키와는 졸업 후에도 비교적 친하게 지내는 편으로 결혼식에도 갔었다. 매년 송년회에 참가하는 멤버 중 한 명으로 외국계 금융 기관에 근무하는 엘리트다.

도도로키가 개인적으로 나한테 술을 마시자고 연락하는 일이 드물었고, 무엇보다 '재미있는 이야기가 있다'라고 말한 건 처음이었다.

"너, 분명 가타기리하고 아직 친분이 있지?"

신바시의 술집에서 만나자마자 도도로키는 그렇게 말을 꺼냈다.

"아니, 없어. 꽤 전에 우연히 만나서 같이 목욕탕에 갔을 뿐이야. 그때 이후로 가타기리와도 목욕탕과도 엮인 적이 없다."

"아, 그랬구나. 난 또, 둘이 친한 줄 알았네."

도도로키는 계속 말을 이었다. "뭐 상관없어. 친분이 있든 없든 달라지는 건 없으니까."

"그 '재미있는 이야기'라는 건 가타기리에 관한 거냐?"

"응." 도도로키는 고개를 끄덕이고는 스마트폰을 손에 들었다. 잠시 무언가를 조작하고 나서 테이블 중앙에 스마트폰을 놓았다. "이거 좀 봐."

화면에는 누군가의 인스타그램 계정이 띄워져 있었다. '기리기리 선생님'이라는 이름으로 고기 초밥 사진을 프로필 사진으로 걸어 두었고, 팔로워 수가 약 4만 명이었다. 업로드된 사진을 대충 훑어보니 초밥 사진, 어딘가 건물에서 찍은 야경, 렉서스 사진, 비행기 일등석, 고급 손목시계 사진 등이 있었다. 몇몇 사진은 저명한 회사 사장이나 스포츠 선수 등과 둘이서 찍은 것이었는데 오른쪽에 찍힌 인물은 낯익었다.

"가타기리인가?" 내가 중얼거렸다. 키톤*의 고급 양복을 입고 투 블록 스타일의 머리를 젤로 고정한 가타기리가 어느 사진에서나 완전히 똑같은 미소를 지으며 나를 보고 있었다.

"나도 최근까지 몰랐는데, 금융업계에서는 그럭저럭 유명인이라더라. 개인 트레이더로 성공해서 80억 엔을 운용하고 있다는 모양이야. 유료 블로그 회원도 상당한 것 같고, 그쪽 이익도 꽤 된다는 소문이야. 롯폰기의 고층 아파트에 살고 특별 주문 렉서스를 탄다네. 인스타에 올린 손목시계는 전부 천만 엔 이

* 고급 이탈리안 패션 브랜드.

네가 손에 쥐어야 했던
황금에 대해서

상이라나 봐. 뭐, 투자업과 투자 정보 판매 쌍끌이로 행세깨나 한다는 말이지."

"어떻게 알았어?"

"대학 동기가 어딘가 셀럽들 모이는 파티에서 알게 되었다는데 그 후 자산 운용을 맡기고 있다고 하더라고. 사진을 본 순간, 기겁했잖냐. 가타기리잖아, 하고."

"가타기리 맞네."

도도로키가 천천히 고개를 끄덕이고 나서 말했다. "그래. 그 가타기리다." 우리에게 '그 가타기리다'라는 말은 여러 의미를 함축한다. 그, 허풍뿐이었던 가타기리다. 그, 대학 입시에 실패했던 가타기리다. 그, 투자 정보를 강매하고 다니던 가타기리다.

"목욕탕에 같이 갔을 때 독립해서 순조롭다고 말했었는데 설마 트레이더의 재능이 있을 줄이야."

나는 투자 지식도 없고 금융에 관해서도 모른다. 트레이더로서 성공하려면 구체적으로 어떤 능력이 필요한지도 모르고 관심도 없었다. 이렇게 가타기리가 부자가 되었다는 걸 알았어도 그리 놀랍지는 않았다.

"인생, 어떻게 될지 아무도 모르는 거구나. 그 자식, 모두에게 인정받으려고 필사적이었잖아. 그 간절함이 무언가를 개화시킨 걸까?"

"그럴지도." 나는 수긍한 후 말했다. "하지만 두 가지만은 분명히 말할 수 있다."

"뭔데?"

"첫째는, 전혀 부럽지 않다는 것. 또 하나는 무슨 일이 있어도 내 돈을 가타기리에게 맡기지 않을 거라는 것."

"정말 그렇네." 도도로키가 동의했다. "그 자식이 아무리 성공했다 한들, 나 자신도 신기할 정도로 질투심이 일지 않는다."

그해 고등학교 송년회는 온통 가타기리 이야기뿐이었다. 그 사이에 인스타그램 '기리기리 선생님'의 팔로워는 6만 명으로 늘었고 트위터에도 팔로워가 2만 명이나 있다는 것을 알았다. 주로 올리는 내용은 부자의 일상생활에 관한 것이었는데 때때로 시사 뉴스나 외환, 주가 동향을 언급하며 '성공하는 데 필요한 것은 무엇인가?' 같은 이야기를 했다. 그 나름대로 유명한 청년 기업가나 유튜버, 스포츠 선수들과도 친분이 있는 듯했고 그중 몇 명인가는 가타기리에게 자산을 맡기고 있다고 한다.

가타기리에게는 열광적인 '숭배자'도 있어서 그가 올린 글마다 빠짐없이 답글을 쓰는 계정도 몇 존재했다. '백억을 번 남자의 투자 강좌'라는 월 회비가 만 엔인 유료 회원 대상의 블로그에서는 꽤 구체적인 투자 이야기를 쓴다고 한다.

"가위바위보에서 진 사람이 유료 블로그 회원으로 가입하자." 송년회에 모인 동창 중 누군가가 제안했다. 가타기리가 회원 대상으로 블로그에 어떤 글들을 쓰는지 궁금해진 것이다.

진 사람은 도도로키였다. 신용카드 정보를 입력하는 단계에서 도도로키는 "돈을 내는 건 상관없는데 내 이름을 사용하는 건 죽어도 싫다"라고 꺼렸다. "내가 2만 엔을 낼 테니 누가 대신 등록해 주라."

이야기가 오간 끝에 내가 등록하기로 했다. 나는 가타기리의 블로그를 구독하는 일에 내 실명을 사용하는 건 비교적 거부감이 적었다. 만약 가타기리가 개인적으로 연락해 온다면 그건 그 나름대로 재미있을 것 같다고 생각할 정도였다. 재미있는 일이 벌어지면 소설의 소재로 쓰면 된다.

나는 곧바로 신용카드 정보를 등록하고 유료 회원이 되었다. 블로그를 열자 몇 가지 글이 나왔다. '일목균형표'라든가 '다우 이론' 등 언뜻 본 바로는 주식 시세에 관한 전문용어가 즐비하여 내가 잘 이해할 수 있을 것 같지 않았다. 나는 스마트폰을 도도로키에게 맡기며 말했다. "뭔가 흥미로워 보이는 기사가 있으면 알려줘."

그때부터 잠시 도도로키는 송년회 대화에 끼지 않고 유료 블로그를 탐독했다.

"그래서, 어떤 것 같냐?" 누군가가 묻자 도도로키는 "아직 읽는 중이긴 한데"라고 운을 띄운 후, "대단히 흥미롭군"이라고 대답했다.

"흥미로워?"

"응. 예를 들어 최근 기사는 '엘리엇 파동 이론'에 관한 것인데."

"왠지 수상한 냄새가 나는 이론이구나."

"그 느낌이 맞다." 도도로키는 고개를 끄덕였다. "'엘리엇 파동 이론'은 차트 분석 이론의 일종인데 차트 분석이라는 건 주가나 외환 상승 추세와 하락 추세가 변하는 지점을 분석한 거야."

"그래서, 그 무슨무슨 파동 이론이라는 건 무슨 논리냐?" 내가 물었다.

"시세의 상승과 하락의 추세에는 자연계와 마찬가지로 일정한 법칙이 있다는 이론 중 하나야. '엘리엇 파동 이론'은 상승 파동이 다섯 번, 하락 파동이 세 번의 추세로 순환된다는 것인데 차트를 황금비율의 이론으로 해석할 수 있다고 주장하는 논리야. 황금비율 즉 피보나치수열로 상승 폭과 하락 폭을 예측할 수 있다는 거지. 가타기리는 구체적인 예로 2년 전에 이 이론을 적용해서 4천만 엔을 벌었다는 이야기를 써 놨더라고."

네가 손에 쥐어야 했던
황금에 대해서

"그 글을 읽어 보니 어떤 것 같아?"

"까놓고 얘기하면, 좀 놀랍긴 하다." 도도로키가 대답했다. "이런 유의 블로그 중에서는 꽤 치밀한 편이거든. 게다가 자기가 운용한 사례를 주가 그래프랑 같이 제시했고."

"참고로 이론 자체는 맞는 이론이냐?"

"그건 대답하기 어려운 질문인데. 나는 개인적으로 인간이 이해할 수 있는 모든 차트 분석 이론은 다 사기라고 생각하는데, 실제로는 꽤 많은 사람이 여러 차트 이론 중 한둘은 믿거든. 그렇게 차트 이론을 신봉하는 사람이 일정 수 존재하면 사고파는 타이밍이 겹치게 되다 보니 실제 시세도 그대로 움직이게 되는 거지. 그런 식으로 시장 외적 관점으로 차트 이론을 이용하는 트레이더도 일정 수 존재하니까 맞는지 틀리는지 딱 꼬집어 뭐라고 말할 수 없다는 게 솔직한 의견이다."

"그렇군." 나는 고개를 끄덕였다. "그렇다면 가타기리는 차트 이론을 퍼뜨려 시세를 조작함으로써 자기만 돈을 벌려고 한다는 가능성도 있다는 거냐?"

"그야 뭐, 부정할 수는 없지만……." 도도로키는 팔짱을 끼고 말했다. "일개 개인 투자자의 블로그가 시세에 영향을 줄 거라고 생각되진 않아. 어찌 됐든, 그리 칭찬할 만한 돈벌이가 아니라는 건 틀림없다. 가타기리가 진심으로 이 차트 이론들을 믿는다면 바보인 거고, 회원들을 속일 셈으로 이런 글을 쓰는 거면 거의 사기라고 봐야지."

도도로키는 몇몇 블로그 글을 메모하더니 나에게 스마트폰을 돌려주었다. 그 후에도 술자리에는 거의 끼지 않고 스마트폰으로 계속 무언가를 검색했다. 송년회를 파한 후 가게에서 나오는 도중에 엘리베이터에서 도도로키는 불쑥 "이해가 안 가네" 하고 중얼거렸다.

"뭐가?" 내가 물었다.

"블로그에 쓰인 대로라면, 가타기리는 80억 엔으로 주식을 운용해서 매월 2퍼센트의 수익률을 내고 있는 거거든. 월 2퍼센트라는 건 복리로 계산하면 연수익률 27퍼센트야. 즉, 매년 80억 엔을 100억으로 만들고 있는 거지. 가타기리는 적어도 2년간, 이 수익률을 유지하고 있어. 조사해 본 바로는 지금까지 배당이 늦어진 적도 없는 것 같고."

2년 전이라면 마침 둘이서 공중목욕탕에 갔을 무렵이었다.

"그게 왜 문제가 돼?"

"천재가 아닌 이상, 그렇게 승승장구할 수는 없어. 물론, 고작 2년간의 기록이고 운이 좋았을 뿐이라는 가능성도 부정할 수는 없지만. 그럼 생각해 볼 수 있는 건 80억을 운용하고 있다는 것이 거짓일 가능성. 실제로 운용하는 건 훨씬 적은 금액이고 배당은 유료 블로그의 이익으로 주고 있는지도 몰라. 혹은 내부자 거래 같이 부정한 방법으로 벌고 있을 가능성도 있어. 아니면……."

"가타기리가 천재일 가능성" 내가 끼어들었다. 도도로키는 "그 가능성은 고려하지 않았군"이라며 웃었다. "뭐, 나는 언젠가는 무너지지 않을까 생각이 든다만."

"무너지지 않고, 워런 버핏이 될지도 모르지."

"그 워런 버핏의 연수익률이 21퍼센트란 말이지. 너는 가타기리가 버핏 이상의 천재로 보이냐?"

"모르겠어." 나는 대답하며 가타기리의 유료 블로그 등록을 해지했다. "다만 분명히 말할 수 있는 건 그 녀석이 천재든 아니든, 내 돈은 1엔도 맡기지 않을 거라는 거다."

"아, 나도." 도도로키는 고개를 끄덕였다.

그 후에도 나는 '기리기리 선생님'의 SNS를 가끔 확인했다. 팔로워 수는 순조롭게 늘고 있었고 손목시계 컬렉션도 늘고 있는 듯했다. 가타기리와 둘이 찍은 사진 속 유명인의 레벨도 점점 올라갔다. 텔레비전에서 매일 밤 볼 법한 연예인의 자산을 맡았다는 등의 글도 올라왔다.

만약 가타기리가 "같이 사진을 찍고 싶다"라고 부탁하면 나는 어떻게 대응할까, 그런 생각을 해 보았다. 나 정도의 작가는 가타기리가 교제하는 저명인사들에 비해 격이 떨어진다는 것은 스스로도 알지만, "고등학교 동창 중에 작가로 활약하고 있는 오가와 씨입니다"라는 식으로 소개할 수도 있지 않을까? 그 뒤에 "예전에는 곧잘 둘이서 장난을 치곤 했습니다. 지금은 서로 각자의 길에서 열심히 살고 있습니다" 정도의 문장을 덧붙이는 것이다.

상상만으로도 질색이다. 그런 식으로 과거를 미화하는 것도 싫었고 현재가 미화되는 것도 싫었다. 무엇보다 그런 형태로 가타기리의 돈벌이에 가담하는 것만은 피하고 싶었다.

가타기리에게 다시 연락이 온 건 송년회로부터 반년쯤 지났을 때였다.

페이스북에서 다이렉트 메시지가 왔다. "오랜만. 꽤 활약하고 있는 것 같더라." 나는 곧바로 답을 보냈다. "너야말로. 모두네 이야기뿐이야."

"실은 그 일로 할 이야기가 있는데, 같이 식사라도 할래?"

잠시 망설였지만 나는 "좋아"라고 답신을 보냈다. 가게는 가타기리가 예약하겠다고 하여 사흘 후에 롯폰기의 초밥집에서 만나기로 했다.

가타기리와 연락을 막 끝냈을 때, 도도로키에게서도 연락이 왔다. 도도로키의 메시지에는 무슨 사이트의 URL 링크와 함께 "한번 읽어 봐"라고만 쓰여 있었다.

링크를 누르자 개인 블로그의 '기리기리 선생 논란 정리'라는 글이 떴다. 기리기리 선생의 유료 블로그를 구독하는 사람이 '엘리엇 파동 이론'에 관한 글을 읽었는데 다른 유료 블로그와 내용이 완전히 똑같다는 사실을 알아낸 것이 발단이었다고 한다. 기리기리 선생이 시세를 예측하여 4천만 엔을 벌었다는 운용 기록도 원 글에서 그대로 베낀 것이었다. 고발자가 그 의혹을 트위터상에서 지적하자 기리기리 선생은 '유료 블로그 내용을 무단 도용했다'라는 사유로 도리어 "법적으로 조치하겠다"라는 다이렉트 메시지를 보내왔다고 한다.

고발자는 기리기리 선생과 주고받은 일련의 메시지를 글로 정리하여 공개했다. 그 글을 읽은 몇몇 뜻있는 사람들이 검증을 위해 가타기리의 유료 블로그 회원으로 가입했으나, 이미 해당 글들은 삭제된 상태였다.

그러나, 문제는 그것으로 끝나지 않았다. '기리 선생의 거짓을 폭로하는 모임'이라는 계정의 검증에 따르면, 기리기리 선생의 유료 블로그 글 전체가 다른 유료 블로그나 투자 관련 서적에서 복사해서 붙인 것이라는 것이다. 이 사실이 발각되었을 때 기리기리 선생은 이미 유료 블로그를 폐쇄하고 트위터상에서 "출처를 밝히지 않은 점은 저의 불찰입니다"라고 사죄했지만, 비판은 가라앉지 않고 환불 소동으로까지 발전하고 있다고 한다.

소동에 관해 검색해 본 바로는 "기리기리 선생은 고급 시계와 렉서스를 팔아서라도 지금 당장 전액을 환불해야 한다"라는 의견과 "원래 글 작성자에게 위자료를 지급해야 한다"라는 의견이 대세였다. 대단히 흥미 깊었던 점은 무시할 수 없는 수의 옹호자가 있다는 것이었다. "천재 트레이더가 유용하다고 판단하여 퍼온 글이므로 그만큼 가치가 있다"라는 의견이나 "가난뱅이들이 성공한 사람을 시기한다"라는 의견도 있었다.

그런 옹호 의견 중 하나가 눈길을 끌었다. 그 투자자는 한부모 가정의 고등학생으로 매년 새해에 받은 용돈을 꼬박꼬박 모은 돈 10만 엔을 기리기리 선생에게 맡기며 "가정 형편이 매우 어렵습니다. 운용하여 늘려 주세요"라고 했다. 그러자 기리기리 선생은 "투자란 여윳돈을 유용하게 사용하기 위해 하는 것이지 금전에 여유가 없는 사람이 한 방에 역전을 노리고 하는 것이 아니다"라고 타이르며 그 학생에게 받은 10만 엔을 되돌려주었다고 한다. 그뿐만 아니라 "이 돈을 너 자신에게 투자해라"라고 말하며 20만 엔을 주었다는 에피소드가 있었다.

네가 손에 쥐어야 했던
황금에 대해서

내가 검색해 본 바로는 그 이야기는 실화 같았다. 그 고등학생의 계정도 진짜였고, 기리기리 선생에게 받은 20만 엔으로 고등학생이 자격증 취득을 할 수 있는 학원에 다니기 시작한 것도 사실이었다. 그 고등학생은 가타기리에게 깊은 감사의 마음을 품고 있었다. "기리기리 선생님의 가르침대로 투자할 수 있을 만큼 경제적 여유를 가질 수 있도록, 일단은 최선을 다해 공부하고 있습니다"라는 글과 함께 부기 검정 교과서 사진이 올라와 있었다. 나는 그 이야기가 짬짜미나 자작극은 아니라고 확신했다. 가타기리가 다른 사람의 블로그를 도용한 것도 사실이고 그렇게 해서 번 돈으로 한부모 가정의 고등학생을 도운 것도 사실일 것이다. 양쪽 다 가타기리라는 인간이 가진 특성이었다. 실력도 없으면서 목표만은 높다. 진절머리 날 정도로 오지랖이 넓고 그것이 만국 공통의 도덕이라고 믿는다.

"봤다."

나는 도도로키에게 답신을 보냈다.

"괜히 감동했었잖아."

곧바로 도도로키에게 답이 왔다.

"유료 블로그 회비 환불받아도 너한테 안 돌려준다."

"상관없어."

나는 한부모 가정의 고등학생이 쓴 에피소드를 도도로키에게 들려줬다.

도도로키는 "미담이네. 하지만 그렇다고 해서 도용이 용서되는 건 아니야"라고 말했다.

"그건 그래. 당연히 그 어떤 면죄부도 되지 않지." 나는 응답했다.

사흘 후, 롯폰기의 초밥집에서 만난 가타기리는 여태까지 내가 알던 가타기리와는 많이 달랐다. 새하얬던 얼굴은 구릿빛으로 그을렸고, 광택이 있는 양복에 비싸 보이는 손목시계를 차고 있었다. 누가 봐도 부자라는 분위기랄까, 그러나 아무리 봐도 건전한 사업으로 성공한 것처럼 보이지는 않았다. 물론 그의 얼굴은 인스타그램에서 여러 번 확인했지만, 실물을 마주하니 한층 이질감이 느껴졌다.

"오랜만이다." 가타기리가 말했다.

"그러게." 나는 고개를 끄덕이며 말했다. "목욕탕 이후 처음이네."

개별실로 들어온 점원이 초밥 재료인 생선에 관한 긴 설명을 시작했다. 나는 건성으로 듣고 나서 한 잔에 2천 엔짜리 정종을 주문했다. 전채요리는 갈색빛 나는 이름 모를 식재료를 정육면체 모양으로 굳힌 것으로 위에는 금박이 입혀져 있었다.

네가 손에 쥐어야 했던
황금에 대해서

가타기리와 함께 식사하기로 했을 때 나는 딱 두 가지 결심한 것이 있었다. 첫째는 무슨 일이 있어도 그와 둘이서 사진을 찍지 않을 것. 또 하나는 아무리 비싸더라도 식사비를 각자 낼 것. 주방장 특선 코스가 3만 엔이라는 말을 듣고 나는 지갑 속을 확인했다.

건배하고 나서 가타기리가 먼저 말문을 열었다. "너도 알고 있을지 모르겠는데 사태가 상당히 심각해졌어."

"알고 있다."

모르는 척할까 하고 잠시 망설였으나 나는 솔직하게 대답했다. 거짓말쟁이 앞에서 거짓말을 하고 싶지는 않았다. "논란 정리 같은 것도 읽었고 트위터에서도 검색해 봤다."

"그럼 다 이해하겠구나. 그래서 내가 지금 무척 곤란하다."

"음, 자업자득 아닌가?"

그 순간, 가타기리는 뭐라 형용할 수 없는 표정을 짓더니 곧 "맞아" 하고는 고개를 끄덕였다. "그래서 나는 어쩌면 좋겠냐? 너도 작가로서 악성 댓글 같은 거 경험해 봤을 거 아니야."

"없는데." 나는 즉답했다. "SNS는 하지 않고 악성 댓글이 달릴 만큼 지명도가 있는 것도 아니고."

"그렇구나. 너라면 어떻게 하면 좋을지 알 것 같았는데."

"악플 세례를 받은 경험이 없어도 어떻게 해야 할지는 안다."

내가 말했다. "자신이 한 일을 전부 정직하게 인정하고 진심으로 반성해야지. '출처를 밝히지 않은 것은 저의 불찰입니다' 정도로는 아무도 수긍하지 않아. 최소한 '저에게는 자력으로 블로그를 작성할 만큼의 능력이 부족하여 타인의 글을 무단 도용했고 그로 인해 부당 이익을 취했습니다' 정도의 말은 해야지. 그뿐만 아니라 무단 도용한 글의 작성자에게는 진실하게 사죄하고 유료 블로그 회원에게는 환불 조처를 하고. 중요한 것은 정직과 진실이다."

"그건 어려워"라고 말하며 가타기리는 고개를 떨구었다. "내게 돈을 맡긴 고객 중에는 '그놈들은 성공한 사람을 시기하는 것뿐이니 사죄할 것 없다'라고 말하는 사람도 있어. 완전히 죄를 인정하는 건 그들을 배신하는 게 돼. 경우에 따라서는 투자를 철회할지도 몰라."

"그럼, 그들을 배신하지 않으면 되겠네. 죄를 인정하지 않고 계속 악플 세례를 받으면 되고. 너는 수많은 사람에게 블로그 도둑으로 계속 미움을 받겠지만, 본업인 투자는 지킬 수 있어. 그게 좋다면 그렇게 하면 돼. 단순한 이야기잖아."

그때부터 가타기리는 아무 말도 하지 않았다. 가끔 무언가 하고 싶은 말이 있는 듯 내 쪽을 보았다. 그때마다 나는 냉랭한 시선을 보냈다. 진심으로 사죄할 마음이 없다면 3만 엔짜리 초밥을 먹기 전에 그 3만 엔을 회원에게 돌려줘야 했다……. 그렇게 말할까 생각했을 정도였다.

얼마나 시간이 흘렀을까, 가타기리가 "괴롭다"라고 혼잣말처럼 말했다. "때때로 이렇게 계속 거짓말을 하는 것이 견딜 수 없을 만큼 괴롭다. 하지만 어떻게 해야 할지 나도 모르겠어."

"나는 잘 모르기도 하고, 일절 관심도 없지만, 아무래도 너에게는 투자 능력이 있는 모양이니 그걸로 충분하지 않을까? SNS에서 인기를 얻고 유료 블로그에서 숭배자들에게 둘러싸인 채 연예인들의 돈을 불리며 기쁨을 주는 일들은 전부 관두고, 혼자서 멋대로 네 돈을 불리면 된다. 그렇게 불려서 남는 돈은 눈앞의 곤란한 사람에게 '투자'로서 베풀면 되지. 예전에 네가 한부모 가정의 고등학생에게 했던 것처럼 말이다."

"그도 그렇네."

가타기리는 수긍했다. 그의 얼굴만이 무중력 공간에 튀어나온 것처럼 아주 천천히 몇 번이나 고개를 끄덕였다. "그렇지만 그렇게 간단한 문제도 아니야."

혼자서 식삿값을 계산하려는 가타기리를 말리며 나는 4만 엔을 내밀었다. 가타기리는 "내가 불러냈잖아"라며 좀처럼 내 돈을 받으려 하지 않았다.

"블로그 회원들에게 부당하게 뜯어낸 돈으로 초밥을 먹고 싶

지 않다"라고 말하자 가타기리는 어깨를 축 늘어뜨리고는 알았
다며 내 돈을 받았다.

둘이 사진을 찍자고 하면 거절할 생각이었고 어떻게 거절할
지 준비까지 해 왔는데, 가타기리는 헤어질 때까지 그 부탁은
하지 않았다. 가게 밖의 대기용 긴 의자에서 가타기리가 들고
온 내 책에 사인을 해 주고 나서 우리는 헤어졌다.

헤어질 때 가타기리가 "그럼 또 보자"라고 말했다. 나는 "응"
하고 대답했지만 두 번 다시 그를 만나는 일은 없을 것 같은 느
낌이 들었다. 그날, 가타기리는 나와 있는 동안 줄곧 괴로워 보
였다. 그건 아마도 그가 온라인상에서 비난을 당하고 있다는 이
유 때문만은 아니었을 것이다. 분명, 가타기리는 나를 포함한 동
창들을 어떻게 대해야 할지 모르는 것이다. 가타기리라는 사람
과 '기리기리 선생님'이라는 캐릭터 사이의 괴리감이 너무나 큰
탓에 과거를 알고 있는 사람과 함께 있기가 괴로워진 것이리라.

나와 만난 다음 날, 기리기리 선생은 장문의 사죄문을 올렸
다. 그 글에는 블로그의 무단 도용에 이르기까지의 경위가 상
세하고 솔직하게 쓰여 있었다. 기리기리 선생은 자신의 잘못
을 인정하고 자신의 심리적 약점을 인정했으며 무단으로 가져
다 쓴 글의 집필자에게 깊이 사죄했다. 유료 블로그 회원의 환

불 요구에 응할 것과 향후 두 번 다시 그런 짓을 하지 않겠다는 등의 말을 구구절절 늘어놓았다. 그의 글은 이해하기도 힘들고 소설가의 시선으로 보면 구성에도 문제가 있었지만, 그것이 오히려 그의 진실함을 전달해 주는 듯한 기분도 들었다. 물론, 그것만으로 그를 향한 비난이 가라앉은 것은 아니었다. 여전히 분노에 사로잡힌 사람이 많았고 지금까지 그를 맹신했다가 이번 일로 눈을 뜬 사람도 있었다.

그런 사람들의 불길 같은 분노는 진화되지 않고, 세상 어딘가에서 계속 불타오르고 있었다. 그것도 어쩔 수 없는 일이라고 나는 생각했다. 이 세상에는 사죄해도 용서받을 수 없는 일이 무수히 많다. 가타기리는 그 선을 넘고 만 것이다.

나는 그날 이후에도 가끔 '기리기리 선생'에 관해 검색해 보았다. 가타기리는 사죄문을 올린 후 완전히 침묵 상태에 빠져 SNS도 일절 업데이트하지 않았다. 몇몇 투자자는 이미 가타기리에게 맡겼던 돈을 회수해 간 듯했다.

'기리 선생의 거짓을 폭로하는 모임'이 다음 고발을 한 것은 그로부터 2주 후였다.

기리기리 선생의 인스타그램에 업로드된 롯폰기의 집 사진이 인터넷에서 퍼온 사진이었다는 사실이 발각되었다. 그 후에도 잇따라 기리기리 선생의 '거짓말'이 폭로되었다. 그의 양복과 손목시계가 대여받은 제품이었다는 것이 들통났고, 이어서 특별 주문 렉서스가 다른 사람 명의로 차량 검사 등록되었다는 것이 폭로되었다.

"지금 당장 자택 사진을 찍어 올려라"라는 말에 기리기리 선생은 SNS를 재개하여 "이미 롯폰기에서 이사했다"라고 반박했다. "손목시계는 대여 금고에 맡겨 수중에 없고, 차는 절세를 위해 법인 명의로 구매했다"라고 말했다. 황급히 준비한 양복 사진은 '기리 선생의 거짓을 폭로하는 모임'이 상세하게 분석한 결과, 이전 업로드했던 것과 사이즈가 다르다는 것이 발각되어 "또 대여 상품이다"라고 악플이 쇄도했다.

나는 잠시 이해할 수가 없었다. 가타기리는 호화로운 생활을 하고 싶어서 돈을 벌었다고 생각했었다. 그런데 실제로는 그의 돈 씀씀이는 전부 거짓이었다. 고층 아파트도, 손목시계도, 자동차도 거짓이었다. 무엇을 위해 80억 엔을 모아야 했던 것일까?

아니, 오히려 그 반대가 아니었을까? 나는 깨달았다. 80억 엔을 모으기 위해 호화로운 생활이 필요했던 것이다. 사람들은 허상을 믿는다. 가타기리는 필사적으로 성공한 사람으로서의 허상을 구축했다. 그럼으로써 돈을 모았고 그 돈으로 가타기리는 성공했다.

악플 세례가 잠시 수그러들었을 즈음, '기리 선생의 거짓을 폭로하는 모임'은 발표했다.

"이것이 끝이 아니다. 다음은 기리기리 선생의 본업인 '투자'에 관한 거짓을 폭로하고자 폭넓게 정보를 수집하고 있다."

가타기리에 대한 최근 악플 소동으로부터 얼마 지나지 않아 도도로키에게 "좀 곤란한 일이 생겼다"라고 연락이 왔다. 우리는 지난번에 갔던 신바시의 술집에서 다시 만났다.

"전에 내가 가타기리에게 자산을 맡겼던 친구 이야기를 했잖냐."

"대학 동기라고 했나?"

"맞아. 본가가 유명한 소매 프랜차이즈를 경영해서 엄청난 부자거든."

"무슨 일이 있었는데?"

"연구실 동창회에서 만났을 때, 가타기리 이야기를 했었어. 가타기리에게 맡긴 돈은 순조롭게 불어나서 이미 2배 가까이 됐다더라고."

"잘됐네."

"거기까지면 그렇지."

"무슨 일이 있었는데?"

"한 달 전 일이야. 큰손 투자자 몇 명이 가타기리에게 맡겼던 돈을 철회했다나 봐. 그래서 자금 융통이 어려워졌는지 가타기리가 동기에게 돈을 좀 빌려줄 수 없는지 물었다는 모양이야."

"정말 운용했다면 자금이 일부 빠져나가도 별문제는 없는 거아닌가?"

"대충 듣기로 가타기리는 스위스 은행을 주거래 은행으로 한다는데 계약상 문제로 1개월은 인출할 수가 없어서 일시적으로 돈이 필요해졌다는 말이었어."

"그런 얘길 믿을 놈은 없을 것 같은데."

"응, 맞아. 당연히 내 동기도 의심했지. 그랬더니 가타기리는 그 자리에서 스위스 은행 계좌에 접속해 120억의 예금 잔액을 보여 주었다고 해. 동기는 그걸 믿고 가타기리에게 돈을 빌려줬어. 가타기리는 2천만이 필요하다고 했다는데, 일단 2백만을 빌려줬대."

"그래서?"

"한 달이 지나서 돌려달라고 연락했는데 전혀 응답이 안 온대. 롯폰기힐스에 있는 개인 사무실 주소에는 월 요금 5만 엔인 공유 오피스가 있었고 가타기리는 책상 하나를 빌린 것뿐이었다는 거야. 동기는 빌려준 돈뿐만 아니라, 맡겼던 돈도 회수하려고 했는데 전혀 연락이 안 된다더라고. 동기는 가타기리가 폰지였던 게 아닐지 의심하고 있어. 가타기리가 접속했던 예금 잔액도 전부 거짓이었어."

"폰지?"

"그런 이름의 사기가 있어. 높은 수익률로 자산 운용을 한다며 돈을 모으는데, 실제로는 투자는 하지 않고 배당만 지급하는 사기야. 자금이 떨어지기 전에 나중에 참가한 출자자의 돈을 배당으로 돌림으로써 파탄을 막는 거야. 점점 배당액이 커지니까 그만큼 더 많은 고객을 모아야 해. 일명 '돌려막기'로 언젠가 배당금을 지급하지 못해서 파탄이 나지. 백여 년 전에 찰스 폰지라는 미국인 사기꾼이 사용한 수법이라서 '폰지 사기'라고 부르는 거야."

"그게 사실이라면 가타기리는 애초에 투자조차 하지 않았다는 의미냐?"

나는 아연실색하여 물었다. 가타기리가 롯폰기의 고층 아파트에 산다는 것은 거짓이었다. 고급 손목시계를 수집한다는 것도 거짓이었다. 고급 차를 탄다는 것도, 고급 양복을 샀다는 것도 거짓이었다. 급기야 투자했다는 사실조차 거짓이라면 가타기리는 대체 뭘 하고 있었다는 말인가?

"그런 거지." 도도로키는 고개를 끄덕였다. "나는 꽤 오래전부터 폰지 가능성을 의심했었어. 세계 최고의 헤지펀드도 연수익률 27퍼센트로 자산을 운용한다는 건 여간 힘든 일이 아니거든. 아무리 생각해도 가타기리는 금융 쪽에 문외한이고 자기가 모은 자금을 어디에 어떻게 투자하고 있는지도 공개하지 않았지. 동기 말로는 얼마 전부터 가타기리는 주위 친구들에게 돈을 빌리러 다니느라 혈안이 되었다더라고. 고작 2만 엔을 빌려줬는데 고마워했다고 하니 어지간히 돈이 궁했던 게 아닐까? 아마 이미 지갑도, 계좌도 텅텅 비었을 거다."

"솔직히 믿을 수가 없다."

나도 모르게 그렇게 말했다.

"이 마당에, 그 녀석을 믿는다는 거냐?" 도도로키가 어이가 없다는 듯한 표정을 지었다.

"아니, 그런 게 아니고." 나는 고개를 가로저었다. "물론 가타기리의 능력을 믿는다는 게 아니야. 그 녀석에게 투자 능력이 없었다고 해도 역시 그랬구나, 수긍이 가고. 그 녀석이 사기꾼이었다고 하면 그건 아마 사실일 거야. 나는 다만 왜 그런 짓을 하는지 이해가 안 간다. 가타기리는 애초에 투자조차 하지 않았던 거잖아. 언젠가 반드시 파탄이 날 것을 알면서도 돈을 모으고 모은 돈을 지급해 왔어. 그런 짓을 하는 의미가 뭘까?"

"무슨 말인지 알아."

"돈을 벌려고 하다가 실패한 거라면 이해할 수 있어. 돈을 벌려고 타인을 속여온 거라면 용서받을 일은 아니지만, 어느 쪽이든 적어도 이해할 수는 있다 이거지. 그런데 가타기리는 돈을 벌려는 시도조차 하지 않았어. 타인에게 빌린 돈으로 막대한 이자를 변제했던 것뿐이야. 가공의 장부에 기록된 숫자를 메우기 위해 자기 미래를 삭제한 셈이잖아."

"네 말이 맞다." 도도로키가 동의했다. "폰지로 억만장자가 되는 건 불가능해. 머지않아 반드시 파탄하고 결국은 빚 외에는 아무것도 남지 않아."

"도대체 그런 짓을 왜 하는 걸까……?"

"게다가." 나는 말을 이었다. "실은 얼마 전에, 가타기리에게서 만나자는 연락이 와서 같이 초밥을 먹은 적이 있거든. 둘이서 8만 엔이나 하는 고급 초밥집이었어. 내가 각자 부담으로 하자고 버틸 때까지 가타기리는 전액을 계산하려고 했어. 신신부탁을 해 2만 엔을 빌리는 형편이면서 그 녀석은 8만 엔짜리 초밥을 먹었던 거야."

"그런 일이 있었냐?" 도도로키는 깜짝 놀라더니 "도저히 이해가 안 되는구나"라고 말했다. "단, 세상에는 이해할 수 없는 인간이 있는 법이지. 그거 하나는 이해할 수 있어."

집에 돌아와서 나는 기리기리 선생에 관해 검색해 보았다. 아무리 샅샅이 찾아도 기리기리 선생이 어떤 방식으로 투자했는지에 관한 명확한 정보는 하나도 없었다. 검색해서 얻은 건 그가 모은 출자자의 증가세를 보여 주는 그래프와 높은 수익률로 운용하여 약 3년간 한 번도 실패한 적이 없다는 것을 보여 주는 표뿐이었다. 진실일 필요가 없다면 10분 만에 뚝딱 만들어 낼 수 있는 그래프와 표가 그가 이룩한 실적의 전부였다.

문외한인 나도 미심쩍다는 것을 알겠는데 실제로 사기를 당한 사람들이 상당수 존재하는 듯했다. 특히 근거도 없이 "기리기리 선생님은 안심, 안전!"이라거나 "투자자로서 천부적인 재능이 있다"라고 단언하는 글도 적잖이 눈에 띄었다. 어쩌면 그런 기사를 철석같이 믿은 사람도 있을지 모른다. 도도로키가 말한 것처럼 가타기리가 폰지 사기 행각을 벌인 것이라면 가타기리에게 투자한 사람들은 항상 새로운 출자자를 필요로 한다. 신규 출자자에게서 투자받은 돈이 그들의 배당이 되기 때문이다. 기리기리 선생의 숭배자 모두가 그에게 진짜로 천부적인 재능이 있다고 믿었다고는 단정할 수 없다. 사기라는 것을 알았기에 기리기리 선생을 칭송하는 글을 썼다는 가능성도 배제할 수 없다. 거대한 악의와 욕망이라는 고리의 중심에 기리기리 선생이라는 텅 빈 구멍이 존재했다.

네가 손에 쥐어야 했던
황금에 대해서

그로부터 며칠 후, 기리기리 선생은 완전히 파산했다. '기리 선생의 거짓을 폭로하는 모임'에 따르면, 기리기리 선생은 조금이라도 친분이 있는 사람이라면 거의 빠짐없이 연락하여 돈을 요구했다고 한다. 하나같이 상대에게 스위스 은행 계좌에 접속하여 예금 잔액을 보여 주고 나서 돈을 빌리는 수법이었다. 약속한 한 달이 지났지만, 돈을 돌려받은 사람은 아무도 없었다. '기리 선생의 거짓을 폭로하는 모임'이 수집한 정보 중에는 분명히 도도로키의 동기라는 사람도 포함되어 있었다. 2백만 엔을 빌려주었는데 돌려받지 못했고, 맡겼던 투자금도 회수하지 못하게 되었다고 한다.

기리기리 선생은 SNS 계정을 전부 삭제하고 도주했다. 나와 연락할 때 사용하던 가타기리 본인의 페이스북 계정도 어느샌가 사라졌다. 여러 명이 기리기리 선생을 고소하려고 준비하고 있고 행방을 감춘 그를 찾고 있는 자도 있었다.

'기리 선생의 거짓을 폭로하는 모임'은 기리기리 선생의 본명과 출신지, 경력을 파헤치고, 대학생 시절의 그에 관한 에피소드도 밝혀냈다. 테니스 동아리와 창업 동아리에 가입했던 것. 투자 정보를 팔러 다녔던 것. 구직 활동에 실패하여 지방의 작은 부동산 회사에 취직한 것. 그 회사를 '금융기관'이라고 주장했던 것.

기리기리 선생의 에피소드에는 고등학교 시절 이야기도 몇 가지 포함되어 있었다. 반 정도는 사실이고, 반 정도는 허위거나 내가 모르는 이야기였다. "도쿄대에 들어가서 창업한다"라고 선언했다는 이야기도 있었는데 계주 선수 이야기는 없었다. 그도 그럴 것이, 틀림없이 나 말고는 모두 이미 잊어버렸을 것이기 때문이다.

나는 도도로키에게 메시지를 보냈다. "'기리 선생의 거짓을 폭로하는 모임'에 가타기리의 과거 이야기를 알려 준 거 너지?"

곧바로 답신이 왔다. "들켰네."

"무슨 원한이라도 있냐?"

"뭐, 동기가 사기를 당했으니까. 대의명분이라면 있는 셈이지. 게다가 '기리 선생의 거짓을 폭로하는 모임'과 친분이 생긴 덕에 그 녀석에 관한 정보를 몇 가지 입수했다. 폰지 사기가 발각된 다음 어떻게 되었는지 혹시 아냐?"

"생각하고 싶지도 않다."

"자산을 맡겼던 사람들 사이에서 가타기리가 남긴 자산을 얼마나 회수할 수 있을지 경쟁이 시작된 거야. 각 채권자가 파견한 난폭한 추심업자들에게 온종일 쫓기고 있어. 가타기리는 최근 몇 주 동안 줄곧 야쿠자에게 폭행당했다나 봐. 그리고 가타기리가 실제로 모은 돈은 수억엔 정도였고 80억은 어림도 없었다고 해. 그래서 파산하지 않고 꽤 버틴 거지만."

"지금은 어떻게 됐어?"

더 많은 것을 아는 것이 괴로워져서 최근 며칠은 가타기리에 관해 찾아보지 않았다.

"체포됐다. 아무래도 보석금을 내지 못하고 있는 것 같은데 내줄 사람도 없는 모양이다. 정말 무일푼인 거지. 기리기리 선생의 숭배자가 크라우드 펀딩으로 보석금을 모아보려 했지만, 출자자가 없어서 실패했다는 이야기도 들었다."

나와 가타기리의 이야기는 이것으로 끝이다.

앞으로 내가 가타기리와 만날 일은 없을 것이다. 그는 이미 완전히 타인이다. 예전에 그럭저럭 친했던 고등학교 동창이 사기꾼이 되어 결국에는 파산하여 사라졌다……. 그런 에피소드로서 혹은 어떤 의미의 교훈으로서 내 인생의 여백에 새겨졌을 뿐이다.

그래도 여전히 몇 가지 의문이 내 속에 남아 있다. 왜 가타기리는 처음부터 승산이 없는 '투자'에 손을 댔을까? 결국, 가타기리는 아무것도 손에 넣지 못했다. 호화로운 생활도, 막대한 자산도, 투자자로서의 명예도, 아무것도 남지 않았다. 어디 그뿐인가, 무언가가 남을 가능성조차 처음부터 존재하지 않았다.

가타기리는 왜, 결코 손에 넣을 수 없는 황금을 움켜쥐려고 겉만 번지르르하게 꾸며서 팔로워 수를 늘리고 저명인사들에 접근한 것일까?

나는 가타기리와 처음 이야기를 나눴던 고등학교 1학년 때부터 그를 경멸했다. 계주 선수 같은 아무래도 상관없는 역할을 얻으려고 왜 그렇게까지 필사적이었는지 이해할 수 없었다. 하지만 나는 가타기리가 싫은 것은 아니었다. 가타기리는 나와 다른 가치관을 가진 사람이지만, 그가 '쓸데없는 오지랖'으로 타인을 도우려고 했던 모습을 내 눈으로 직접 본 적도 있다. 관계도 없는 싸움을 중재하거나 등교를 거부하는 반 친구를 억지로 학교까지 끌고 오기도 했다.

나는 가타기리가 한부모 가정의 고등학생에게 20만 엔을 주었던 이야기를 떠올렸다. 내가 아는 가타기리는 그런 남자였다. 성가실 정도로 타인에게 관심이 많고 눈앞에서 벌어지는 사태를 남일로 넘기지 못한다. 상대의 사정도 돌아보지 않고 서슴없이 발을 디밀고 끼어든다. '남에게 대접을 받고자 하는 대로 남을 대접하라'라는 황금률을 우직하게 따른다. 심각하게 오지랖이 넓고 심각하게 요령도 없는 남자였다.

가타기리는 출자자를 기쁘게 하는 데서 삶의 보람을 발견했을지도 모른다⋯⋯. 이런 말은 너무 가타기리를 옹호하는 말일까? 실제로 그를 신뢰하여 돈을 맡기고 돌려받지 못한 사람들도 수두룩한데 나는 그에게 너무 관대한 걸까? 하지만 나는 그렇게밖에 생각되지 않았다. 그는 누군가를 등쳐먹으려 한 건 아니었다. 단지 배당금을 받고 기뻐하는 출자자의 얼굴이 보고 싶었다. 문제는 올바른 수단으로 투자하는 재능도 없으면서 출자자를 기쁘게 하려고 했던 것이다. 제 능력과 자신이 하고 싶은 일에 괴리가 있었고 결국에는 회복 불가능할 정도로 골이 깊어졌다.

가타기리가 사라지고 나서 1년쯤 지났을 때 나는 요쓰야에서 세타가야구로 이사했다. 이사하기 전보다 장서의 수가 늘어나서 나는 새 책장을 만들기로 맘먹었다. 본가에서 차를 빌려 도요스의 종합생활용품점으로 향했다.

필요한 재료를 사고 집에 가는 도중에 주유소에 들렀다. 그곳에서 나는 꽤 오랜만에 가타기리를 떠올렸다. 4년 전, 똑같이 책장 만들 재료를 사고 돌아가는 길에 가타기리에게 연락이 왔고 우리는 둘이서 공중목욕탕에 갔다.

이전과 달라진 점은 그로부터 4년이 지났다는 것과 오늘은 아까부터 비가 내리고 있다는 것이다. 나는 운전석에 앉아 캔커피를 마시며 그날 가타기리와 나누었던 이야기를 떠올렸다.

상세한 것은 잊어버렸지만, 그가 했던 몇 가지 말은 기억의 조각으로 뇌리에 새겨져 있었다.

"너에 비하면 별 볼 일 없는 일이다."

가타기리는 그렇게 말했다. "내 사업 같은 건, 재능이 없어도 지식만 있으면 할 수 있으니까. 하지만 네 일은 재능이 없으면 할 수 없잖아."

마치 옆에 가타기리가 있는 것처럼 그 말이 내 귓속에서 울렸다. 그와 동시에 내 마음속에 쌓여있던 몇 가지 의문이 풀리기 시작했다.

틀림없이 가타기리는 돈을 원했던 건 아니었을 것이다. 재능이라는 황금을 손에 쥐고 싶었다. 자신에게 재능이 없다는 것을 자각하면서도 설령 가짜라도 좋으니 자신의 재능을 누군가에게 인정받고 싶었다. 그렇기에 처음부터 승산이 없는 사기에 손을 댄 것이다.

빈 커피 캔을 드링크 홀더에 놓으며 나는 전율했다.

가타기리의 사기는 처음부터 성공 가능성이 없었다. 그는 얼굴과 이름을 모두 드러냈고 모은 돈은 배당으로 곧 사라져 버렸다. 실제로 투자를 한 것도 아니므로 원금이 불어날 가능성도 없었다.

대학 입시에 실패하고 구직 활동도 실패했다. 가타기리가 간

신히 한 발짝 전진할 때마다 현실은 몇 발짝씩 앞으로 달아났다. 필사적으로 살면 살수록 차이가 벌어졌고 결국은 손가락 끝 아득히 먼 저편으로 사라졌다. 그렇기에 가타기리는 자기의 남은 인생을 전부 희생해서라도 진짜가 되려고, 즉 황금을 쥐려고 했다. 모든 것을 파멸로 몰아가며 하룻밤의 불꽃을 쏘아 올렸던 것이다. 그 허무와 공포에 나는 몸서리쳤다.

"모두 진짜배기야." 가타기리가 했던 그 말을 떠올린다.

소설가로서 살아간다는 건 어떤 의미에서 가짜로 살아가는 것이 아닐까, 그런 생각을 한다. 인생에는 무엇과도 바꿀 수 없는, 기적적인 순간이 얼마든지 존재한다. 누군가를 좋아하게 되거나 아름다운 경치를 보거나 맛있는 음식을 먹는 그런 순간이다. 소설가는 그것을 글로 쓰려고 한다. 글로 완성한 순간, 그 기적은 진부하고 흔하디흔한, 가짜 황금으로 변한다는 것을 알면서도 포기할 수가 없다. '결코, 손에 넣을 수 없는 기적'이라는 황금을 좇기 위해 인생을 희생한다는 점에서 가타기리와 나는 비슷한 일을 하고 있는지도 모른다. 가타기리도 나도, 결국 허구를 사고팔며 살아갈 뿐인 가짜인 것은 아닐까?

적당히 켜놓은 FM 라디오 소리에 섞여 차들이 물웅덩이를 밟으며 하루미 거리를 지나가는 소리, 빗방울이 보닛을 두드리는 소리가 들렸다. 갑자기 몹시 피로가 느껴졌다. 4년 만에 공중목욕탕에 갈까 생각했지만, 다른 곳에 들를 기력도 없었다.

　문득 가타기리에게 연락이 올 것 같은 느낌이 들어서 나는 스마트폰을 보았다. 잠시 그대로 스마트폰을 응시했지만, 시간이 지나도 누구에게도 연락은 오지 않았다.

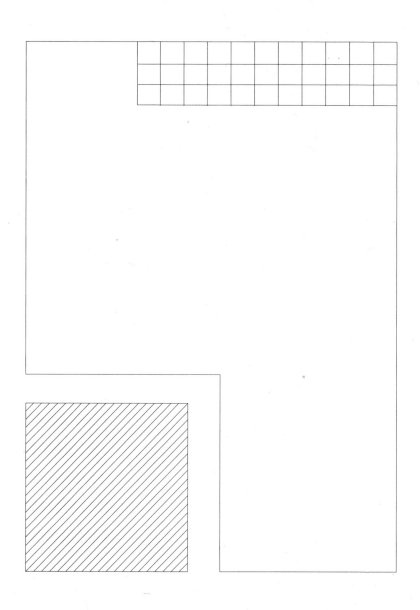

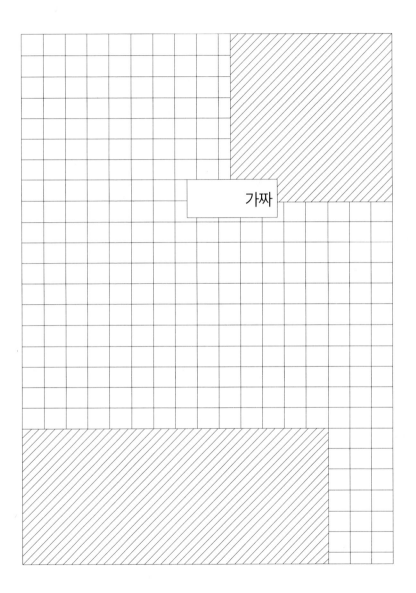

가짜

소설가에게 취재 일은 두 가지 의미를 지닌다.

첫 번째는 취재를 '하는 쪽'의 일이다. 작품 설정을 생각할 때나 사실관계를 확인할 때, 혹은 등장인물의 이력을 설정할 때 서적이나 인터넷에서는 얻을 수 없는 정보를 얻기 위해 현지로 향하고, 때에 따라서는 관계자에게 직접 이야기를 들으러 가기도 한다. 최근에는 온라인으로 끝낼 때도 많지만, 상대방의 사정이나 기자재의 문제 등으로 인해 먼 곳까지 직접 발길을 옮기기도 한다. 평소 집에만 틀어박혀 있는 작가가 업무차 출장을 가는, 드문 기회 중 하나다.

다른 하나는 취재를 '받는 쪽'의 일이다. 주로 신간을 출간한 후에 많이 한다. 잡지나 신문, 웹 미디어 등의 의뢰를 받아서 내 작품이나 인생 등에 관한 질문에 대답한다. 작품 홍보도 되고 의뢰해 준 것만으로도 고마운 일이므로 가능한 한 수락하고 있지만, 몇 건이 겹치면 아무래도 피곤하긴 하다. 애초에 나는 잘 모르는 상대와 말을 섞고 싶지 않기 때문에 소설을 쓴다.

그날도 취재 일로 나는 교토에 있었다. 전자인 '하는 쪽'의 취재다. 어느 작품을 위해, 레이저 핵융합 로켓의 구조에 관한 이야기를 듣고자 교토대학교 연구실로 향했다. 16시부터 시작된 취재는 생각 이상으로 열기를 띠었고, 도중에 SF 작품의 로켓 설정 이야기로 탈선하기도 했다. 주위가 완전히 어두워진 후에도 이야기는 끝날 기미가 없어서 나와 동행한 편집자는 19시에 가기로 한 타베로그 3.8*인 닭꼬치집 예약을 취소했다. 20시 조금 전에야 연구실을 나서는 바람에 결국 저녁 식사는 신칸센에서 도시락을 먹기로 했다.

"그린 차**로 갑시다"라고 말을 꺼낸 사람은 편집자였다. "대단히 의미 있는 이야기였습니다만, 물리학 이야기를 4시간 내내 들었더니 역시 피곤하군요."

나는 일반 좌석이어도 괜찮다고 말했으나, 편집자는 "그린 차

---

* 일본의 맛집을 총정리한 웹사이트로 3.5 이상이면 지역 맛집 수준임.
** 일등석에 해당함.

네가 손에 쥐어야 했던
황금에 대해서

가 좋겠습니다"라고 물러서지 않았다. 나로서는 그린 차든 일반 좌석이든 상관없었기에 '둘 다 거기서 거기'라고 생각하면서도 어차피 내가 돈을 내는 것도 아니므로 결국은 편집자의 제안을 승낙했다.

좌석에 앉고 나서 나는 난생처음 그린 차에 탔다는 것을 깨달았는데, 평소보다 조금 좌석이 넓은 정도였을 뿐 특별히 인상적인 것도 없었다. 평소와 다른 것이 있다면 화장실에 가려고 일어섰을 때 두 좌석 앞에 텔레비전에서 본 적 있는 코미디언이 앉아 있었다는 정도다. 스마트폰으로 트위터를 보고 있는 모습이 언뜻 보였다.

"오가와 씨 되시죠?" 화장실에서 돌아와 읽던 책을 다시 손에 들었을 때 말소리가 들렸다. 편집자의 목소리가 아니었기 때문에 깜짝 놀라 손에 들고 있던 문고본을 바닥에 떨어뜨리고 말았다. 책을 주우며 목소리가 들려온 쪽으로 고개를 돌리니 한 자리 건너 옆 좌석에 어디선가 본 적 있는 낯익은 남성이 있었다.

"아……."

그 한순간에 온갖 생각이 머릿속을 맴돌았다. 나는 타인의 얼굴과 이름을 일치시키는 것에 서툴다…… 라고 할 정도는 아

가짜

니지만, 특별히 뛰어나지도 않다.

"……바바 씨. 오랜만입니다."

가까스로 이름이 떠올라 안도했다. 눈앞에 있는 사람은 바바 류지라는 만화가로, 분명 연초 신바시에서 딱 한 번 만난 적이 있다. 그와 함께 있었던 사카나베라는 편집자의 인상이 워낙 강해서 바바는 까맣게 잊고 있었다.

"오가와 씨의 활약, 업계의 구석에서 바라보고 있습니다. 작년에 나온 책도 무척 재미있었습니다."

나는 "아닙니다, 활약이라뇨"라고 대답하며 바바의 왼쪽 손목을 보았다. 신바시에서 만났을 때, 그가 투박한 손목시계를 차고 있었던 것만은 분명히 기억하고 있다. 그때와 똑같은 건지 어떤지는 잘 모르겠지만, 여전히 투박한 손목시계를 차고 있다.

"오늘은 일 끝나고 가시는 길입니까?"

"아 네. 취재가 좀 있어서요. 실은 담당 편집자도 같이 왔습니다."

나는 뒷자리에 앉아 있는 편집자를 바바에게 소개했다. 말소리가 다 들리는 거리에 편집자가 있는데 이대로 둘이서만 이야기하는 것도 좀 이상하고, 솔직한 심정은 바바와 둘이서만 이야기하는 것이 조금 부담스러웠다. 신칸센에서 옆자리에 앉았으니 도쿄에 도착할 때까지 2시간 이상 도망갈 곳이 없다.

바바와 편집자는 인사를 나누고 나서 서로 명함을 교환했다.

"직함에 'ES북스 최고 마케팅 책임자'라고 되어 있는데, 다른 일을 하시면서 만화를 그리시는 건가요?"

명함을 교환하고 나서 편집자가 바바에게 물었다. 나는 그가 '최고 마케팅 책임자(CMO)'라는 것도 애초에 이 세상에 '최고 마케팅 책임자(CMO)'라는 자리가 있다는 것도 몰랐다.

"그렇게 대단한 것도 아닙니다. 그저 명색뿐인 감투지요." 바바가 대답했다. "ES북스는 전자 서적, 주로 만화 구독 서비스를 하는 회사인데 제 작품도 거기에 연재하고 있습니다. 그래서 ES북스의 의뢰를 받아 작년부터 이 의미 불명의 직함으로 일하게 되었습니다. 그렇다고 해도 직함만 있지 보수는 거의 받지 않습니다. 명함이 이것밖에 없어서 드렸습니다만, 부끄러울 뿐입니다."

"아닙니다. 같은 업계인데도 제가 지식이 부족하여 몰랐습니다. 죄송합니다."

편집자와 바바는 잠시 전자 서적에 관해 한담을 나누었다. 만화는 이미 웹이나 전자 서적으로 보는 비율이 상당하다든가, 우리 출판사가 웹 레이블을 시작하려고 하는 데 기술적으로 대응할 수 있는 편집자가 없다든가 하는 그런 것이다. 중간중간 나도 대화에 참여했다. 내 책은 전자 서적 매출이 전체의

10퍼센트 정도인데 업계 표준이 대략 그 정도라는 점, 결국 여전히 많은 독자가 서점에서 책을 사므로 서점 직원과의 커뮤니케이션이 대단히 중요하다는 점 등을 말했다.

잠시 건성으로 이야기를 듣고 있는데 바바가 "그런데 오늘 취재는 어디로 다녀오셨습니까?"라고 물었다. 바바가 내 쪽을 보았기 때문에 내가 답하기로 했다.

"교토 시내에 다녀왔습니다. 신작의 아이디어 확인차 대학교 수님께 이야기를 듣고 왔습니다. 바바 씨는 어디 다녀오시는 길입니까?"

"저는 오사카에서 오프라인 전사 미팅이 있어서요."

"ES북스 전사 미팅인가요?" 내가 물었다.

"아니요, 다른 회사인데요, 그쪽에서도 귀찮은 일을 부탁받았거든요. 제발 그만 좀 해 줬으면 합니다만."

그즈음 해서 편집자는 슬그머니 대화에서 빠지고 나와 바바는 둘이서 대화를 계속했다.

"최근에는 비즈니스 쪽이 바쁘신가요?"

"아뇨, 물론 만화도 작업하고 있지요."

"꽤 바쁘시겠네요."

"잠을 줄여서 어떻게든 버티고 있습니다. 어디까지나 만화가 본업이니 그쪽을 대충할 수는 없지요. 오가와 씨와 동창분들

네가 손에 쥐어야 했던
황금에 대해서

을 취재했던 〈만화 일본 고등학교 옛날이야기〉도 덕분에 대단한 호평을 받고 있습니다. 정말로 그때 함께해 주셨던 분들 덕분입니다."

"아닙니다, 저희는 공짜 술을 즐겼을 뿐입니다"라고 말하다 보니 내가 바바와 처음 만난 것도 '취재' 현장이었다는 것이 떠올랐다.

그때는 '받는 쪽'의 취재였지만, 내 작품에 관한 취재는 아니었다.

1년 전, 설 연휴 즈음, 나와 바바 류지는 신바시에 있었다. 직장인이 전혀 없는 정초의 신바시는 한밤의 공동묘지처럼 으스스한 느낌이 들었다. 신년이 되자마자 고등학교 동창들과 신바시의 술집에서 술을 마시기로 했는데 그곳에 바바 류지가 찾아왔다. 정확히 말하면, 바바의 취재를 위해 마련된 술자리였다.

바바를 데리고 온 사람은 광고대행사에 근무하는 동창 가토였다. 가토는 바바 외에 헤븐링크스라는 회사에서 포털 사이트를 운영하는 사카나베라는 사람도 데리고 왔다. 바바는 사카나베가 관리하는 포털 사이트에 만화를 연재하고 있다고 했다.

사카나베는 햇빛에 그은 얼굴에 파마머리에 젤을 발라 오른쪽으로 넘겨 고정했고 고급 브랜드 로고가 크게 그려진 후드티를 입고 있었다. 첫눈에 '고기 초밥 사진을 인스타그램에 업로드할 법한 남자다'라는 생각을 했다. 나는 '이런 분위기의 사람 중에 사기꾼이 많다'라는 내 나름의 통계 데이터를 가지고 있었기 때문에 첫인상은 그리 좋지 않았다. 한편, 흰 피부에 검은 테 안경을 쓰고 회색 스웨터를 입은 바바는 호감 가는 분위기의 호리호리한 인물로 사카나베에 비하면 편하게 이야기할 수 있을 것 같았다. 가늘고 흰 손목에 유독 눈에 띄는 손목시계를 차고 있는 것이 인상적이었다.

"사카나베 씨는 우리 회사 거래처인 헤븐링크스에서 포털 사이트 '아찔 코믹스 매거진'의 편집장을 맡고 계셔. 바바 선생님은 작년부터 '아찔 코믹스 매거진'에 〈만화 일본 고등학교 옛날이야기〉라는 만화를 연재하고 계시는 신예 만화가시고. 이거 정말 재미있어서 SNS에서 인기 폭발이야. 알고 있어?"

가토가 두 사람을 그렇게 소개했다. 동창들은 잘 모른다는 듯이 고개를 가로저었다.

"뭐, 나중에 읽어 봐. 진짜 재미있으니까. 일단 〈만화 일본 고등학교 옛날이야기〉가 무슨 만화인가 하면, 고등학교 동창회마다 매번 단골로 등장하는 웃기는 옛날이야기가 있잖아? 전국에서 그런 걸 모은 만화야. 바바 선생님은 다른 사람들의 동창회에 참석하여 그런 옛날이야기를 수집해 만화로 그리시는

216

거지. 재미있겠지? 이게 실제로 정말 재미있거든. 그런 연유로 이번에 바바 선생님은 우리 고등학교 옛날이야기를 수집하러 오신 거다."

갑작스럽게 결성된 모임이었고, 사정을 정확히 몰랐던 녀석도 있었던 듯, 니시가키는 "그렇게 된 거였군"이라고 말했다. "고등학교 시절 추억 이야기를 하면 공짜 밥을 먹을 수 있다고만 들었다."

사실 나는 이렇게 모이게 된 과정을 잘 알고 있었다. 미리 가토가 내게 상의했기 때문이다. 연초부터 급히 모이게 된 것도 내가 나오키상 후보가 되어서 다음 주부터 바빠지기 때문이었다.

〈만화 일본 고등학교 옛날이야기〉에 관해서는 솔직히 '콘셉트가 교묘하군'이라고 생각했다. 고등학교 시절의 단골 이야기가 재미있으면 물론 그 자체로 만화로서 인정받을 것이고 만약 놀랄 만큼 재미가 없다면 '동창끼리는 웃음보가 터지는데 제삼자에게 말하면 김이 빠지는군' 하며 웃어넘길 것이다. 어느 쪽으로 굴러가도 웃을 수 있다는 점에서 콘셉트가 영리하다.

가토는 우리 고등학교 단골 추억 보따리를 수집하는 모임에 내가 없으면 소용이 없다고 했다. 스스로 그렇게 생각한 적은 없지만, 나는 옛날에 있었던 잡다한 일들을 다른 사람보다 잘 기억한다는 모양이다. 어쩌면 그 능력은 내가 하는 일에서 발휘되고 있는지도 모른다.

"잘 부탁드립니다." 사카나베가 말했다. 대표자로서 내가 명함을 교환했다. 그 옆에서 "바바라고 합니다"라고 바바가 인사했다. "오가와 씨의 작품 정말 재미있게 읽었습니다."

바바 류지는 값비싼 유리잔을 식기장에 정리할 때 조심스럽게 내려놓듯 말했다. 갑자기 모르는 사람들의 술자리에 와서 조금 긴장한 것일까? 나는 "감사합니다"라고 말했다.

한바탕 인사가 끝나고 나서 다 같이 건배했다.

잠시 정적이 흘렀다. 첫 번째 술잔을 비웠을 즈음, "빨리 시작하자"라고 가토가 재촉했으나, 아무도 입을 열려고 하지 않았다. 어떻게 시작하면 좋을지 몰랐기 때문이다.

본시 동창회의 추억담이라는 건 "자, 그럼 이제부터 옛 추억을 이야기해 보자. 우선은 에피소드 1 '모리시마가 스타비*에서 알게 된 여자애랑 후나바시의 노래방 우타히로바에 갔을 때 이야기'" 이런 식으로 시작되는 것이 아니다. 서로의 근황이나 골프 이야기, 최근 갔던 숯불구이 고깃집 이야기 따위를 하다가 우연히 고개를 내미는 법이다.

예를 들어, 누군가가 위스키를 주문한다. "야마기시 말이야, 고등학생 때 폼을 잡고 위스키를 은색 병에 넣어서 가지고 다

---

* 인터넷 데이팅 앱.

네가 손에 쥐어야 했던
황금에 대해서

녔잖아" 하고 누군가가 말한다. "힙 플라스크라고 하는 거야, 그 병.", "그러고 보니 예전에도 똑같은 이야기를 했었다.", "게다가 위스키라고 했지만, 보리차였어.", "술에 취한 척도 했었지.", "아무리 걔라도 술에 취한 척은 안 했다, 야.", "술에 취했다고 하니까 나카야마가 버스에서 술에 취해 토했었지?", "그거 히로시마에서였나?", "아니, 나도 같은 버스에 타고 있었으니까 고2 때. 나가사키였어.", "나 그거 치웠었는데, 토한 게 완전히 끈적끈적했었다.", "그 자식 스니커즈 좋아했으니까.", "스니커즈 반갑다. 매점에서 팔아서 한때 진짜 유행했잖아." 이런 식으로, 연쇄적으로 이야기가 풀리는 것이다. 사슬의 종점은 대충 몇 가지 유형으로 정해져 있는데, 그런 이야기야말로 추억담의 정수일 때가 많다.

침묵을 견딜 수 없어진 도도로키가 "그럼 오가와, 와코루랑 대빈민(大貧民) 게임* 한 이야기 좀 해 주라"라고 말했다. "나, 그 얘기 너무 웃겨."

나는 하는 수 없이, '대빈민 게임에서 사람 수만큼 음모를 뽑게 된 와코루 이야기'를 했다. 와코루는 다키가와라는 배구부 세터였던 남자애인데 어머니가 이케부쿠로의 와코루**에서 일

---

* 대부호 게임이라고도 하며, 서구권에서는 프레지던트 게임이라고 함.
** 여성 속옷 전문점.

한다는 이유에서 그런 별명이 붙었다. 당시 우리는 점심시간에 곧잘 주스값을 걸고 대빈민 게임을 했는데 우리의 대빈민 게임에는 '가진 돈이 부족해지면 잔돈 대신에 음모를 뽑아서 걸 수 있다'라는 특별한 규칙이 있었고 패배한 와코루가 판돈 지불을 위해 사람 수만큼의 음모를 뽑았다는 이야기다.

사타구니에 손을 집어넣고 괴로운 표정을 지은 후 손가락에 낀 몇 가닥의 음모를 책상 위에 늘어놓은 와코루의 이야기. '개수가 부족하다'라는 이의가 제기되면 다시 한번 같은 일을 반복했던 것. "밥 먹으며 할 이야기는 아니다"라는 태클을 포함하여 4, 5년에 한 번씩 화제에 오르는 단골 이야기 중 하나였다.

맥락도 없이, 억지로 짜낸 이야기였으므로 평소보다 웃음도 적었지만, 그것이 계기가 되어, 와코루와 관련된 이야기 중에서 '규칙도 모른 채 머릿수 채우려고 마작에 불려 간 와코루가 동 2국에서 칠대자 도라도라를 올려 대승한 이야기'로 넘어갔다. 와코루에 얽힌 추억담은 그 두 가지밖에 없었지만, 추억담이 매끄럽게 연결되어 와코루와 항상 함께 다녔던 고노 이야기로 넘어갔다. 고노는 야구부를 사흘 만에 그만둔 것 때문에 '신우라야스의 그린웰*'이라는 별명을 얻은 동창이다. 키가 크고 근육질 몸매에 육상부처럼 완벽한 자세로 달리는데도 형편없이 발

* 일본 야구 사상 최악의 먹튀 용병으로 불리는 한신 타이거스의 외국인 선수.

네가 손에 쥐어야 했던
황금에 대해서

이 느렸다.

달리기 이야기에서 계주 선수가 되고 싶어 몽니를 부렸던 가타기리 이야기와 그 가타기리가 계주 본 경기에서 하릴없이 추월당했던 이야기도 나왔고 결국에는 모두 가타기리의 인스타그램 계정을 보았다.

분위기가 무르익으며, 호소야라는 수학 교사의 성대모사와 다마가와강의 바다표범 '다마 짱'의 성대모사도 몇 년 만에 등장했고, 매년 나오는 고지마의 독특한 드리블 이야기나 그 고지마가 했던 '아르코발레노'라는 밴드의 대표곡 〈어린 양과 철새〉까지 떼창으로 불렀다. 떼창 후에는 '어린 양'이 대체 무슨 메타포인가 하는 것에 대해 열띤 토론을 했다('철새'에 관해서는 이미 '학교라는 시스템에 잘 적응하지 못하는 고지마 자신의 메타포'라는 결론이 났다).

어느새 탄력이 붙었고 우리는 술을 마시며 흥이 나서 제각각에피소드를 이야기했다. 사카나베가 중간중간, "그 이야기 좀더 자세히 말씀해 주시겠습니까?" 또는 "그분의 다른 에피소드는 없나요?" 등을 묻는 것이 조금 귀찮았다. 편집자라는 관점에서 말하는 것일 테지만, 추억담이란 차창의 풍경처럼 한순간흘러 지나가기에 재미있는 것이므로 현장으로 되돌아가 상세하게 검증하면 점점 허점이 드러나서 재미가 없어진다.

바바는 한 번도 말참견하지 않았다. 열심히 태블릿 PC로 메모하고 이야기를 들으며 작은 소리로 우리 이야기에 따라 웃었다.

두 시간 정도 지나서 "역시 '어린 양'은 의무교육을 받기 전의 순진무구한 어린 시절의 우리들"이라는 의견과 "당시 교제했던 앤더슨 유리코라는 로펌 같은 이름의 여자 농구부 아이"라는 의견이 팽팽히 맞서다가 "어느 쪽이어도 괜찮지 않을까?" 하며 흐지부지되었을 즈음, 사카나베가 "이야, 정말 최고네요. 바바 씨, 어떻습니까?" 하고 말했다.

"대단히 재미있었습니다. 이 정도면 만화의 소재는 충분히 모였습니다."

그 정도로 회식 자체는 마무리되었다. 돌아갈 때 바바가 내 자리로 찾아와 내 저서를 두 권 내밀었다. "사인 좀 부탁드려도 될까요?"

나는 "물론입니다. 감사합니다"라고 말하며 두 권에 사인했다. 두 사람과 헤어지고 나서 우리는 넷이서 가볍게 2차를 갔다가 막차에 늦지 않게 헤어졌다.

집에 갈 때, 방향이 같은 도도로키와 지하철을 같이 탔다.

"나는 그 만화가, 왠지 좀 싫더라."

거의 승객이 없는 긴자선 좌석에서 도도로키가 그렇게 말했다. 의외랄까, 조금 놀랐다. 바바는 누구에게나 해를 끼칠 사람으로는 보이지 않았고, 애초에 거의 말도 하지 않았다. 바바가 첫눈에 미움받을 만한 이유를 찾을 수 없었다.

"혹시 사카나베 씨를 말하는 거냐?" 나는 확인했다.

"아니, 사카나베 씨는 분명 수상쩍은 외모이긴 하지만, 견실한 사람인 것 같더라. 바바였나? 그 사람하고는 앞으로 엮이고 싶지 않아."

바바가 내 책을 읽었다는 점을 빼더라도 나쁜 인상을 줄 만한 일은 하지 않았던 것 같다. "왜?" 나는 곧바로 물었다.

"짝퉁 데이토나를 차고 있었거든." 도도로키가 말했다. 나는 너무나 예상외의 이유에 잠시 어안이 벙벙했지만, 곧 "어떻게 짝퉁인지 알았냐?"라고 물었다.

"나도 뭐 그렇게 시계에 관해 잘 아는 건 아니지만, 한눈에 알아봤다."

"언제 봤는데?" 내가 물었다. 틀림없이 바바가 손목시계를 찬 것은 기억하는데, 그것이 롤렉스(의 짝퉁)인지조차 몰랐다.

"그 만화가, 손목시계를 보란 듯이 책상 위에 양손을 올려두고 있었잖냐. 얼마든지 볼 기회는 있었지. 업무 관계상, 그런 타입도 자주 만나는데 절대로 그런 자에게 출자 같은 건 하면 안된다."

도도로키는 외국계 금융기관에 근무하는 샐러리맨인데 평상시에도 처음 만나는 상대를 속으로 평가하는 것이리라. 분명히 나 따위보다 훨씬 사람 보는 눈이 있음은 틀림없겠지만, 모조품 시계를 찼다는 것만으로 그렇게까지 말할 필요가 있나 싶었다.

"바바 씨 같은 타입이 그렇다는 거냐?"

"응. 언뜻 보면 조용해 보이지만, 내면은 이글이글 타고 있는데, 그건 바로 콤플렉스 덩어리거든."

"오늘 만나본 바로는 그렇게 나쁜 사람 같지는 않던데."

"첫 대면에서 위험해 보이는 자는 애초에 사회에서 살아갈 수 없지 않겠냐. 쓰레기 같은 놈도 처음에는 평범한 사람처럼 가장하는 법이야."

그건 그렇다고 생각하면서도 바바가 너무 측은하다는 생각도 들었다.

"잠깐 만났을 뿐, 제대로 이야기도 해 보지 않았는데 말이 너무 심한 거 아냐? 그렇게 보이진 않던데."

그럴 생각은 아니었는데 나도 모르게 바바를 두둔하고 있었다. 도도로키도 조금 말이 심했다고 반성했는지 "하긴, 내면까지는 모르지만" 하고 정정했다. "하지만 어찌 됐든 짝퉁 데이토나를 차는 사람은 두 가지 의미에서 신뢰해서는 안 된다."

"두 가지 의미?"

"우선, 데이토나를 살 능력도 없는데 짝퉁으로 자존심을 채우려고 하는 마인드."

"잠깐만. 누구한테 속아서 샀을 뿐, 본인은 진품이라고 믿고 있을지도 모르는 거 아니야?"

"속아서 데이토나를 샀다면, 그건 빼도 박도 못하는 바보고. 어쨌든 간에 바보는 신뢰해서는 안 돼."

"그저 순진한 걸지도 모르고, 손목시계에 관해 잘 모를 수도 있잖아."

"왜 그렇게 그 만화가를 감싸고 도는 거냐." 도도로키가 말했다. "아니, 딱히 그런 건 아닌데……." 나는 말끝을 흐렸다. 나는 남의 말이나 행동의 근거를 억측하여 단정 지으면 안 된다고 생각할 뿐이다. 물론 나 역시, 무의식중에 억측으로 남을 함부로 판단할 때가 있으니 자신에게 다짐하는 의미가 강하다.

나는 "어쩌면……." 하고 말을 시작했다. "……바바의 어머니가 필리핀에 갔을 때 현지 바이어에게 속아서 데이토나 모조품을 샀을지도 모르지. 일본에 귀국하고 나서 곧 바바의 어머니가 교통사고로 돌아가셔서 바바에게는 그 손목시계가 어머니의 유품일 수도 있잖아. 물론 바바는 그 데이토나가 모조품이라는 걸 알아. 모조품이지만, 그 손목시계에는 어머니의 진실한 사랑이 깃들어 있다는 것도 알아. 타인이 어떻게 생각하든지 상관없는 거지. 그대로 나는 이 짝퉁 데이토나를 차는 거다. 그렇게 생각하고 있을지도 모르잖아."

"너, 항상 그런 생각을 하는 거야?"

"그러려고 노력하지."

"너, 소설 같은 걸 쓰는 게 좋겠다." 도도로키가 농담을 던졌다.

"실은 그걸 업으로 삼고 있어." 나는 받아쳤다.

도도로키가 내릴 오모테산도역에 도착하기 직전에 나는 물었다. "참고로 두 번째 의미는 뭐냐?"

"두 번째?"

"짝퉁 데이토나를 차는 녀석을 믿으면 안 되는 두 번째 의미."

"아아, 애초에 데이토나는 점포 진열대에 전시하는 상품이 아니거든. 그걸 손에 넣으려면 몇 번이나 롤렉스 매장에 가서 점원에게 신용을 얻어야 해. 데이토나를 차고 있다는 것은 어떤 의미에서는 롤렉스의 보증을 받았다는 의미도 있어서 가격 자체보다 그쪽이 더 가치가 있는 거거든. 모조품을 차고 있다는 건 어찌 되었든 정식 판매장에서 산 것이 아니라는 것이고 데이토나를 차는 것의 의미를 모른다는 거니까……."

지하철이 오모테산도역에 도착했다. 도도로키는 "……뭐, 돌아가신 어머니의 유품이라면 상관없는 이야기겠지만"이라고 말하고는 내렸다.

나는 도도로키의 편견에 다소 불쾌감을 느끼면서도 그런 나역시 사카나베에 대해 편견을 품었던 것을 떠올렸다. 외모나몸에 걸치고 있는 것만으로 타인을 판단하지 말라고 주장하는사람치고는 나 역시 평상시 그런 식으로 타인을 판단하는 우를 범하고 있다.

한 달 정도 지나, 가토가 고등학교 그룹 채팅방에 "우리의 단골 추억담이 '아찔 코믹스 매거진'에 게재되었다"라는 소식과함께 게재된 페이지의 링크를 붙여 주었다. 바쁘기도 했고, 도도로키의 이야기가 묘하게 인상에 남아서 결국 나는 확인하지않았다.

이것이 바바에 관한 내 기억의 전부였다. 그 바바가 어느새어딘가 회사의 CMO인지 CM 왕인지가 되어 여전히 롤렉스 로고가 박힌 손목시계를 차고 내 옆자리에 앉아 있다. 그러나 나는 여전히 이 손목시계가 진짜인지 가짜인지 모른다.

나고야에 도착했을 즈음, 일에 관한 이야기가 대충 끝났다.대화가 끊기고 나서 한 5분쯤 지나자, 나는 이쯤 되었으면 이해해 주려니 하고 문고본을 손에 들었다. 평판이 좋은 미스터리 번역본으로 이제 막 읽기 시작했다.

잠시 책을 읽고 있는데 바바가 말을 걸었다. "그 책, 재미있습니까?"

"지금까지는 재미있는데 아직 읽는 도중이라 잘 모르겠습니다." 나는 대답했다.

"장르는요?"

"미스터리 소설입니다."

"아, 저도 미스터리 소설, 좋아합니다. 히가시노 게이고나 모리 히로시요. 항상 읽으면서 범인을 맞혀 보려고 하는데, 전혀 맞히질 못합니다. 오가와 씨는 어떻습니까?"

"범인 맞히는 거요?"

"네."

"그냥 범인만 맞히는 거라면 상당한 정확도로 맞히긴 합니다. 범행 트릭이나 동기 등은 모르는 경우가 많지만요."

"뭔가 요령 같은 게 있습니까?"

"요령이라고 할 만한 것인지는 모르겠습니다만, 같은 업을 하니까 저절로 알게 되는 경우가 많습니다."

"흥미로운 이야기네요. 구체적으로 좀 알려 주실 수 있을까요?"

"기본적으로 미스터리 소설은 독자에게 놀라움을 안겨야 하

네가 손에 쥐어야 했던
황금에 대해서

거든요. 현실 세계에서는 살인사건이 일어났고 현장에 있었던 흉기에 누군가의 지문이 남아 있다면 대부분은, 그 누군가가 범인이지만, 그러면 소설이 되지 않습니다. 독자가 놀라지 않으니까요."

"그렇군요."

"피해자를 죽일 만한 명확한 동기가 있는데 범행 시각의 알리바이가 없는 용의자는 소설에서는 제일 먼저 범인 후보에서 제외됩니다. 마찬가지로 여러 사람에게 원한을 산 인물은 첫 번째 피해자나 최초 용의자가 되는 경우가 많지만, 범인일 가능성은 드뭅니다. 언뜻 봐서는 동기가 없고 완벽한 알리바이를 가진 사람이 유력한 범인 후보입니다."

"거꾸로 생각하는 거군요."

"그렇죠. '누가 범인이면 내가 가장 놀랄까?'를 기준으로 생각하는 겁니다."

"그렇군요."

"물론 독자를 놀라게 하는 건 '범인이 누굴까?'라는 요소만은 아닙니다. 예를 들어, 미스터리 소설에 시력을 잃은 사람이 나온다면 그 사람이 실은 눈이 보일 가능성을 고려합니다. 시력을 잃은 사람이, 시력이 있어야 알 수 있는 정보를 말하지는 않는지 계속 의심하며 읽는 거죠."

가짜

"현실 세계에서도 그렇게 하십니까?"

"아니요." 나는 웃었다. "그 외에도 명품으로 온몸을 휘감고 있는 사람이 나오면 실은 빚쟁이가 아닐까 하고 의심합니다. 빚을 지고 있는 사람은 빚을 갚을 수 있을 만큼 돈이 많다는 것을 어필할 필요가 있으니까요. 이건 현실 세계에서도 가끔 생각합니다."

나로서는 '짝퉁 데이토나'를 차고 있을지도 모르는 바바에게 살짝 잽을 날려볼 셈으로 한 말이었다. 예상 밖에 바바는 "그건 틀림없는 사실이지요"라며 동의했다.

"길가에 떨어져 있는 와이셔츠 소매 단추는 반드시 증거품이고 범행 현장의 카펫에 남은 얼룩은 반드시 사건과 관계가 있어요. 범행 현장의 창문 유리가 깨져 있다면 아마도 범인은 외부에서 침입하지도 않았고 외부로 도망가지도 않았습니다. 유리가 깨진 건 침입, 도망과는 관계없는 이유인 경우가 많습니다. 예를 들어, 범행 시에 깨져 버린 안경 파편을 감추기 위해서라든가. 그러니까 범행 전후에 안경이 바뀐 인물을 찾습니다."

"좋은 참고가 됩니다." 바바는 메모를 시작하며 말했다. 나는 곧바로 "메모할 만큼 대단한 이야기도 아닙니다"라고 말했다.

"습관입니다." 바바가 대답했다.

"아아……" 하고 나는 말문을 열었다. 나도 모르게 심술궂은 생각을 떠올려 버렸기 때문이다. "……손목시계가 등장하면 어느 쪽 손목에 찼는지 확인합니다. 범인이 오른손잡이인지 왼손잡이인지 하는 이야기가 자주 등장하거든요."

바바가 왼쪽에 찬 손목시계를 이쪽으로 돌렸다. 나는 롤렉스 로고를 가만히 바라보았다. 그래도 역시 모조품인지 아닌지 알 턱이 없었다.

"저는 어떤지 아시겠습니까?" 바바가 내게 물었다.

의외였다. 만약, 바바가 '모조품을 차고 있다'라는 자각이 있다면, 손목시계 이야기는 그다지 하고 싶지 않겠지, 라고 생각했기 때문이다. 그러나…… 손목시계 이야기를 하고 싶어서 일부러 모조품을 차고 있다고 생각할 수도 있다. 손목시계 이야기를 하고 싶지 않으면 처음부터 손목시계를 차고 오지 않으면 그뿐이다.

그런 생각을 하며 나는 답했다. "왼손잡이 아니신가요?"

"앗, 어떻게 아셨습니까?" 바바가 깜짝 놀란 듯이 물었다.

"손목시계를 왼쪽에 차셨는데 오른손잡이라면 굳이 저에게 퀴즈를 내지 않으실 테니까요."

'게다가' 하고 나는 마음속으로 생각했다. '데이토나 모조품'에는 아마도 왼손잡이용 같은 건 존재하지 않으리라. 정품이 아니니 원래와는 반대쪽 손목에 찰 수밖에 없었을 것이다.

아니, 어쩌면, 전부 내 착각일지도 모른다……. 나는 내 생각을 정정했다. 손목시계를 어느 쪽에 차든, 법으로 정해진 것도 아니다. 왼손잡이가 왼쪽 손목에 찰 수도 있고, 오른손잡이가 오른쪽 손목에 찰 수도 있다(실제로 그런 사례도 알고 있다).

애초에 바바의 손목시계가 정말로 모조품인지 아닌지도 모른다. 도도로키가 그렇게 주장할 뿐, 실제로는 도도로키가 틀렸을 수도 있다. 모르긴 해도, 왠지 당당한 바바의 태도를 보면 짝퉁 손목시계를 차는 사람이 풍기는 분위기 같지는 않다.

바바는 우리보다 조금 먼저 시나가와에서 내렸다.

시나가와에서 도쿄로 향하는 도중에, 편집자가 "아까 만화가분이 차고 있었던 데이토나, 모조품이었어요"라고 말했다. 나는 엉겁결에 "그걸 어떻게 아셨습니까?" 하고 반문했다.

"척 보면 알지요." 편집자가 대답했다. "데이토나 모조품을 차는 건 중범죄지요."

도쿄역에서 편집자와 헤어진 후에도 나는 계속 놀라움에 사로잡혀 있었다. 나를 제외한 모든 성인은 데이토나의 진위를 판별하는 능력을 표준적으로 갖추고 있는 것일까? 부끄럽게도 나는 지샥*과 애플 워치를 구분할 정도의 능력밖에 없다.

* G-SHOCK. 카시오의 디지털 브랜드.

교토 취재에서 돌아온 그 날, 나는 인터넷을 검색하여 데이토나의 진위 판별법을 공부했다. 정품 로고와 모조품 로고를 비교하고 긴바늘의 움직임을 배우고, 버클과 인덱스의 세부 사항에 관해서도 조사했다. 데이토나 모조품을 취급하는 유튜브 동영상을 보며 공부의 성과를 확인했다. 그리고 나는 이번에, 데이토나를 사기 위해 여러 곳의 롤렉스 매장을 돌아다니는 것을 '롤렉스 마라톤'이라고 부른다는 것도 알게 되었다.

다음으로 바바의 이름을 입에 올린 건 신칸센 그린 차에서 만나고 나서 몇 달 지난 연말이었다. 그해 고등학교 동창 송년회에서 바바 이야기가 나왔다.

나를 제외한 모두가 〈만화 일본 고등학교 옛날이야기〉를 읽었다기에 말이 나온 김에 나도 그 자리에서 처음으로 바바의 작품을 읽게 되었다. 어디선가 본 듯한 그림체에 개성이 느껴지지는 않았지만, 에피소드를 간결하게 정리하여 짤막하게 모아 놓아 술술 읽혔다. 우리 고등학교 편에서는 와코루 이야기(음모 도박과 마작)와 고지마가 하던 밴드 아르코발레노의 〈어린 양과 철새〉의 해석 이야기가 실려 있었다. 사실과 다른 점이 몇 군데 눈에 띄어서 조금 마음에 걸렸지만(음모 도박에서 승패에 따른 판돈이 달랐고 마작을 마작장에서 한 것으로 되어 있는 점), 에피소드를 만화로 작업할 때 다소 각색했을 수도 있고, 바바가 착각했을지도 모른다. 애초에 바탕이 된 우리 이야기도 사실인지 어떤지 확인할 방도는 없다.

"실은 와코루에게 연락해서 만화를 보여줬거든."

가토가 그렇게 말했다. "그 녀석, 만화 보고 뭐라고 한 줄 알아?"

"상상도 안 된다." 누군가가 말했다. 나도 조금 상상해 보았다. 자기도 모르는 곳에서 자기 이야기를 사용해 멋대로 작품을 썼으니 기분이 상했을지도 모른다. 생각해 보면 와코루에게는 못 할 짓을 했다. 어머니가 일했던 가게 이름은 밝히지 않았지만, 아는 사람이 읽다 보면 다키가와 이야기라는 것을 알 것이다. 고등학교 시절에 음모를 칩으로 써서 도박했다는 것이 들통나 기분 좋을 일은 없지 않겠는가?

"칠대자 도라도라가 아니라는 거야. '쓰모가 있으니까 만관*이다'라고."

"틀림없이 그건 그렇다만, 마음에 걸린 게 그쪽이야?" 니시가키가 말했다. "보통은 음모 쪽이 더 신경 쓰이는 거 아닌가?"

"그러게." 가토가 동의했다. "혹시 고지마에게 연락한 사람 있어? 나는 아무 말도 안 했는데."

* 최고점으로 이김.

대형 컨설팅 회사에 다니는 고지마는 와코루와 달리 자존심이 셌던 기억이 있다. 아르코발레노가 그런 식으로 사람들 입에 오르내리는 것에 기분이 상할지도 모른다.

수 초간 정적이 흘렀다. "역시 고지마에게는 말할 수 없겠지." 도도로키가 말했다.

"그 녀석, 진짜 분노 폭발할 것 같다."

"고소당할지도 몰라. 와세다대 법학부였잖냐."

참고로 송년회에서 바바에 관한 이야기를 한 건 그 정도였고, 이야기하려고 생각했던 손목시계 이야기는 나오지 않았다. 생각지도 않게 가타기리 이야기로 분위기가 후끈 달아올랐기 때문이다. 동창인 가타기리는 SNS에서 꽤 유명한 인플루언서가 되었고 월 회비 만 엔인 투자 관련 유료 블로그를 운영하고 있었다. 가위바위보에서 진 도도로키가 그 블로그에 가입하기로 했지만, 이러저러한 사정으로 결과적으로 내가 회원 등록을 했다.

연초에 가토에게 연락이 왔었다. 바바가 지금 나와 같이 술을 마시고 싶어 한다고 했다. 몇 초간 망설였지만, 가기로 했다. 결정타는 손목시계였다. 애써 데이토나의 진위 판별법을 공부했으니 오늘이야말로 성과를 시험해 볼 절호의 기회였다. 물론 본인에게 전할 일은 없겠지만, 그 슈뢰딩거의 고양이가 진짜인지 가짜인지, 내 마음속에서 확실히 해 둘 필요가 있었다. 바바의 손목시계가 진짜일까, 아니면 도도로키와 편집자의 말이 진짜일까? 어쩌면 나는 바바의 손목시계의 진위에 나 자신의 '사람 보는 눈'의 진위를 걸었는지도 모른다. 나는 그때까지도 바바가 좋은 사람이라고 생각하고 있었다.

바바와 가토는 다른 누군가와 함께 히로오에서 메밀국수를 먹고 있다는데 1차가 끝나고 2차가 정해지면 연락하겠다고 했다. 나는 일단 집을 나와서 에비스의 카페에서 책을 읽으며 연락을 기다렸다.

가토에게 연락이 온 건 오후 11시가 좀 지난 시각이었다. 나카메구로의 건물 5층에 있는 술집으로 오라고 했다. 서둘러 출발하여 가게에 도착하자 이미 바바와 가토가 와인을 마시고 있었다. 두 사람 모두 얼굴빛도 붉고 평소보다 목소리도 큰 걸 보니 이전 가게에서 꽤 거나하게 마신 모양이었다.

"여기까지 오라고 해서 미안하다." 가토가 말했다. "바바 선생님이 꼭 너랑 술을 마시고 싶다고 하셔서."

"바쁘신 와중에 죄송합니다." 바바가 고개를 숙이며 말했다.

"한가하니까 신경 쓰지 마세요"라고 말하며 나는 슬쩍 바바의 왼쪽 손목을 보았다.

손목시계를 차고 있는 건 변함이 없었지만, 놀랍게도 롤렉스가 아니라 다른 브랜드 시계로 바뀌었다. 물론 나는 그 브랜드에 관해 아무것도 모른다.

그래서 잠시 아연실색하는 바람에 내가 무슨 이야기를 했는지 거의 기억이 나지 않는다. 바바가 찬 손목시계의 진위를 밝히기 위해 이 자리에 왔는데 그 시계가 없다니. 히메지성城을 보기 위해 효고까지 왔는데 같은 자리에 듣도 보도 못한 성이 서 있는 듯한 기분이었다.

"……이야, 역시 정말 대단하십니다." 바바는 내 쪽을 보며 말했다. 나한테 하는 말인가? 나는 필사적으로 귓등으로 흘려보낸 말을 뒤늦게 쫓아가 본다. 분명 바바는 내가 최근 잡지에 쓴 소설을 읽었다고 했으니 그 감상을 이야기하고 있었을 것이다.

"그렇구나." 가토가 신통하다는 듯한 표정을 짓고 있다. "저는 이 녀석 책을 한 권도 안 읽었거든요."

"전혀 대단하지 않습니다." 내가 말했다. "안 읽으셔도 됩니다."

정신이 없어서, 가토에게 높임말을 쓰고 말았다는 것을 깨달았으나, 딱히 누구도 지적하지는 않았다. 테이블 위에 5천 엔짜리 지폐가 놓여 있었다. 나는 다시, 귓가를 스쳐 지나가고 있는 두 사람의 대화를 따라갔다. "앞 가게에서 남은 돈이다." 가토가 설명해 주었다.

"그런 이야기는 어떻게 하면 떠오르는 겁니까?" 바바가 물었다. 어떤 이야기를 묻는 것인지도 몰랐지만 나는 "우연이지요"라고 대답했다.

"우연이요?" 바바가 되물었다.

"그렇습니다. 이야기에서 나온 요소가 시간과 함께 우연히 연결되는 거죠."

반은 본심이고, 반은 이 순간을 모면하기 위해 적당히 둘러댄 말이었다. 시간과 함께…… 나는 바바의 손목시계를 다시 한번 본다. 짧은 바늘과 긴 바늘이 거의 겹쳐있는 걸 보니 자정이 거의 다 된 모양이다.

"구체적으로 어떤 느낌인가요?"

나는 "열두……" 하고 말문을 열었다. 말을 하면서도 나는 이야기를 어떻게 이어가야 할지 몰랐다. "……열두 살이 되기 직전의 일인데요. 학원비로 받은 5천 엔으로 형이랑 둘이서 메밀국수를 사 먹고 나서 스폿차*에서 놀았던 적이 있거든요. 집에 가는 길 내내 저는 후회했습니다. 이대로 돌아가면 엄마한테 눈물이 쏙 빠지게 혼날 것이 틀림없었기 때문이죠. '돈 때문에 힘든 친구에게 빌려주었다', '역 앞에서 모금 활동을 하는 사람

* 남녀노소 다양한 스포츠와 놀이를 즐길 수 있는 실내 레저 시설.

네가 손에 쥐어야 했던
황금애 대해서

에게 주었다', '길에 떨어뜨렸다' 등등 온갖 핑계를 생각해 봤는데 전부 다 금방 거짓말이라는 게 들통날 것 같았어요. 게다가 저랑 형은 학원비를 다 써 버렸을 뿐만 아니라, 학원을 빠지고 귀가도 평소보다 늦어졌고요. 설상가상으로 우리는 스폿차에서 너무 격렬하게 운동하는 바람에 속옷까지 땀범벅이 되어서 누가 봐도 학원에 다녀온 것으로는 보이지 않았겠죠."

"절체절명의 위기군요." 바바가 말했다. 가토는 팔짱을 낀 채 나를 물끄러미 보고 있었다.

"집 근처에 왔을 때 저는 섬광처럼 아이디어가 떠올라서 용돈으로 근처 슈퍼에서 손전등을 사자고 형에게 제안했어요. 우리는 지금 네 가지 문제를 안고 있습니다. 학원비를 몽땅 다 써버린 것. 학원을 땡땡이친 것. 귀가가 늦어진 것. 스폿차에서 놀고 땀범벅이 된 것. 이 네 가지 문제를 동시에 해결하는 이야기를 만들면 어머니가 수긍할 수 있지 않을까, 그렇게 생각한 거죠."

바바는 말없이 고개를 끄덕였다.

"집에 가서 어머니 앞에 서서 '학원비가 든 봉투를 자전거 바구니에 넣어 두었는데요'라고 말문을 열었죠. '바람이 불어서 봉투가 강가 잡목숲으로 날아갔어요. 큰돈이 들어 있으니 반드시 찾아야 한다고 생각했어요. 학원 시간도 아랑곳하지 않고 형이랑 같이 봉투를 찾았어요. 점점 어두워져서 용돈으로 손전등을 사서 둘이서 방금까지 계속 찾아봤지만, 찾지 못해서 속상했어요. 내일 다시 찾으러 갈게요.' 저는 탁자 위에 방금 산 손전등을 내려놓았습니다. 어머니는 제 이야기를 믿어 주셨고, '학원비 같은 건 신경 쓸 필요 없다'라고 동정까지 해 주셨죠."

"그렇군요." 바바가 고개를 끄덕였다.

"이야기를 만든다는 건 아마도 이런 것이 아닐까 생각합니다." 나는 말했다. 내가 한 이야기를 떠올리며 말을 이었다. "무언가 일을 일으켜 봅니다. 유치해도 괜찮고, 모순이 있어도 괜찮습니다. 마지막 단계에 이르러 그때까지 자신이 쌓아 올린 이야기의 약점을 묶어서 한 방에 해결합니다. 이 이야기의 경우는 '손전등'이죠. 자신의 소설 속에서 '손전등'을 찾는 겁니다. 순조롭게 풀리지 않으면 처음부터 다시 시작하는 거죠."

"오가와 씨가 말씀하신 '우연'이라는 말의 의미가 조금은 다가옵니다. 그건 그렇다 치고 상당히 영리한 어린이였군요."

"누가요?" 나는 물었다.

"오가와 씨말입니다." 바바가 말했다. "저라면 그렇게 스토리성이 뛰어난 변명은 죽어도 생각해 내지 못할 겁니다"

"아, 아뇨, 물론 저도 그런 변명은 생각해 내지 못합니다." 나는 말했다.

"무슨 말씀인지?" 바바가 물었다.

"전부 지금 지어낸 이야기입니다. 애초에 저는 형도 어머니도 없고요."

"네?" 바바가 입을 딱 벌린 채 말을 잇지 못했다. 가토가 "역시"라며 웃고는 5천 엔 지폐를 손에 집어 들었다. "게다가 우리가 어렸을 때는 스포츠카 같은 건 있지도 않았지."

나는 "이런 식으로, 적당한 이야기를 만들어 내는 것이 소설가의 일이죠"라고 말하며 입을 다물지 못한 채 일어서서 화장실을 향하는 바바를 바라보았다.

"형은 없어도, 어머니는 계시잖아."

바바가 화장실에 들어가고 나서 가토가 그렇게 말했다. "그렇지." 나는 중얼거렸다. 그러고 보니 엄마가 있었다. 그러나 그런 건 아무래도 상관없었다. 아까부터 계속 적당히 이런 말 저런 말을 했지만, 이야기를 만드는 법이란 작가인 나도 잘 모른다.

그날은 흔치 않게 날이 밝을 때까지 술을 마셨다. 나도 꽤 술을 마셨기 때문에 술집을 나온 후의 기억이 거의 없다. 마지막 가게에서 계산을 전부 바바가 했다는 것만 기억이 난다.

새벽녘, 나카메구로에서 택시를 기다릴 때, 바바는 내게 "소설가에게 필요한 재능은 뭐라고 생각하시나요?"라고 물었다.

"소설가에게 필요한 재능 따위 없는 것 같습니다." 나는 대답했다. "만화가와 달리, 그림을 그리는 능력도 필요 없고, 뮤지션과 달리 가창력이나 악기 연주 능력도 필요 없습니다. 소설가에게 필요한 건 아무 재능이 없는 겁니다. 우리는 다른 무언가가 될 수 없어서 소설을 쓰는 거지요."

"만화가도 마찬가지입니다." 바바가 대답했다. 나는 "역시 바바 씨는 좋은 분이시군요"라고 입 밖으로 말을 했거나 마음속으로 그렇게 생각했다. 어느 쪽이었는지는 기억나지 않는다.

야구에 대한 것이 마음에 걸려 정상적으로 일상생활을 할 수가 없었던 시기가 있다. 중학생 때 이야기다.

야구에는 도저히 이해할 수 없는 용어가 너무 많다. 예를 들어, '스트라이크', '볼', '아웃'이 있다. '스트라이크'는 '치다'라는 의미의 동사이고, 볼은 '공'이라는 의미의 명사이며, 아웃은 '밖으로' 혹은 '밖에'라는 의미의 부사와 전치사다. 품사가 제각각이어서 기분이 찜찜했다.

내야수를 퍼스트(일루수), 세컨드(이루수), 서드(삼루수), 숏(유격수)이라고 하는 것도 영 찜찜하다. '숏'이라니 대체 뭐지.

나는 야구부 친구들에게 질문을 던져 보았으나, 그들도 모르겠다고 답했다. 그들이 이 의미도 모른 채 야구를 하고 있다는 사실이 나는 당최 이해되지 않았다.

이 사람 저 사람에게 묻고 다니던 중에 '숏'이 왜 '숏'인지 알고 있는 야구팬이 내게 답을 가르쳐 주었다. 그 설명을 듣고 나는 일단 '숏'에 관해서는 수긍했다(요즘에는 인터넷에서 검색하면 곧바로 알 수 있다).

그러나 '스트라이크', '볼', '아웃'이라는 명칭에 관해서는 아는 사람이 아무도 없었다. 나는 그것이 마음에 걸려서 한동안 일상생활을 정상적으로 할 수가 없었다. 수업 중에도 나도 모르게 '스트라이크', '볼', '아웃'에 관해 생각했다. 애초에 '볼'이라는 게 무엇인가? 야구는 공을 사용하는 스포츠이므로 스트라이크존에 들어온 공도 전부 '볼'이지 않은가? 이해도 되지 않고 수긍할 수 없어서 짜증이 났다. 점심시간에 학교 도서관에서 야구에 관한 책을 읽어 봤지만, 어디에도 답은 없었다. 야구팬들은 품사가 섞여 있는 것에 관한 의문을 해소하지 않은 채로 어떻게 오 사다하루의 홈런 기록을 기뻐할 수 있는지 이해되지 않았다.

생각해 보면 당시부터 나는 모두가 나 같은 궁금증을 품고 살아가는 건 아니라는 것에 초조함을 느꼈다. 칠전팔기. 왜 넘어진 횟수와 일어선 횟수가 다른 걸까? 파랑, 빨강, 하양, 검정

가짜

은 뒤에 어미 'い'를 붙이면 형용사가 되는데 다른 색은 왜 그렇지 않을까? 어린이子供의 '供' 부분도 수긍할 수가 없었다. '아이子'를 '따라다니는 사람ぉ供'이라면 어른 아닌가? 이런 궁금증도 요즘은 인터넷을 검색하면 즉시 답을 알 수 있다. 이런 것을 물어도 어른들은 답을 가르쳐주지 않고 애당초 아무도 궁금해하지 않았다.

나는 다른 사람이 아무 생각 없이 지나쳐 버리는 일에 정신을 빼앗겨 엉거주춤한 채 앞으로 나아가지 못할 때가 있었다.

이것은 재능일까? 아니면 재능의 결여일까?

나는 '결여'라고 생각하며 살아왔다.

나 역시 신경 쓰지 않고 살 수 있다면 그렇게 살고 싶다.

그러고 나서 얼마 후, 가토에게 "요전에는 억지로 불러내서 미안했다"라는 메시지가 왔다. 갑자기 무슨 일인가 했더니 가토가 재혼한다는 소식을 전해 주었다. 결혼식은 올리지 않는다고 한다.

결혼에 관한 이야기가 얼추 끝나자 나는 "요전에 바바 씨가 차고 있던 손목시계, 무슨 브랜드였는지 아냐?" 하고 가토에게 물었다. 그 시계의 진위에 관해서도 공부해 볼까 생각하고 있었다.

가토에게 "몰라. 손목시계 같은 거 관심도 없고"라는 답이 왔다.

"그렇지. 신경 쓰지 마."

"그러고 보니 바바 선생, 어제 손목시계에 관한 만화를 올렸어. 아직 읽어 보진 않았지만."

나는 서둘러 바바의 트위터를 검색했다. 생각해 보니 바바의 트위터 계정을 보는 것은 처음이었다.

바바 류지. 만화가. (주)ES북스 CMO. (주)R키텍트 사외이사. 대표작은 〈만화 일본 고등학교 옛날이야기〉(전 7권), 〈말차와 선인장과 나〉(전 2권), 〈롤링-정처 없이 굴러다니는 내 인생〉(원작). 〈만화 일본 고등학교 옛날이야기〉가 누계 백만 부 돌파.

백만 부, 라는 숫자에 나는 깜짝 놀랐다. 나는 죽었다 깨어나도 다가가지 못할 숫자다. 트위터의 팔로워 수는 11만 명이나 되었고 내가 생각하는 것 이상으로 바바는 유명한 만화가였는지도 모른다……. 그런 생각을 하며 바바의 타임라인을 거슬러 올라갔다. 어제 올린 트윗에서 내가 찾던 것을 발견했다. 바바가 '가짜 데이토나를 1년간 차 본 결과'라는 타이틀의 만화를 '아찔 코믹스 매거진'에 업로드한 직후였다. 만화 소개문에서 바바는 '사람이 어떤 식으로 남을 깔보는가?'를 관찰하려고 일부러 데이토나 모조품을 차고 있었다고 한다.

열 페이지 분량의 짧은 만화라서 순식간에 다 읽었다.

바바는 이전부터 '다른 사람을 겉모습으로 판단'하는 행위에 혐오감을 느껴왔다(고 한다). 자신은 절대 그런 짓을 하지 않지만, 자신이 매우 신뢰하는 사람이 다른 사람을 겉모습으로 판단하는 모습을 여러 차례 보면서 그때마다 넌더리가 났다고 한다.

바바는 '남을 겉모습으로 판단'하는 사람이 그 후에 그 판단을 정정하는 일이 있을 수 있을까 하는 점에 흥미를 느꼈다. 그래서 자신이 직접 실험 대상이 되기로 마음먹었다. 만화에는 데이토나 모조품을 차면서 들은 갖가지 험담이 소개되어 있었다. '사기꾼', '허세 작렬', '세상에서 제일 촌티 난다', '만화도 짝퉁' 등등이다.

'이 실험으로 저는 예측한 것 이상으로 많은 것을 알게 되었습니다. 인종과 성별, 각종 장애. 이 세상에는 겉모습으로 차별을 당하는 사람이 수없이 많습니다. 물론 저 같은 사람과 같은 부류로 묶이는 건 달갑지 않으시겠지만, 그런 분들의 심정을 저는 조금이나마 이해하게 된 것 같습니다.'

'역시 바바 씨', '천재', '안티들 울겠네'와 같은 답글과 동시에, '데이토나에 대한 영업 방해다', '모조품이라는 것을 알고 산 건 범죄에 가담한 것이다' 등의 지적도 있어서 적지 않은 공방이 벌어졌다. 바바도 내심 겁이 났는지, 내가 만화를 다 읽었을 즈음에는 타이틀이 '가짜 손목시계를 1년간 차 본 결과'로 바뀌었다.

그래도 바바의 만화에 대한 악플 사태는 쉽사리 가라앉지 않았다. '몸에 차는 장신구는 자신이 선택할 수 있지만, 인종과 성별은 선택할 수 없으므로 별개다'라는 의견이나 '모조품을 착용했던 자신의 과거를 차별 문제와 결부시켜서 흐지부지 넘어가려 한다'라는 의견이 2000번 리트윗되었다.

그간 있었던 일을 자세하게 검색해 보니 아마도 '바바가 찬 손목시계, 데이토나 짝퉁 아니야?'라는 지적이 익명게시판 등에 자주 게재되었던 모양이고 꽤 오래전부터 검증 이미지 등도 만들어졌던 것 같다. 이전부터 지적해 온 사람들은 이번에 바바가 업로드한 만화에 대해 "짝퉁이라는 지적을 받고 망신을 당하자, 자신이 '일부러 모조품을 찼다'라는 스토리를 지어냄으로써 정당화하려고 한다"라고 생각하는 듯했다.

다음 날이 되자, 만화 자체가 '아찔 코믹스 매거진'에서 사라졌다. 만화가 사라진 것에 관한 코멘트도 없었다.

나는 일전에 바바와 술을 마셨을 때 내가 했던 말을 떠올렸다.

"무언가 일을 일으켜 봅니다. 유치해도 괜찮고, 모순이 있어도 괜찮습니다. 마지막 단계에 이르러 그때까지 자신이 쌓아 올린 이야기의 약점을 묶어서 해결합니다. 순조롭게 풀리지 않으면 처음부터 다시 시작하는 거죠."

그야말로 바바는 내 말을 실천한 것이 아닐까? 물론 나의 자의식 과잉일 뿐, 내 이야기와 바바의 만화는 아무 관계가 없을지도 모른다. 다만, 만약 관계가 없다고 해도, 두 가지가 비슷한 구조의 이야기라는 건 틀림없다. 바바는 가짜 손목시계를 차고 다녔다. 그 사실을 여러 사람이 알아차리고 지적했다. 다른 손목시계를 샀지만, 과거에 모조품을 착용했다는 사실이 사라지는 것은 아니다. 그래서 바바는 가짜 손목시계를 찼다는 이야기의 약점을 묶어서 '인간 관찰을 위해 일부러 찼다'라는 해결책을 생각했다……. 과도한 상상일까? 어쩌면 바바의 주장이 사실일 가능성도 있을 것이다. 정말 바바는 인간 관찰을 위해 일부러 모조품을 찼던 것일지도 모른다.

그러나 사실 여부를 떠나 바바가 그 만화를 업로드한 것은 잘못된 선택이었다고 생각된다. 바바의 주장이 진실이든, 거짓이든. 그의 예상 이상으로 불쾌감을 느낀 사람이 많았을 것이다. 그리고 무엇보다 만화로서 그다지 재미가 없다.

불특정 다수에게 사랑받는다는 건 동시에 불특정 다수에게 미움받는 것이기도 하다. 온 인류가 좋아하는 인격체가 존재하지 않는 것과 마찬가지로 온 인류가 사랑하는 만화나 소설도 존재하지 않는다. 나 같은 사람보다 훨씬 지명도가 있는 바바는 까닭 없는 중상과 악플에 상처를 받았을지도 모른다. 나로서는 판매 부수 백만 부를 기록한 만화가의 심정을 상상할 수도 없다.

나는 어쩌면 중요한 사실을 그에게 전달하지 않았는지도 모른다. 창작은 분명히 약점을 강점으로 바꾸는 행위이기도 하다. 하지만, 여기서 말하는 약점이란 작품에서의 약점이지, 작가 자신의 약점은 아니다. 작가는 자기변호를 목적으로 창작해서는 안 된다. 오히려 이야기를 재미있게 하기 위해서라면 자신의 약점을 폭로해도 상관없다는 각오가 필요하다.

나는 바바에게 미안한 마음이 들었다. 내가 즉흥적으로 한 이야기를 진심으로 받아들이는 바람에 그가 악플 세례를 받은 것인지도 모르기 때문이다. 아마도 나는 이 판국에도 아직 바바라는 인물을 나쁘게 생각하지 않았던 것 같다. 대체 왜? 나는 자문자답한다. 틀림없이, 처음 만났을 때의 인상이 강하게 남아 있기 때문이리라. 바바는 수수하지만, 품위 있는 복장에 태도는 조심스럽고 겸손했으며 미리 내 책을 읽고 올 정도로 배우는 데 열심과 열정이 있었고 무엇보다 내게 호의적이었다 (고 느꼈다). 신칸센에서 긴 이야기를 나눴고 그 후에도 "함께 술을 마시고 싶다"라며 술자리에 불러 주었다.

가짜

나는 역시, 겉모습과 첫인상만으로 바바라는 사람을 판단하는 우를 범한 것일까?

만약 내가 타인을 겉모습만으로 판단하고 있다면 가짜 손목시계조차 간파하지 못한 내게 그럴 자격이 있을까?

그날 내내 나는 인터넷에서 바바에 관해 검색했다. SNS에서 검색하고, 익명게시판을 과거까지 거슬러 올라갔으며 악의로 똘똘 뭉친 듯한 앙케트 사이트, 몇 년이나 바바를 끈질기게 물고 늘어지는 블로그 등을 찾아보았다. 내가 몰랐을 뿐, 인터넷상에는 바바에 관한 글이 산더미만큼 남아 있었다.

바바의 열광적인 팬도 상당수 있었다. 그와 동시에 바바는 격렬하게 미움받고 있었다. 예를 들면, '바바 싫어'라고 검색하면 제삼자가 읽어도 상처가 될 정도로 가혹한 글들이 넘쳐났다.

바바는 매일같이 SNS에서 이런 환경에 노출된 상태로 지냈다는 말인가, 나는 전율했다. 나에게는 바바만큼 다수의 열광적인 팬도 없고 바바만큼의 안티팬도 없다. 내 이름을 인터넷에서 검색해도 작품을 읽고 '재미있었다'라든가 '형편없었다' 정도의 감상뿐이다. 가끔 화가 치미는 글도 있지만, 몇 초 지나면 잊어버린다.

바바를 싫어하는 사람은 인생의 상당 부분을 바바의 흠집과

네가 손에 쥐어야 했던
황금에 대해서

실패 찾기에 소비하고 있다. 아무래도 바바는 그만큼 '미워할' 가치가 있는 모양이다. 인터넷상에는 '바바학學'이라는 가상의 학문이 있는데 그 학문은 바바의 행동을 '일정한 규칙으로 해독'한다고 주장한다. '바바학'에 어느 정도 정당성이 있는지 바바의 작품을 거의 읽은 적이 없는 나는 판단할 수 없지만, 명백하게 생억지거나 악의적으로 사실을 왜곡한 듯한 기술도 있어서 읽는 것만으로도 마음이 아팠다. 아픈데도 나는 읽기를 멈출 수가 없었다. 그것은 내가 소설가이기 때문일 수도 있고, 혹은 내가 어리석은 인간이기 때문일 수도 있다. 어쨌든 그 글들에 응축된 악의에 내 마음을 사로잡는 구심력이 있었던 것은 사실이다.

예를 들어, 바바학에 따르면 "변명의 여지가 없는 문제를 일으켰을 때 바바는 사죄도 하지 않고 반론도 하지 않는다. 그저, 사실을 흐지부지 넘기려 한다"는 모양이다. 구체적인 예로서, 바바가 키우는 고양이는 '소방묘'라고 불렸다. 악플의 '불길을 끄는 소방수'로 이용되는 고양이라서 '소방묘'다. 바바는 악플 세례를 받을 때마다 그가 키우는 고양이 사진을 연신 올린다고 한다. 중상비방 글들을 과거로 보내고 흐지부지 무마하기 위해서다⋯⋯. 익명게시판에는 그런 해석이 있었다. 그런 말도 안 되는 일이, 라고 생각하며 바바의 트위터를 확인하자 짝퉁 데이토나 건으로 악플이 쏟아졌을 때 바바는 고양이 사진 열 몇 장을 올렸었다. 물론 우연히 고양이 사진을 올렸을 뿐일 수도 있고, 악플에 상처받아 고양이와 놀았던 것일 수도 있다.

"바바의 행동은 전부 '인정욕구'라는 네 글자로 설명할 수 있다"라는 것도 바바학의 학설 중 하나다. 예를 들어, 바바는 자신이 인기 만화가라는 것을 연출하려고 트위터 팔로워 수나 판매 부수를 부풀리고 있다고 한다. 정성스럽게도, 바바의 팔로워 수 변동을 그래프로 만들어 올린 사람도 있었는데 비정기적으로 팔로워가 급증한다는 점에서 돈을 주고 팔로워를 사는 것이 아닐까 하는 의혹을 제기했다. 이것에 관해서는 아무 관계도 없는 나도 반박할 수 있다. 바바는 인터넷에 작품을 업로드하여 인기를 얻은 만화가다. 비정기적으로 팔로워 수가 급증하는 것은 인터넷에서 화제가 되거나 트윗이 갑자기 인기를 끌었을 때였을 것이다. 아니 그보다 팔로워를 돈으로 사서 보여주기용 숫자를 늘리는 것에 무슨 의미가 있을까……. 그런 생각을 하고 있자니 '팔로워 수를 늘림으로써 인플루언서 마케팅 의뢰를 받을 때 광고 만화 단가를 높인다'라는 지적도 있었다. 이 의견에는 '그렇군. 실익도 있다는 건가?' 하고 수긍되는 부분도 있었지만, 그렇다고 해서 팔로워를 돈으로 사고 있다고는 생각되지 않는다. 판매 부수 눈속임에 관해서는 '업계 사정을 잘 아는 동종 업계 종사자'라는 사람이 "바바는 판매 부수에 전자 서적의 다운로드 수뿐만 아니라 무료 체험판의 다운로드 수까지 합산하고 있다"라는 설을 주장했다. '누계 백만 부 돌파'를 주장하는 〈만화 일본 고등학교 옛날이야기〉도 실제 판매 부수는 14만 부 정도인데 전자판 다운로드 수가 약 20만 건, 나머지는 무료 체험판과 '아찔 코믹스 매거진'의 페이지뷰를 합산한 것이라는 이야기다. 이렇게 누계 부수와 팔로워 수를 부풀림으로써 광고 단가를 높이는 수법은 '바바식 연금술'이라고 불리며 바바 외에도 이 방법으로 돈을 버는 작가의 이름이 열거되어 있었다. 가까운 업계에 있는 자로서, 있을 법한 이야기라고 느끼면서도 물증과 근거가 있는 것은 아니므로 바바가 실제로 '연금술'을 사용하고 있다고는 확신할 수 없다.

바바가 차고 있었던 가짜 손목시계에 관한 고찰도 있었다. "바바는 자신을 얕보는 동종 업계 사람들이나 안티팬에게 자신의 우위를 과시하려고 돈 자랑을 한 것"이라는 의견이었다. 바바가 데이토나 모조품만 찬 것이 아니라 다른 브랜드의 모조품도 가지고 있었다는 흔적도 검증되어 있었다.

가장 관심이 갔던 건 바바의 표절 의혹이다. "바바는 제 머리로 재미있는 이야기를 생각해 낼 능력이 없으므로 항상 타인의 이야기를 훔친다."

이것에 관해서는 상당한 물증이 제시되어 몇 가지 '바바학' 학설 중에서도 가장 신빙성이 높았다. 예를 들어, 바바의 〈나의 조금 특이한 친구, 가키네〉의 에피소드가 어느 블로그에서 도용된 것이라는 이야기가 있었다. 나도 실제로 그 블로그를 읽어 보았는데 바바는 블로그 에피소드를 그대로 사용했다. "여분 티셔츠를 물려주러 필리핀에 간 이야기"도 다른 블로그의 내용 및 그 블로그에 게재된 사진의 구도를 거의 그대로 사용했다.

그렇게 따지면 바바의 출세작인 〈만화 일본 고등학교 옛날이야기〉도 다른 사람에게서 모은 에피소드를 만화로 그린 작품이었다. 〈만화 일본 고등학교 옛날이야기〉는 작품의 콘셉트 자체에 '수집'이라는 요소가 있으므로 어떤 의미에서는 표절이 합법화되었다고 할까, 정정당당하게 남에게 들은 이야기를 만화로 그릴 수 있었던 것이다. 그 구조 때문인지 바바를 싫어하는 사람들도 〈만화 일본 고등학교 옛날이야기〉는 어느 정도 높이 평가하는 듯한 느낌이 들었다.

그렇긴 하지만, 바바가 "항상 남의 이야기를 훔친다"라고 말할 수는 없다. 검증을 통해 확실히 표절이 확인된 건 두 가지 사례뿐으로 그 외의 사례는 억지거나 일부분이 일치했을 뿐이다. 물론 표절은 용서받을 수 없는 행위이므로 창작자로서 단

죄받아야 하지만, '항상'은 과장된 말이리라. 이야기를 창조하는 행위에는 언제나 과거 창작자와의 유사성이 따라다닌다. 우연히 내용이 비슷한 예도 있고 무의식중에 어디선가 들은 이야기를 도용하는 때도 있다. 창작자는 그 공포와 늘 싸우며 일을 한다.

마감이 이미 사흘이나 지난 소설에는 손도 못 댄 채 그다음 날도 나는 내내 바바에 관해 검색했다.

끊임없이 바바에 관해 찾아보면서도 희한할 정도로 바바의 작품을 읽어 볼 마음은 들지 않았다. 나는 만화가로서가 아닌, 한 인간으로서의 바바에 대해 흥미를 느끼는 것일까? 아니면 '바바의 독자'가 되어, 바바 류지라는 만화가와 바바 본인의 실제 모습 사이의 괴리감을 발견할까 봐 두려운 걸까? 아니, 그런 이유가 아니라, 나 스스로도 언어로 꼬집어 말할 수는 없지만, 바바의 작품을 읽는 것이 두려웠다.

나는 바바의 트위터를 거슬러 올라가 2주 전에 소셜미디어에 공개된 바바의 인터뷰 동영상을 보았다. 인터뷰 중에 바바는 "만화가에게 필요한 재능 따위 없는 것 같습니다"라고 대답했다. "그림이 좀 서툴러도 만화를 그릴 수 있습니다. 만화가에게 필요한 것은 아무 재능이 없는 겁니다. 우리는 다른 무언가가 될 수 없어서 만화를 그리는 겁니다."

나는 그 발언을 들은 순간, 황급히 동영상을 정지했다. 불쾌감을 느껴서도 바바에게 화가 나서도 아니었다. 내가 예전에 이런 말을 했었나 하는 생각이 들어 왠지 갑자기 부끄러워졌기 때문이다.

나는 이 발언에 대해 '내 말을 훔쳤다'라고 눈에 쌍심지를 켤 생각도 없다. 나는 스스로 생각하여 그렇게 말했지만, 나 외에도 이 같은 말을 하는 사람이 있을 것이다. 다만 왠지 부끄러웠다. 나 자신이 부끄럽고 바바가 부끄러웠다.

그 인터뷰에 관련 동영상으로 "바바 류지가 좋아하는 미스터리에 관해 말한다!"라는 것이 떴기에 나는 그만 열어 보고 말았다.

바바는 자기가 매우 좋아하는 미스터리 작품 세 편을 소개하고 그 스토리를 해설했다.

평범한 동영상이었다. 바바가 소개한 세 작품 모두 독자들의 평판이 높았고, 스토리 요약도 무난했다. 나는 인터뷰 영상을 틀어놓고 빨래를 개켰다.

"이전에 미스터리 소설에서 범인 맞히는 법을 가르쳐드리는 만화를 그린 적이 있습니다." 동영상 중간에 바바는 이렇게 말했다. "궁금하신 분은 꼭 〈추리력이 전혀 없어도 범인을 맞히는 방법〉이라는 만화를 구매하셔서 읽어 보세요."

왠지 불길한 예감이 들었다. 나는 무의식중에 이런 일이 일어날지도 모른다고 생각했기 때문에 바바의 만화를 읽지 않았던 것이다.

나는 〈추리력이 전혀 없어도 범인을 맞히는 방법〉이라는 만화를 차마 끝까지 읽을 수가 없었다. 부끄러웠기 때문이다. 거기에는 거의 토씨 하나 바꾸지 않고, 신칸센의 그린 차에서 내가 바바에게 말했던 것이 쓰여 있었다. 최초 용의자가 범인일 확률은 낮다는 것. 언뜻 봐서는 동기가 없고 완벽한 알리바이를 가진 사람이 유력한 범인 후보라는 것. 시력을 잃은 사람은 실은 눈이 보이는 경우가 많다는 것. 명품을 몸에 휘감은 사람에 관한 이야기, 길가에 떨어진 와이셔츠 소매 단추 이야기까지 쓰여 있었다. 몇 페이지를 남겨 두고 나는 읽기를 그만두었다. 어쩌면 남은 부분에 바바 자신의 의견을 담았을지도 모른다……. 그렇게 믿고 싶었기 때문이다.

'내 이야기를 훔쳤다'라는 분노는 전혀 없었다. 이런 유의 이야기는 나만 깨달은 법칙도 아니고 전혀 특별한 것도 아니다. 미스터리 소설을 어느 정도 읽어 본 사람이라면 많이들 아는 사실일 것이다. 딱히 나는 바바를 고소하거나 표절을 고발할 마음도 없다. 증거도 없다. 나는 그저, 부끄러웠다. 내가 이전에 남에게 이런 이야기를 했다는 사실이 부끄러웠다.

나는 바바의 작품 페이지에 〈스폿차에서 놀다가 학원비를 몽땅 써버린 이야기〉라는 제목을 발견하고 머리를 감싸 안았다. 게다가 더 이전까지 거슬러 올라가 보니 〈야구부를 사흘 만에 그만둔 아카바네의 그린웰〉이라는 만화도 있었다. 신우라 야스를 아카바네로 바꾼 부분이 공연히 더 창피했다.

나는 바바의 트위터를 열었다. 악플 따윈 없었다는 듯이 다음번 만화 동인지 행사에 출품할 만화가 소개되어 있었다. 최신 트윗에서는 "이번 달 택시비가 30만 엔이 넘었다. 망했다"라고 쓰여 있었다.

대체 뭐가 망했다는 것일까? 망했다고 생각하면 택시를 타지 않으면 되는 것 아닐까? 이것이 무슨 자랑이라고 한다면 어떤 종류의 자랑일까?

"거봐라, 내가 말했지?" 내 뇌리에서 상상 속의 도도로키가 말했다. "그자는 가짜다. 나는 처음부터 알고 있었지만."

나는 반론을 제기한다. 어쩌면 바바는 사람들에게 무시당하며 살아왔을지도 모른다. 자신이 성공해서 택시비로 30만 엔씩이나 지불할 수 있는 사람이 되었다고 밝힘으로써 자신을 무시했던 사람들의 코를 납작하게 해 주겠다고 생각했을지도 모

네가 손에 쥐어야 했던
황금에 대해서

른다.

"그럴지도 모르지." 도도로키는 수긍했다. "하지만 그렇다고 하면 그야말로 가짜 아니냐?"

그로부터 수개월 동안, 나는 두 번 바바의 이름을 떠올렸다. 한 번은 만화 편집자인 대학 친구와 술을 마실 때였는데 바바 이야기를 할까 잠시 망설이다가 하지 않았다. 그 편집자가 바바를 높이 평가하든 무시하든 불쾌한 기분이 들 것 같았기 때문이다. 또 한 번은 트위터의 타임라인에 바바의 트윗이 끼어 있었다. 어떤 알고리즘인지 모르겠다.

"이것은 모든 인류에게 몇 번이고 당부드리고 싶은 말씀입니다만, 아이디어는 갑자기 하늘에서 쏟아지는 소나기 같은 것이 아니라, 땅속의 양분을 흡수하여 싹을 내는 식물과 같은 것입니다"라는 문장이었는데 200회 정도 리트윗되어 있었다. 바바가 '아이디어' 이야기를 하는 것도 견딜 수가 없었고, 이 말 역시 누군가의 말을 주워섬긴 것일지도 모른다는 생각이 들어서 견딜 수가 없었다. 나는 몇 초간 생각한 끝에 바바의 계정을 뮤트 처리했다.

내가 마지막으로 바바와 얽힌 건 그로부터 반년 후의 일이었다. 데이토나 소동은 흐지부지 무마된 채 사람들의 기억 속에서 잊혀 갔다. 당시는 열심히 검색했던 나 역시, 바바에 관해서도 데이토나에 관해서도 새까맣게 잊고 있었다.

이전에 교토 취재에 동행했던 편집자에게 메일이 왔다. 어느 비즈니스 미디어의 유튜브 채널에서 나에게 출연 의뢰가 왔다고 했다. 〈청년 오피니언 리더가 구직 활동 중인 대학생과 대졸 신입사원 대상으로 '직업론'을 말하다〉라는 프로그램으로 제8회 대담을 꼭 오가와 씨에게 부탁하고 싶다는 의뢰를 받았다고 했다. 의뢰 메일에서 의뢰인인 기시모토라는 프로그램 스태프가 얼마나 열심히 내 책을 읽었는지 어필했다.

일부러 나를 선택해 주었는데 거절하는 게 미안하다는 생각을 하면서도 의뢰서를 가볍게 훑어봤을 뿐 "거절해 주세요"라고 편집자에게 답신을 보냈다.

"이유는 뭐라고 할까요?" 편집자가 물었다. 나는 일을 거절할 때는 솔직하게 대답하는 주의이므로 "저는 제대로 구직 활동을 해 본 적도 없고, 기업에서 직원으로 근무해 본 적도 없습니다. 애초에 '직업론'이라고 할 만한 것도 없으니 할 말이 없습니다"라고 전해달라고 했다.

보통은 이걸로 끝나는데, 의외로 의뢰인이 집요했다. "저희로서는 직업인의 형태가 '대졸 신입 채용'만은 아니라는 것과 프리랜서로서 살아가는 삶의 가치 등도 전하고자 합니다. 이전에

네가 손에 쥐어야 했던
황금에 대해서

도 프리 저널리스트인 쇼지 에마 씨도 출연해 주셨고요. 만약 오가와 선생님이 '직업론'이 없으시다면 '직업론 같은 건 필요 없다'라는 이야기를 해 주셔도 상관없습니다. 일정은 저희가 모두 오가와 선생님께 맞추겠사오니 부디 재고해 주실 수 없을까요?"

그때야 비로소 나는 의뢰인의 유튜브 채널을 확인해 보았다. 제7회분까지 업로드되어 있었는데 어디선가 이름을 들어 본 사람들이 '직업론'에 관해 이야기한 동영상들이었다. 모든 동영상이 수만 회 이상 조회된 것으로 보아 시청자 수는 그럭저럭 되는 모양이다. 마음에 걸리는 것은 모든 동영상이 대담 형식이라는 점이었다.

다시금 나는 의뢰서를 자세히 읽어 보았다. 분명히 '대담 형식'이라고 명기되어 있었고 '※ 대담 상대에 관해서는 향후 저희가 검토합니다'라는 주의 문구까지 있었다.

거절할 이유가 모조리 사라져 버려서 나는 난처해졌다. 상대편의 메일에 답신을 보내지 못한 채 며칠이 흘렀는데 다시 메일이 왔다. "대담 상대는 바바 류지 님으로 정해졌습니다"라는 내용이었다. 점점 더 어떻게 답을 해야 할지 막막했다. 나는 오랜만에 바바의 트위터를 보았다. 트윗 빈도가 줄었고 정기적으로 업로드하던 만화도 데이토나 사건 이후 업로드된 것이 없었다. 아무리 그 바바라도 반성한 것일까? 확인을 끝낸 후 나는 또다시 바바를 뮤트 처리했다.

그때 기다렸다는 듯이, 바바에게 직접 LINE으로 메시지가 왔다. "오가와 씨께서 유튜브 대담 의뢰 건에 대한 답신을 잊으신 것 같다는 말을 기시모토 씨에게 들었습니다. 어떻게 출연할 수 있을 것 같습니까?"

나는 망설인 끝에 "일정상 어려울 것 같습니다. 번거롭게 해서 죄송합니다. 제가 기시모토 씨께는 연락드리겠습니다"라고 답했다.

바바는 "알겠습니다! 조만간 같이 술이라도 마시러 갑시다!"라고 했다. 나는 "네!"라고만 답변을 보내고 나서 기시모토 씨에게 보낼 메일을 쓰기 시작했다.

아마 이것이 바바와는 마지막 연락일 것이다. 앞으로 설령 바바에게서 연락이 온다고 해도 함께 술을 마시러 가는 일은 없을 것이고 그런 연락 자체도 오지 않을 것이다. 왜냐하면, 바바는 만화가를 그만두었기 때문이다.

그 사실은 가토에게 직접 들었다. 내가 관찰한 바로는 아직 인터넷상에서는 화제도 되지 않았다.

데이토나 논란 후부터 바바의 만화 업데이트가 중단된 것은 그가 이혼했기 때문으로 데이토나 논란과는 관계가 없다고 한다. 나는 바바가 기혼자였다는 것도 몰랐는데, 바바의 아내는 그의 어시스턴트였던 모양이다. 지금까지 바바의 이름으로 발표된 모든 만화는 바바의 아내가 그린 것이었다고 한다. 대필 작가였던 사실을 비밀에 부치는 대가로 바바는 아내에게 거액의 위자료를 지불하고 만화가를 그만두었다고 한다.

"타인의 소재들로 만화를 그린 것까지는 그렇다 쳐도 말이지." 가토는 말했다. "그 만화 자체가 다른 사람이 그린 거면 대체 바바 씨는 뭘 했던 거지?"

"모르겠다." 나는 대답했다.

가토와 헤어진 후, 혼잡한 긴자선에 몸을 맡긴 채 나는 바바에 관해 생각했다. 나는 줄곧, 바바에 관해 진지하게 생각하는 것이 두려웠다. 왜냐하면, 그의 존재 자체가 '작품을 남긴다'라는 일의 허구성에 관해 끊임없이 질문을 던졌기 때문이다.

적어도 내가 직접 만났던 바바는 호감을 주는 사람이었다. 태도가 겸손하고 타인을 존중하는 사람이었다. 그러나 그것은 틀림없이 내게서 만화의 소재를 얻기 위해서였을 것이다. 나는 그 사실을 간파하지 못했다.

나도 항상 일 관계로 만나는 사람과 척지지 않도록 조심하고 있다. 상황에 따라서는 내 의지를 굽힐 때도 있다. 그건 내가

가짜

263

생계 수단인 일을 얻기 위해서다. 바바 역시 마찬가지일 것이다. 그가 나에게 보였던 태도는 그의 본질과는 관계가 없었다.

더욱이 그의 작품이 '타인의 소재'에 의해 성립되었다는 점도 나는 떳떳하게 비판할 수가 없다. 나도 자주 '타인의 소재'로 소설을 쓰고 있기 때문이다. 조사를 통해 흥미로운 사실을 발견하고 그것을 가공하여 소설로 만든다. 창작물은 타인의 인생을 재료에 추가함으로써 완성된다. 적어도 내 경우는 그렇다.

이렇게 내가 바바에 관해 생각할 수 있게 된 건 분명 바바가 만화조차 그리지 않았기 때문이다. 나는 틀림없이 나 자신과 바바를 가르는 선을 발견할 수 있어서 안심이 된 것이다. 나는 스스로 글을 쓴다. 설령 그 글이 형편없다고 해도 작가로서 책임을 질 수 있다.

그러나, 동시에 내가 안심하고 있다는 사실 자체에 불쾌감을 느낀다. 내 이름으로 발표되는 작품을 내 손으로 쓴다……. 이건 자랑할 만한 일도 아니다.

시부야역에서 환승하려고 지하를 걷는다. 금요일 밤의 시부야는 혼잡하다.

"만화가에게 필요한 것은 아무 재능이 없는 겁니다. 우리는 다른 무언가가 될 수 없어서 만화를 그리는 겁니다."

바바의 음성으로 이 말이 재생된다. 바바는 대체 어떤 심정으로 그 말을 했을까? 나는 대체 어떤 기분으로 그 말을 했을까?

"전부 엿 같다." 나도 모르게 말이 튀어나왔다. 앞에서 걸어가던 여성이 깜짝 놀라 나를 돌아봤다. 나는 꺼질 듯한 목소리로 "죄송합니다"라고 말하고 빠른 걸음으로 그녀를 지나쳐 간다.

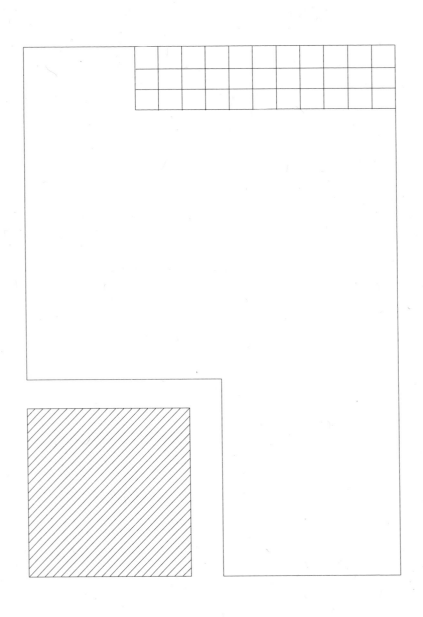

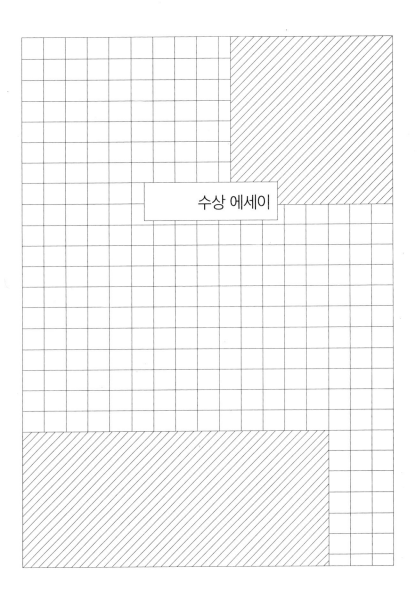

수상 에세이

2018년 4월, 야마모토 슈고로상 최종 후보에 올랐다는 전화를 받았다. 나는 서른한 살, 소설가로서 데뷔하고 나서 2년 반 정도 지난 시점이었다. 3월에 아르바이트와 박사 과정을 그만두고 소설만으로 생활하게 된 직후의 일이다.

그날을 또렷하게 기억한다. 월말까지 써야 할 단편이 한 편 있었는데 나는 어떤 이야기를 써야 할지 정하지도 못한 채 아침부터 줄곧 업무 책상 앞에서 머리를 쥐어짜고 있었다.

내 경우 단편소설은 전체의 구조가 보이면 단숨에 써 내려갈 때가 많다. 역으로 말하면 아무리 설정과 등장인물이 정해졌다고 해도 전체 구조가 정해지지 않으면 글을 시작하기가 여간 어려운 게 아니다. 집 근처를 어슬렁어슬렁 거닐며 이것도 아니야, 저것도 아니야 하며 생각에 잠겨 있었다.

이야기의 큰 틀은 얼추 잡혔고, 등장인물 한 사람도 정해졌다. 프레데릭 튜더라는 남자다.

프레데릭 튜더가 무슨 일을 한 사람인지 아는 사람은 거의 없을 것이다(물론 나도 조사하기 전까지는 몰랐다). 그는 18세기 보스턴에서 태어난 미국 상인으로 세계 최초로 천연 얼음을 채빙하고 저장하여 판매한 사람으로 알려져 있다.

나는 '얼음 이야기'를 쓰기로 정했다.

그렇게 생각한 이유는 가르시아 마르케스의 『백 년 동안의 고독』에 있다.

『백 년 동안의 고독』 첫 부분은 다음 문장으로 시작한다.

"많은 세월이 지난 뒤, 총살형 집행 대원들 앞에 선 아우렐리아노 부엔디아 대령은 아버지에 이끌려 얼음 구경을 갔던 먼 옛날 오후를 떠올려야 했다."

나는 이 문장을 스무 살 때 시모기타자와 스타벅스 지하 좌석에서 처음 읽었다. 이 문장을 읽은 순간, 무척 감동했던 기억이 선명하다. 사실 이 문장에는 이후 수백 쪽이나 이어지는 『백 년 동안의 고독』이라는 소설에 포함된 모든 요소가 단적으로 담겨 있으므로 그 점에서도 감동적인 첫 문장이었지만, 그

때 내가 감동했던 까닭은 좀 더 단순한 부분이었다.

이 문장을 읽고 당시 나는 우선 총살형 집행 대원들 앞에 선다는 건 어떤 것일지 상상했다. 그리고 그 후 내가 처음 얼음을 봤을 때를 떠올려 보려고 했으나 무리라는 것을 깨달았다. 그이유는 사물을 인식하기 시작했을 때부터 늘 얼음이 내 주위에 있었기 때문이다. '엄마 얼굴'이나 '푸른 하늘'과 마찬가지로 나는 '얼음'을 냉동실 문을 열면 거기에 있는 일상적이고 당연한 존재로 생각했었다. 그러나 어느 시기까지, 얼음은 당연한 것이 아니었다. 그렇기에 이 문장에 감동한 것이었다.

나는 스타벅스 탁자 위에 놓아둔 아이스커피의 얼음을 물끄러미 바라보았다. 투명한 고체가 검은색 액체 속에 떠 있었다. 아무리 바라봐도 얼음을 처음 봤을 때는 떠오르지 않았다. 나는 얼음을 몰랐던 소년이 난생처음 얼음을 보았을 때의 기분이 어땠을지 상상해 보려고 인터넷을 떠올렸다.

나는 처음으로 인터넷이 연결된 날을 기억한다. 열한두 살 때였다. 토요일 낮에 가전제품 판매점 직원이 와서 전화선 부근에서 공사를 했다. 그 직원이 돌아가고 나서 아버지가 거실에 놓여 있던 컴퓨터에 랜선을 꽂았다. 이것저것 설정을 마치고 종이에 메모해 둔 것을 보며 사용자이름과 패스워드를 입력했다. 마지막으로 '접속'이라고 쓰인 버튼을 클릭했다. 다이얼 소리가 난 후, "삐- 삐리리" 하는 소리가 나더니 곧 멈추고 나서 인터넷이 연결되었다. 아버지가 야후 링크를 입력하고는 "딱 오 분만 하게 해 줄게"라며 허락해 주었다.

대부분 나는 내가 알고 싶어서 소설을 쓴다. 처음 얼음을 봤을 때 어떤 기분이었는지 내 나름대로 생각해 본다. 그래서 얼음 이야기를 쓰기로 정했다. 우리 집 인터넷이 연결된 날의 기억에 의존하며.

책상 앞에 앉아 나는 눈을 감았다. 머릿속에는 아직 한 자도 쓰지 않은 단편소설의 첫 장면만이 존재했다. 냉장고가 등장하기 전, 먼 옛날의 이야기다. 무대는 카리브해 연안의 항구도시. 그 항구도시는 열대지역이라서 12월에도 기온이 20도를 밑도는 일은 없다. 계절은 우기와 건기뿐, 겨울 추위 등도 존재하지 않는다. 주인공은 이 도시에서 태어나고 자란 소년이다. 소년은 얼음이라는 것을 알지 못한 채 자랐다.

1805년 여름 어느 날, 이 항구도시에 미국에서 쾌속선이 입항하여 교역용 상품을 하역했다. 소년은 상선이 싣고 다니는 세계 각국의 진기한 물건들을 바라보는 것을 좋아하여 배가 들어오면 반드시 선창으로 갔다. 항만 노동자는 밀이 가득 담긴 포대와 광석이 든 나무상자를 내리고 나서 톱밥으로 덮인

반짝반짝 빛나는 거대하고 투명한 정육면체 덩어리를 옮겼다.

얼음이다.

쾌속선에서 선장 프레데릭 튜더가 내렸다. 젊은 남자다. 이마에 곱슬머리가 달라붙어 있고 카리브해의 강렬한 햇빛에 눈을 가늘게 떴다. 튜더는 얼음 앞에 서서 크게 숨을 들이쉬더니 천천히 뱉어낸다. 얼음을 덮고 있는 단열용 톱밥에서 아스라이 수증기 같은 연기가 피어오르고 있었다.

"이건 뭐예요?" 튜더 곁으로 다가온 주인공 소년이 묻는 말에 튜더는 "얼음이란다"라고 답했다. 소년은 그 단어를 알고는 있었다. 교회 주일학교 선생님에게 들었기 때문이다. 바다 저편, 아주아주 멀리 추운 곳에 있는 차갑고 투명한 돌덩이.

"만져 봐도 돼요?" 소년이 물었다. 튜더는 싱긋 웃으며 고개를 끄덕였다. 소년은 마치 다이아몬드를 만지듯이 오른손을 뻗었다. 밤바다보다도 훨씬 차가운 감촉에 저도 모르게 신께 기도를 올렸다.

그 나름대로 흡인력 있는 첫 장면인 것 같다. 그런데 문제는 이 이야기가 어떻게 전개되어 갈지 보이지 않는다는 것이다. 그래서 고민이다.

튜더 밑에서 일을 시작한 소년은 쾌속선에 타고 무역 일을 돕게 된다. 몇 번째인가의 항해에서 소년은 처음 겨울을 경험한

다. 보스턴에서 얼음을 배에 싣고 배 밑바닥 암실로 옮긴다. 그
때 소년은 시장에서 사서 몇 입 먹다 만 볼드윈 품종의 사과를
얼음 옆에 살짝 놓았다. 너무나도 맛있어서 여동생에게도 나눠
주려고 생각한 것이다. 그렇게 소년은 카리브해로 돌아온다. 서
둘러 집으로 돌아와 그를 기다리고 있던 여동생에게 사과를
준다. 여동생은 사과를 먹고 무척 기뻐하며 엄마에게도 한 입
주고 싶다고 말한다. 소년은 '이건 좋은 장사가 되겠어'라고 생
각하고 튜더에게 얼음과 함께 과일을 운반하자고 제안한다. 튜
더는 소년의 제안을 받아들인다.

마침내 청년이 된 소년은 자기 배를 가지게 되었다. 오대호에
서 잡은 생선과 뉴잉글랜드산 소고기를 수입한다. 카리브해 연
안 사람들은 그때까지 먹어 본 적 없는 음식을 보고 흥분한다.

그런 전개를 생각한다. 나쁘지 않은 이야기지만, 그것만으
로는 소설이 되지 않는다. 기승전결로 말하면 '기'와 '승'일 뿐,
'전'과 '결'이 없다. 나는 '전'이 될 만한 무언가를 생각해야 했
는데 도무지 갈피를 잡지 못한 채 며칠간 머리를 감싸 안고 있
었다.

그러고 있을 때 모르는 번호로 전화가 걸려 왔다. 정오가 좀
지났을 무렵, 나는 집의 책상 앞에 앉아 참고 자료로 모은 당시

네가 **손에 쥐어야 했던**
황금에 대해서

무역선의 설계도를 바라보기도 하고 냉동실에서 꺼낸 얼음을 손바닥에 올려다보기도 했다. 이 소설에는 한 가지 더 열쇠가 될 무언가가 필요한데 그것을 알 수 없어서 나는 시행착오를 반복하고 있었다.

내게 전화를 건 사람은 신초샤 직원으로 "야마모토 슈고로 상 최종 후보에 올랐다"라고 전해주었다……. 그건 아니었다.

신용카드 회사에서 걸려 온 전화였다.

카드회사 여성은 내 이름을 확인하더니 "이틀 전 미국의 백화점에서 23만 엔어치 물건을 사셨습니까?"라고 물었다.

몇 시간을 꼬박 카리브해와 보스턴에 관해 생각하고 있던 나는 그 순간, 그것에 관해 묻는 것인가 하고 혼동했으나 곧 "아니요"라고 답했다. 최근 얼마간 미국에는 간 적도 없고 23만 엔으로 물건을 산 기억도 없었다.

"이틀 전 미국의 영화관에서 영화를 보셨습니까?"

"아니요."

영문도 모른 채 나는 그렇게 대답했다.

"영화관에서 팝콘을 사셨습니까?"

"아니요."

"그 후 맥도날드에서 식사하셨습니까?"

"아니요."

"네덜란드의 유료 채널을 이용하셨습니까?"

"아니요."

그 후에도 "아니요", "아니요", "아니요", "아니요" 하고 나는 연신 "아니요"만 반복했다. 미국에 있는, 내가 모르는 누군가가 마치 월급날처럼 작정하고 노는 이야기를 들었다. 무슨 일인지 감이 오지 않았다.

이윽고 전화기 너머의 여성은 물었다. "오가와 님의 신용카드가 부정 사용되고 있으므로 사용을 중지하고 재발급해 드리고자 합니다만, 괜찮으십니까?"

나는 그제야 겨우 사태를 이해하고 "네"라고 대답했다. 대답하고 나서야 골치 아프겠군, 하고 생각했다. 그렇지 않아도 단편소설을 어떻게 해야 할지 머리가 지끈지끈하는데 신용카드를 재발급받아야 한다니. 당시 나는 신용카드를 한 장밖에 가지고 있지 않았기 때문에 재발급받지 않으면 온갖 요금 이체에 문제가 생긴다.

게다가 운이 없게도, 신용카드는 은행 현금 인출 카드와 일체화되어 있다. 누군가가 미국의 백화점과 영화관에서 탕진한 돈은 내가 지불하지 않아도 되지만, 카드를 재발급받을 때까지 신용카드뿐 아니라 현금 인출 카드도 사용할 수 없는 사태에 처했다. 카드가 재발급될 때까지 통장과 인감을 가지고 은행 창구에 가지 않으면 현금을 찾을 수 없다.

신용카드 재발급을 위해서도 신용카드와 현금 인출 카드가 일체화되어 있는 탓에 꽤 까다로운 절차를 밟아야 했다.

재발급을 위해 은행에서의 절차가 필요하다고 하기에 은행에 전화했더니 먼저 카드회사에서 마쳐야 할 절차가 있다고 하며 그 절차를 끝낸 후 다시 전화를 걸어달라고 했다. 곧바로 카드 회사에 전화했다. 수십 분을 기다려서 겨우 연결되었는데 "다른 부서 담당이다"라고 했다.

그렇게 나는 몇 시간 동안 이 부서 저 부서로 전화를 돌리는 신세가 되었다. 괴로운 점은 전화를 걸 때마다 담당자가 바뀌므로 몇 번이나 같은 이야기를 해야 한다는 점이다. 나는 부정 이용당한 경위를 몇 차례나 반복하여 설명했다. 내가 모르는 미국인이 내 카드 정보를 멋대로 사용하여 미국의 백화점에서 진탕 쇼핑을 하고 영화관에 갔다가 맥도날드에서 식사했다. 그런 이야기를 몇 번이나 했다.

긴 설명이 끝난 후에 "담당자에게 전달하여 나중에 고객님께 전화를 드리도록 하겠습니다"라는 말을 들은 적도 있었다. 그리고 그 '나중에' 전화가 걸려 왔을 때는 또 다른 누군가와 통화 중이었기 때문에 그 전화를 또다시 걸어야 했다. 전화 한 통이 끝나면 순서대로 다른 전화를 다시 걸어야 했다.

그중 하나는 "재발급 절차를 은행에서 할지, 카드회사에서 할지 정하지 않으면 절차가 진행되지 않는다(게다가 어느 쪽을 택하든 인감을 가지고 은행 창구로 가라)"라는 이 세상에서 가장 무의미한 두 가지 선택지에 관한 전화였다. 또 다른 전화에서는 내가 "아니오"라고 답했던 '네덜란드의 유료 채널'이 사실은 내가 평상시 이용하는 '다즌*'이었다는 것이 판명(왜 네덜란드로 인정되었는지 여전히 밝혀지지 않음)되는 바람에 내 카드의 부정 이용 인정 자체가 부정인 것은 아닐까 하는 설이 발생했다. 나는 부정 이용 따위 한 적이 없다는 것, 내가 피해자라는 사실을 통화하는 곳마다 설명해야 했다.

마지막에 남은 모르는 번호로 전화를 걸며 "아아, 이번에는 대체 무슨 전화일까?" 하고 한숨을 쉬었다. 케이맨 제도**의 유령회사가 내 신용카드로 암살자에게 보수라도 지급한 것일까? 아니면 필리핀의 마약 거래에 내 신용카드가 사용되어 나도 모르는 사이에 사형 판결이 내려진 것일까? 어느 쪽이 되었든 간에 문제의 단편소설을 오늘 중에 해결하기는 글러 먹은 것 같다.

그때 전화기에서 "안녕하십니까, 주간 신초 편집부입니다"라는 목소리가 들렸다.

---

* DAZN. 영국의 DAZN 그룹이 소유한 국제 스포츠 스트리밍 서비스.
** 카리브해에 있는 영국 영토.

네가 손에 쥐어야 했던
황금에 대해서

너무 놀라 전화를 끊을 뻔했다. 카드회사, 은행, 카드회사의 고객센터, 개별 접수센터, 이용정지 전용회선 등 짧은 시간에 이곳저곳 정말 다양한 곳에 전화했지만, '주간 신초 편집부'는 예측하지 못했다. 무슨 영문인지 전혀 알 수가 없었다. 나는 연예인과 불륜을 저지르지도 않았고 롯폰기의 클럽에서 마약을 산 적도 없다. 지난달 월세 이체를 깜빡하는 바람에 집주인에게 잔소리를 들은 기억이 떠오르긴 하지만, '주간 신초'에서 그런 일을 기사로 쓸 리도 없다.

하는 수 없이, "오가와라고 합니다만, 조금 전에 그쪽에서 전화를 주셔서 다시 연락드렸습니다"라고 말했다. 달리 뭐라고 말해야 하겠는가.

"어느 오가와 님 되십니까?"

전화를 받은 여성이 그렇게 물었다. 적잖이 곤란한 눈치였다. 내가 '주간 신초'에서 전화가 걸려 온 이유를 모르는 것처럼 '주간 신초' 쪽에서도 내가 전화한 이유를 모르는 듯했다.

어느 오가와 님이십니까? 대단히 난해한 질문이었다. 나는 어느 오가와일까?

잠시 고민 끝에 결국 "모르겠습니다"라고 대답했다.

"무슨 용건인지 짐작 가시는 바가 있습니까?"

"전혀 모르겠습니다."

"잠시만 기다려주십시오" 여성은 전화를 잠시 보류상태로 한 후 다시 말했다. "다른 직원에게도 물어봤습니다만, 누가 걸었는지 모르겠습니다."

전화를 끊자 피로가 밀물처럼 밀려왔다.

재발급까지 신용카드를 쓸 수 없게 되었다. 아마존도, 넷플릭스도 이용할 수 없다. 현금 인출 카드도 사용할 수 없으므로 통장과 인감이 없으면 돈을 찾을 수도 없고, 은행 영업시간 외에는 원래 인출할 수 없다. 재발급 절차를 개시하려면 은행 창구에 가야 한다. 게다가 카드회사에 연락해야 한다. 재발급 후에도 자동이체 관련 카드 정보를 전부 다시 등록해야 한다.

암살자에게 돈이 전달되고 어느 국가에선가 사형 판결을 받았는지도 모른다. 원고는 전혀 진척의 기미가 보이지 않는데 '주간 신초'에서 의미 불명의 전화가 걸려 와서 "어느 오가와인가?"라는 철학적 난제를 던져 주었다.

나는 어느 오가와인가?

그전에 나는 누구인가?

나는 3월에 학원 강사 아르바이트를 그만두고 휴학 중이던 대학원에 자퇴서를 막 낸 참이었다. 지난해에 두 번째 소설을 발표했는데 그 나름대로 반향이 있었던 터라 업무 의뢰도 힘에 부칠 만큼 받았다. 올해 내에 연재를 시작할 예정인 작품도 있고, 어느 정도 모아둔 돈도 있었다. 누가 미래를 보장해 주는 것은 아니었지만, 몇 년 정도는 근근이 버틸 수 있을 것 같았다. 몇 년 동안은 소설에 전념하자. 그 후의 일은 그때 생각하자. 그렇게 다짐하며 전업 작가가 되기로 결단했다.

전업 작가가 되기로 하고 나서 가장 곤혹스러운 일은 누군가에게 의뢰를 받아 소설을 쓰는 행위 자체였다. 여태까지 나는 누군가에게 의뢰를 받아 소설을 쓴 적은 없었다.

두 번째 소설은 하야카와쇼보 담당자가 "써 보시죠"라고 제안하여 쓴 것이고 그는 꽤 분량이 많은 내 작품을 읽을 때마다 열정적인 감상을 보내 주기도 했지만, 출간 예정일이 정해질 때까지는 정해진 마감일도 없이 "쓰는 대로 보낸다" 정도의 느낌이었다. 나 역시 내 맘대로 쓴다고 해야 하나, 내가 좋아서 쓰는 것과 별반 다를 바가 없었다. 내게 글이란 그런 식으로 누구에게 의뢰를 받는 것이 아니라, 혼자서 멋대로 쓰는 것이었다.

데뷔작을 쓸 때도 그랬다. 누군가에게 의뢰받은 것도 아니고 누가 읽을 것을 염두에 두고 쓴 것도 아니었다. 당시 내게는 몇 년 동안 사귄 여자 친구가 있었는데 조만간 어딘가 회사에 취직하여 그녀와 결혼해야겠다고 생각하자마자 왠지 갑자기 두려움이 몰려왔다. 내 인생이 칼날이 되어 내 몸을 찌르는 듯했다. 나는 피를 흘리며 무아지경으로 소설을 썼다. 그럼으로써 나 자신을 구원하고자 했다.

그래서 두 번째 작품을 발표하고 나서 나의 업무 리듬이 180도 바뀐 것에 당혹스러웠다.

집필을 의뢰받고 수락한다. 약속한 기한까지 작품을 제출한다. 나 자신이 터무니없는 사기를 치고 있는 듯한 기분이었다. 집필을 수락한 시점에는 무엇을 쓸지 아무것도 정해진 것이 없다. 편집자에게 공터를 받아 나는 설계도도 없는 상태에서 "이번 달 중으로 무언가를 세우겠습니다"라고 약속한다. 그리고 실제로 '무언가'를 건축한다. 그런 작업을 반복함으로써 돈을 번다. 나는 편집자에게 무엇을 약속한 걸까……. 그런 생각도 하곤 했다.

저녁 무렵이 되었다.

나는 샤워를 마치고 나서 샤워 중에 부재중 전화번호가 남긴 카드회사에 전화를 걸었다. 통화를 끝낸 후 책상 앞에 앉았다. 카드회사와의 연락이 일단락되고 마침내 집필을 다시 시작할 수 있었다.

나는 구상 중인 단편소설에 『뜨거운 얼음』이라는 제목을 붙이기로 했다. 무엇을 쓸지 정하지도 못한 채 외부적인 것만 갖춰지고 있다.

『뜨거운 얼음』이라는 제목은 스튜어트 다이벡이라는 미국인 작가의 작품에서 따왔다. 꽁꽁 언 여성의 시신을 둘러싼 청년 2인조의 이야기다. 나는 이 소설을 좋아했다. 단편이지만, 이 작품은 내가 소설에 바라는 모든 요소를 포함하고 있었다. 즉, 어딘가에서 도망치는 이야기인 동시에 어딘가로 향하는 이야기이고, 그리움과 사랑, 손에 넣을 수 없었던 과거에 관한 이야기였다. 그리고 그것을 하나로 묶는 것이 '얼음'이었다. '얼음'은 여성의 시신이며, 그 시신이 숨겨진 냉동창고이며 어린 시절에 처음 본 드라이아이스이기도 하고 얼어붙은 겨울의 시카고였다.

나의 단편 『뜨거운 얼음』의 주인공 소년의 이름은 다이벡의 작품과 마찬가지로 에디라고 하기로 했다.

이 소설의 열쇠는 필시 '얼음'에 있다. 에디가 처음 얼음을 본 장면부터 시작한다면 성장한 에디가 다시 '얼음'을 보는 장면으로 끝나리라. 에디는 그때 무엇을 생각하고, 무엇을 느낄까?

그런 생각에 빠져있을 때 다시 전화가 걸려 왔다.

쯧, 나도 모르게 혀를 찼다.

잠시 받지 말까 생각했다. 제멋대로 카드를 쓰질 않나, 멋대로 전화를 걸어서 몇 번이고 똑같은 설명을 시키질 않나, 급기야는 '주간 신초'라니. 간신히 마음잡고 집필에 몰입하려는 순

간이었는데 이번에는 대체 뭐냐. 카드회사의 들어 본 적도 없
는 부서일까? '주간 분슌文春'일까? 나한테 장난 전화 거는 게
유행하는 걸까?

결국, 나는 전화를 받았다.

"여보세요."

"신초샤의 오바입니다." 전화 상대방이 말했다.

오바 씨는 당시 내 담당 편집자로, 그날 통화한 수많은 전화
상대 중에서 처음으로 아는 사람이었다. 오바 씨는 내 두 번째
소설이 신초문예진흥회가 주최하는 야마모토 슈고로상의 최
종 후보로 선정되었다는 소식을 전해 주었다.

나는 아까 주간 신초 편집부에서 전화가 왔었다고 전했다.
"아, 죄송합니다." 오바 씨는 사과했다. 신초샤 사내에서 전화
를 걸면 무작위 부서에서 발신되어 버리는 버그가 있다고 한다.
그 버그 덕택에 나는 나 자신의 정체성에 관해 생각해 보게 되
었던 것이다.

나는 다시 한번 집필로 돌아가려 했으나, 좀처럼 집중할 수가
없었다. 야마모토 슈고로상 최종 후보로 선정되었다는 연락을
받았기 때문이다. 다른 후보는 누굴까 생각하기도 하고, 과거
수상자와 수상작을 바라보며 내가 그들의 뒤를 이을 수 있을까

네가 손에 쥐어야 했던
황금에 대해서

생각도 해 보았다. 어떤 느낌인지 설명하자면 시험을 친 후 결과를 기다리는 상태에 가깝다. 하지만, 시험은 자기 나름의 감이라든가 명확한 합격 기준 등이 있으므로 이것도 아니고 저것도 아니야 등 추측할 수가 있다. 문학상은 소설끼리 비교하는 주관적인 평가이니만큼 단서도 기준도 모르겠다. 아무리 생각해 보아도 칠흑 같은 밤바다에서 허우적대고 있는 듯한 기분이었다.

머리를 싸매고 생각해도 소용없다. 내가 무슨 생각을 하든, 무엇을 하든 심사에는 영향이 없다. 나는 스스로 통제할 수 없는 것에 인생을 낭비하는 것을 싫어한다. 타인의 감정 때문에 끙끙대거나 불합리한 시스템에 상처받는 것을 싫어하기 때문에 이렇게 혼자서 소설을 쓰며 생활하고 있다. 현재 내가 할 수 있는 건 마감이 코앞으로 다가온 단편소설의 구상을 확정하는 것뿐이다.

머리로는 아는데, 마음이 좀처럼 따라주지 않는다. 의미 없다는 것을 알면서도 나도 모르게 상에 관해 생각하게 된다. 애초에⋯⋯. 나는 생각한다. 타인이 가진 권위에 휘둘리며 일희일비하는 자에게 소설가라고 말할 자격 따위 없다. 소설가의 일은 재미있는 소설을 쓰는 것이지 누군가에게 인정받거나 상을 받는 것이 아니다.

그렇게 정처 없는 생각에 한참 잠겨 있을 때 내 귓가에 "어느 오가와 님이십니까?"라는 음성이 들려왔다.

나는 소설가인가, 소설가 오가와인가?

나 자신을 '소설가'라고 지칭하거나 누군가에게 '소설가'라고 소개받을 때면 왠지 겸연쩍은 기분이 들 때가 있었다. 싫다는 것은 아니다. 소설가보다 더 적절한 호칭이 있냐고 누가 묻는다면 아마 그런 건 없을 거라고 생각한다. 실제로 나는 소설을 씀으로써 생계를 유지하고 있으니 누가 내게 직업을 묻는다면 '소설가' 외에 달리 대답할 방도가 없다(나는 상황에 따라 '작가'나 'SF 작가'라는 호칭도 사용하고 있지만, 이 역시 마찬가지다). 하지만, 나는 그 호칭이 마뜩잖다. 속내를 말하면 내가 정말 소설가인지 어떤지 의심스럽다.

예를 들어, 고등학생이나 대학생 등의 신분은 명확히 정의할 수 있다. 입학식이 있고 통학할 학교가 있고 신분을 보증하는 교사가 있다. 고등학생 때 내가 고등학생이라는 생각을 하며 거북하게 느낀 적은 없고 내가 정말로 고등학생인지 의심한 적도 없다. 아마 경찰관이나 회사원, 의사, 간호사도 마찬가지일 것이다. 그들 중 나 같은 기분을 느끼는 사람은 거의 없을 것이다. 그 직업들에는 명확한 기준이 있다. '경찰관'이라는 집이 있

네가 **손에 쥐어야** 했던
황금에 대해서

고 접수를 마친 후 현관문을 열고 그 집으로 들어간다.

'소설가'는 이름에 집家이 들어 있음에도 '소설가'의 집은 존재하지 않는다. '소설가'는 오히려, 어느 집에도 들어가지 못하고 길가에서 서성거리는 사람의 집합이다. 소설가에게는 입사식도 없고 자격시험이 있는 것도 아니다. 물론 소설가라는 것을 누군가가 보증해 주는 것도 아니다.

"그러면 당신은 무엇을 할 수 있는가?"라는 질문을 받으면 "글을 쓸 수 있다"라고 대답하는 수밖에 없다. 음악가처럼 악기를 연주할 수 있는 것도 아니요, 화가처럼 그림을 그릴 수 있는 것도 아니다. "글은 누구라도 쓸 수 있는 것 아닌가?"라고 말한다면 "그렇다"라고 인정할 수밖에 없다.

내 친구 중에도 자신이 소설가인지 아닌지 너무 모호하다고 생각하는 사람이 있는데 그는 누가 직업을 물으면 부끄러운 듯이 "소설가 비슷한 일을 하고 있습니다"라고 답하기도 했다.

소설가란 무엇인가? 사람에 따라 제각각 소설가의 정의는 다를 것이고 그 여러 가지 정의 중 무엇이 옳은가를 정하는 사람도 없다. 주간에 다른 일을 하더라도 야간에 취미로 소설을 쓰고 있다면 그 역시 소설가라고 말할 수 있을 것이다. 좀 더 엄격한 기준으로 '어딘가의 상업지에 소설이 게재된 적이 있는

자'라고 말하는 사람도 있을 것이다. 자신의 이름이 걸린 단독 저서를 내지 않으면 소설가라고 말할 수 없다는 정의가 있을지도 모른다. 더욱더 좁은 의미로 소설로 생계를 꾸려가지 않는다면 소설가라고 말할 자격이 없다는 견해도 존재할 것이다.

나는 이 정의 모두가 엄연한 소설가라고 생각했다. 명확한 정의가 없는 이상 자신이 소설가인지 아닌지를 정하는 것은 자기자신이라고 생각하기 때문이다. 그렇기에 소설가라고 지칭하는 데 망설임이 생겼는지도 모르겠다.

희한하게도 데뷔 초에는 그런 생각을 하지 않았다. '소설가'라고 지칭하는 데 조금의 망설임도 없었고 오히려 당당하게 "소설가입니다"라고 대답했다. 겸연쩍은 감정을 처음 느낀 것이 언제인지 정확히 떠올릴 수는 없지만, 명확히 의식한 것은 그날이 처음이었다.

오전 중, 단편소설에 관해 필사적으로 생각했던 머리가 정오가 지나서는 신용카드에 관해 계속 생각했다. 그리고 지금 나는 내가 누구인가를 생각하고 있다.

나는 오기가 생겨서 단편소설에 집중하려 애쓰고 있다. 오늘 중으로 단편 작업을 진척시키지 않으면 나는 문학상에 패배한 것이다, 그런 생각까지 했다. 내 신용카드를 부정 이용한 인간

네가 손에 쥐어야 했던
황금에 대해서

과 야마모토 슈고로상 최종 후보를 정한 사람들이 내 일을 방해하도록 허락하지 않겠다.

나는 에디의 기분에 동화된다. 몇 개월이나 항해한 후, 새로운 땅에 내렸을 때 이전에 본 적도 없는 풍경에 압도당한다.

눈을 감고, 카리브해의 항구마을을 떠올린다. 열기를 머금은 공기를 들이마시고 축축한 흙냄새를 맡는다. 겨울 보스턴의 차갑고 건조한 공기와 끝도 없이 똑바로 뻗은 돌 깔린 길을 바라본다. 그곳에 영화관과 맥도날드가 생겨 미국인이 내 신용카드를 진탕 쓰며 한바탕 놀고 있다. 그 옆에는 야마모토 슈고로가 앉아 있다. 아니, 당신들은 아니야, 하며 나는 안간힘을 다해 그들을 머릿속에서 쫓아낸다. 에디가 순회했던 봄베이* 항구를, 실론**의 시장을, 리스본의 구시가지를 떠올려 본다.

그때 느닷없이, 내 머릿속에서 모든 요소가 오버랩되었다.

나는 난생처음 얼음을 만져 본 소년의 이야기를 쓰려고 했다. 소년은 얼음을 만져봄으로써 카리브해 저 너머에도 세상이 있다는 것을 깨달았다. 그리하여 소년은 선원이 되었다.

그 이야기가 내 신용카드를 쓰며 진탕 논 미국인과 이어졌다. 내가 모르는 곳에, 내가 모르는 사람이 있다. 그자는 범죄자다.

---

* 인도의 최대 도시 뭄바이를 의미하는데 영국 식민지 시절에 봄베이로 개칭됨. 1995년 뭄바이로 환원.
** 남아시아의 섬나라인 스리랑카는 영국의 식민지 및 자치령이었던 1972년 이전까지 실론이라고 불림.

범죄자이긴 하지만, 어딘가에서 숨을 쉬며 백화점에서 23만 엔 어치 물건을 쇼핑하고 영화관에서 팝콘을 먹었음이 틀림없다.

소설을 쓰면 쓸수록, 소설을 점점 더 모르겠다는 느낌이 들 때가 있다. 소설에는 다양한 가능성이 있는데 나는 그 가능성 전부를 길어낼 수가 없다. 그러나, 소설을 써보지 않으면 소설의 가능성을 깨달을 수도 없다. 소설을 쓴다는 것은 내가 모르는, 내가 감히 닿을 수 없는 소설이 무수히 존재한다는 것을 알게 되는 것이기도 하다.

나 자신을 "소설가다"라고 지칭하는 것이 좀 찜찜한 것은 소설을 잘 모르기 때문이다. 나도 잘 알지도 못하면서 직업이라고 말하는 것이 꺼림칙하기 때문이다. 옛날 소설가가 쑥스러움에 자신을 '매문가賣文家'라고 불렀다는데 나는 그 심정이 이해가 간다. '스스로 쓴 글을 판다'라는 행위는 객관적이고 의심할 여지가 없는 사실이기 때문이다.

'소설가'는 내가 스스로 선택한 길이다. 누군가가 강요한 것도 아니고, 누군가가 그러길 바라지도 않는다. 내가 나를 위해 하는 일이다.

나는 『뜨거운 얼음』을 그날 중에 쓰기 시작했다.

『뜨거운 얼음』은 에디의 이야기인 동시에, 내 이야기이기도 했다. 새로운 나라에 간 에디의 감동은 소설을 쓰는 나의 감동이기도 하다.

나는 그 장면을 난생처음 인터넷이 연결된 날을 떠올리며 썼다. 링크를 누르자 화면이 바뀌었다. 새로운 페이지가 열리고 내가 모르는 정보가 나타났다. 다양한 링크 너머에 무한히 펼쳐져 있는 세상이 기다리고 있었다. 나도 모르게 "대단해"라고 말했다. 내가 푹 빠져 여기저기 클릭하는 사이에 아버지가 "시간 끝났다"라고 말했다.

인터넷이든, 신칸센이든, 디즈니랜드든, 이치란 라멘이든 상관없다. 우리는 매일 지금까지 몰랐던 것을 접한다. 크든 작든 그것들은 우리의 인생을 바꾼다. 여전히 세상에는 내가 모르는 것이 무수히 존재한다는 사실을 가르쳐 준다. '얼음'이란 즉, 문명이자 보석이고 기적이며 신이었던 것은 아닐까……. 나는 그런 생각을 한다.

에디는 세상을 접함으로써 세상의 광대함을 알게 된다. 자신이 모르는 것이 무한하다는 것을 배운다. 그것이야말로 기승전결의 '전'이다.

에디는 마지막에 자신이 태어나고 자란 카리브해의 항구마을로 돌아온다. 배에서 톱밥에 덮인 얼음을 실어 낸다. 에디는 얼음을 만져 보고 여동생에게 사과를 주었던 날의 일과 선원이 되어 전 세계를 여행한 나날을 떠올린다. 그리고 마지막으로 신에게 올리는 기도를 읊조린다……. 첫 장면을 쓰면서 그런 몽상에 빠진다.

나는 노트북 컴퓨터를 앞에 두고 글을 쓰기 시작한다.

제 소설이 한국어로 번역되어 독자분들을 만날 수 있어 영광입니다.

한국 문학은 일본에서도 수많은 독자의 사랑을 받고 있습니다. 최근에는 번역되는 작품의 수도 늘고 있어 여태까지 영미권 도서가 중심이었던 번역 문학 업계에서도 큰 존재감을 드러내고 있다고 해도 과언이 아닙니다. 저 역시 한국 문학의 열성 독자 중 한 명으로, 박민규 작가나 정세랑 작가 등 신작을 손꼽아 기다리는 작가도 적지 않습니다. SF 작가인 김초엽 작가와는 도쿄에서 토크 이벤트를 함께한 적이 있는데 매우 즐거운 시간으로 기억합니다(다음에는 한국에서 만나자는 약속을 언젠가 꼭 지키고 싶습니다).

또한 한강 작가가 노벨 문학상을 받음으로써 이제는 한국 문학이 일본뿐만 아니라, 전 세계에서 주목을 받고 있음을 알 수 있습니다. 한강 작가의 노벨 문학상 수상은 이웃 나라에 사는 일본인 작가로서도 매우 기쁜 일이었습니다.

한국의 문화 시장은 대단히 흥미롭습니다. 한국의 음악과 영

네가 **손에 쥐어야 했던**
황금에 대해서

화, 드라마 등은 세계적인 수준으로 제작되어 실제로 성공을 거둔 작품도 다수 있습니다만, 한국 문학은 내성적이고 국내적인 경향을 띠어 국가와 자본 등 거대한 존재로부터 무시당하는 사람들의 목소리를 섬세하게 담아내고 있는 듯합니다. 역사 속에서 억압받아 온 사람들, 다수에게 가려진 소수의 목소리를 꾸준히 작품 속에 담아낸 점을 전 세계가 인정한 것이 아닐까요? 한강 작가의 노벨 문학상 수상은 그 과정의 하나로 느껴집니다.

저는 소설을 쓸 때 반드시 '이 소설을 통해 묻고 싶은 것은 무엇인가?'를 집필 전에 정합니다. 그 '물음'은 답이 처음부터 존재하는 것이 아니라 생각의 과정을 통해 새로운 시점을 얻거나 자신의 고정관념을 깨닫게 해 주는 것일 때가 많습니다. 본서에서 제가 설정한 '물음'은 '소설가란 것은 어떤 것인가?'라는 것이었습니다. 평소에 직업 소설가로서 생각해 온 문제에 가까운 것이므로 제 작품에서는 흔치 않게 소설가를 주인공으로 설정했습니다. 우리는 무엇을 위해 소설을 쓰는가, 소설을 읽는가, 소설을 통해 무엇을 하고자 하는가, 그런 수많은 '물음'이 소설을 사랑하는 독자들에게 전달되면 좋겠다는 생각으로 집필에 임했습니다.

작가의 말

일본과 한국은 지리적으로 가깝고 다양한 역사적 과정에서 많은 유사한 부분을 공유하고 있습니다(저는 『지도와 주먹地図と拳』이라는, 일본의 식민지 지배 역사에 관한 역사소설을 쓴 적이 있는데 언젠가 한국 독자분들도 읽어주셨으면 좋겠습니다). 본서에서는 인정욕구, 타인에게 인정받기 위해 거짓말을 하고 자신을 과시하기 위해 과거를 날조하는 행위 등을 다루었습니다. 창작자가 누군가에게 상처를 주거나 상처를 받기도 하고, 악성 댓글을 달거나 악성 댓글에 당하기도 하고, 표절을 하거나 표절을 당하기도 하는 일은 일본과 한국 양국에서 매우 빈번하게 일어나는 일입니다. 얼굴을 모르는 불특정 다수 대상으로 작품을 발표하면 예기치 못한 오해를 부르기도 하고, 이유 없이 중상을 당하는 일도 있습니다. 그 근저에 무엇이 있을까, 본서를 읽는 분들께 생각하는 계기가 되었으면 좋겠습니다.

_ 오가와 사토시

저자 오가와 사토시는 SF소설, 역사적 사실에 상상력을 덧붙인 팩션, 미스터리 소설 등 다양한 장르에서 종횡무진으로 활동하며 나오키상을 비롯한 명망 있는 문학상을 휩쓸고 있습니다. 2015년 SF 소설 『유트로니카의 이편ユ-トロニカのこちら側』으로 하야카와 SF 콘테스트 대상을 받으며 작가로 데뷔한 후, 두 번째 작품 『게임의 왕국ゲ-ムの王國』으로 제38회 일본 SF 대상과 제31회 야마모토 슈고로상을 동시에 받았으며 『지도와 주먹地圖と拳』으로 제168회 나오키상과 제13회 야마다 후타로상을 수상하였습니다. 2023년 『너의 퀴즈』로 일본추리작가 협회상과 서점대상 6위를 차지했습니다.

그동안 저자는 시공간을 초월한 다양한 작품을 선보였습니다. 『유트로니카의 이편』에서는 모든 개인정보를 통제당하는 대신 높은 수준의 생활을 보장받는 가상의 세계를 무대로 하였고 『게임의 왕국』에서는 캄보디아의 대학살 '킬링 필드'의 현장 중 하나인 바탐방을 무대로 역사적 사건에 SF적 상상력을 덧붙였으며 『지도와 주먹』에서는 중국을 무대로 의화단 운동,

러일 전쟁에서 승리한 일본이 괴뢰국인 만주국에 철도 건설 시도, 중국인의 항일운동, 1945년 일본의 패전으로 인한 만주국의 붕괴에 이르는 장대한 대하드라마를 그립니다. 한편, 『너의 퀴즈』에서는 퀴즈대회와 미스터리적 요소를 극적으로 활용하여 '인생'이라는 각 개인의 장대한 역사를 파고들며 작가 특유의 이지적이고 냉소적인 시각을 유지하면서도 각자의 인생에 대한 긍정과 애정을 보여주었습니다.

이번에는 본서에 수록한 6편의 단편 속에서 작가는 자신의 이름을 그대로 사용하여 작가 자신의 역사, 소설가로서 인생 이야기를 들려주고 있습니다. 물론 이 작품은 에세이나 자전적 소설이 아닌 단편 소설집이므로 모든 것이 작가의 실제 이야기라고 못 박을 수는 없지만, 작중 소설가인 오가와 사토시를 통해 어느 가능 세계엔가는 존재할지도 모르는 작가 자신의 일면을 볼 수 있습니다.

'프롤로그'에서는 마치 『너의 퀴즈』의 퀴즈의 연장선처럼 '당신의 인생을 원그래프로 표현하시오'라는 질문을 고찰하며 소설가 인생의 시작을 알리고 '3월 10일'은 우리가 살며 지나쳐 온 수많은 평범한 날 중 하루를 통해 기억과 망각, 기억의 날조 등 자신이 애써 숨겨온 치부를 직면합니다. '소설가의 본보기'에서는 '거짓을 진실하게 마주한다'라는 점에서 주인공이 혐오해 마지않는 사기꾼 점술가와 소설가의 일이 다르지 않다고 말합니다.

표제작 '네가 손에 쥐어야 했던 황금에 대해서'는 고등학교 동창 가타기리라는 인물을 통해 재능, 부, 명예 등 손에 쥘 수 없는 황금이라는 신기루, 즉 허상을 좇아 자신의 손에 있는 현재라는 시간을 송두리째 불에 태워버린 듯한 현대인의 모습을 보여줍니다. 시종 냉소적 시각을 견지하면서도 가타기리라는 인물에 대한 연민을 표하기도 합니다. 또 '가짜'에서는 고급 시계 롤렉스의 데이토나 모조품을 차고 다니며 남의 말을 토씨 하나 틀리지 않고 자신의 것으로 사용하는 만화가 바바의 모습에서 소설가 역시 타인의 소재로 글을 쓴다는 점에서 소설가와의 공통점을 찾습니다.

특히 이 두 작품에서는 타인에게 인정을 받고자 갈구하는 '인정욕구'를 깊이 탐구합니다. 저자 오가와 사토시는 어느 인터뷰에서 스스로 수긍할 수 있는 글을 쓰고자 하며 문학상 등의 수상 여부와 남의 시선은 자신에게 중요하지 않다고 밝힙니다. "나를 인정하는 것은 나 자신"이라고 명확히 말했습니다. 무엇에도 얽매이지 않으면서도 철저한 탐구를 추구하는 그의 집필 철학이 엿보입니다. 자신이 수긍할 수 있는 작품이라면 남의 평가가 어떠하든 자유로울 수 있지만, 남들이 찬사를

네가 손에 쥐어야 했던
황금에 대해서

보내더라도 자신이 수긍할 수 없으면 만족할 수 없다는 결벽이 느껴집니다.

마지막 단편인 '수상 에세이'에서도 작가 자신으로 보아도 무방할 듯한 주인공은 자신이 궁금한 것, 알고 싶은 것을 소설로 쓴다고 밝히고 있습니다. 얼음을 처음 만져 보고 인터넷을 처음 접했을 때의 경이와 감동을 작가는 앞으로도 추구할 것입니다. 앞으로 무엇이 궁금하고 알고 싶어서 작가로서의 탐구 여정을 떠날지 한 명의 독자로서 무척 기대됩니다. 저자 특유의 천착과 학구적인 자세로 어떤 작품을 선사해 줄까요.

또 어느 인터뷰에서 저자는 소설의 재미는 시대의 정신성이 배어 있는 작품이며 100년 후에도 남는 작품을 쓰면 좋겠지만, 구태여 그것을 지향하지는 않는 것이라고 밝혔습니다. 후대의 평가는 사실 현재로서는 알 수 없으니 그것에 집착하거나 연연하지는 않는 것이지요.

작품을 발표할 때마다 문단과 독자에게 신선한 충격을 전해 주는 작가가 미스터리 소설을 집필하고 있다는 근황을 확인했습니다. 새 작품을 설레는 마음으로 기다리며 후기를 마칩니다.

_ 최현영

네가 **손에** 쥐어야 했던
황금에 대해서

2025년 1월 17일 1판 1쇄 발행
2025년 1월 24일 1판 2쇄 발행

지　은　이　오가와 사토시
옮　긴　이　최현영
발　행　인　유재옥

이　　　　사　조병권
출 판 본 부 장　박광운
편　집　1　팀　박광운
편　집　2　팀　정영길 조찬희 박치우
편　집　3　팀　오준영 이소의 권진영 정지원
디 자 인 랩 팀　김보라 이민서
콘텐츠기획팀　박상섭 강선화
디지털사업팀　김경태 김지연 윤희진
라이츠사업팀　김정미 이윤서
영업마케팅팀　최원석 윤아람 이다은
물　류　팀　허석용 백철기
경 영 지 원 팀　최정연
발　행　처　(주)소미미디어
인 쇄 제 작 처　코리아피앤피
등　　　　록　제2015-000008호
주　　　　소　서울시 마포구 토정로 222, 502호(신수동, 한국출판콘텐츠센터)
판　　　　매　(주)소미미디어
전　　　　화　편집부 (070)3338-8080 기획실 (02)567-3388
　　　　　　　판매 및 마케팅 (070)8822-2301, Fax (02)322-7665

ISBN 979-11-384-8500-5 (03830)